Luis Feder

Die verborgenen Welten von Iok

Elowens Reifeprüfung

Luis Feder

Die verborgenen Welten von Iok

Elowens Reifeprüfung

Fantasy Roman

Impressum

Bibliografische Information der Deutschen Nationalbibliothek: Die Deutsche Nationalbibliothek verzeichnet diese Publikation in der Deutschen Nationalbibliografie; detaillierte bibliografische Daten sind im Internet über http://dnb.dnb.de abrufbar.

Die automatisierte Analyse des Werkes, um daraus Informationen insbesondere über Muster, Trends und Korrelationen gemäß §44b UrhG („Text und Data Mining") zu gewinnen, ist untersagt.

© 2025 Luis Feder

Lektorat: Open AI
Korrektorat: Open AI
Illustrationen: Leonardo AI, Pixabay & Luis Feder

Verlag: BoD · Books on Demand GmbH, Überseering 33, 22297 Hamburg,

bod@bod.de

Druck: Libri Plureos GmbH, Friedensallee 273, 22763 Hamburg

ISBN: **978-3-8192-7957-7**

Rechtliches

Disclaimer:

Alle aufgeführten Namen, Personen und Begebenheiten sind fiktiv und frei erfunden. Falls sich namentliche oder Übereinstimmungen von beschriebenen Begebenheiten ergeben sollten, so sind diese rein zufällig. Der Autor distanziert sich daher ausdrücklich von allen möglichen Ansprüchen.

Copyright:

Inhalt:

Kapitel:

Erwachen der Seele

Seit längst vergangenen Tagen,
werden Rituale vollbracht.
Sie stellen die ewigen Fragen
im Schatten der geistigen Macht.

Und geht man dann diesen Schritt,
öffnet die Augen im Dunkeln dem _icht.
Was dort in der Tiefe zu Tage tritt,
entzieht den Worten das Gewicht.

Im Zwielicht beginnt das Verstehen,
wo Stille die Antwort präsentiert.
Man lernt, in sich selbst zu sehen,
was friedlich das Herz inspiriert.

Ein Blick, der nach innen sich neigt,
sieht mehr als das äußere Bild.
Wenn der Geist sich dem Höheren zeigt,
wird die Stille zum leuchtenden Schild.

So kehrt, wer die Seele tief befragt,
verändert zurück aus der düsteren Nacht.
Denn nur wer sich durch das Dunkel gewagt,
hat Flammen des inneren Lichts entfacht.

- Gedicht von Luis Feder -

Vorwort

Iok.

Ja, Iok...

Ein einziger, kurzer Name – und doch trägt er das Gewicht ganzer Zeitalter.

Was sich dort, auf diesem geheimnisvollen Planeten, ereignete, übertraf alles, was der Geist in seinen kühnsten Träumen zu fassen vermag. Es war mehr als nur außergewöhnlich. Es war jenseits des Vorstellbaren, eine Wunde im Gewebe der Wirklichkeit, ein Echo, das bis in die fernsten Winkel des Seins hallt.

Doch bevor wir eintauchen in das, was war, sei eines gesagt: Es hätte überall geschehen können. Denn die Gesetze des Universums sind wie das Schweigen zwischen den Sternen – unsichtbar, doch allgegenwärtig. Ob in einem fernen Spiralarm unserer eigenen Galaxie oder in den dunklen Weiten zwischen zwei Universen – das Fundament der Wirklichkeit ist überall dasselbe. Vielleicht also, irgendwo da draußen, unter einem anderen Himmel, in einer anderen Sprache, geschah etwas Ähnliches. Doch diese Geschichte gehört Iok.

Beginnen wir also von vorn.

In den majestätischen Weiten des Alls, wo selbst Licht zu einem Flüstern wird, erscheinen Entfernungen bedeutungslos. Jenseits des sichtbaren

Universums, wo Raum und Zeit bereits erste Anzeichen von Müdigkeit
zeigen, befand sich eine Gruppe uralter Galaxien, verwoben in einem
Tanz aus Gravitation und Glanz. Und hinter ihnen – jenseits von allem,
was unsere Instrumente messen, unsere Augen sehen und unsere Ver-
nunft begreifen können – begann die Ausdehnung eines anderen Universums: ein junges, wachsendes, sich entfaltendes Reich der Möglich-
keiten. Ein Multiversum, vielgestaltig und geheimnisvoll.

An genau jenem Übergang, wo das Bekannte in das Unvorstellbare
übergeht, thronte eine gewaltige, ehrfurchtgebietende Scheibengalaxie:
Xolo.

Sie war nicht nur groß – sie war monumental. In Äonen langsamen
Wachstums hatte sie sich kleinerer Galaxien bemächtigt, sie eingesogen
wie ein kosmisches Raubtier, das die Beute mit Geduld und Gravitation
umgarnt, bis sie sich schließlich mit ihm vereinte. Nebel, Sternhaufen,
leuchtende Gaswolken – alles war eingespeist worden in das sich dre-
hende Rad dieses galaktischen Kolosses. Und im Zentrum von Xolo tobte das unaufhaltsame Herz der Finsternis: ein supermassereiches
Schwarzes Loch, ein Vielfaches schwerer als Milliarden Sonnen, ver-
schlingend, was sich ihm näherte, selbst das Licht, das einst von den
Sternen kam.

Rund um dieses Zentrum vollzogen zahllose Sterne mit ihren Planeten
einen rasenden Tanz – einer schneller als der andere. Ganze Sonnensys-
teme wirbelten in atemberaubender Geschwindigkeit um den Ereignis-
horizont. Während nahegelegene Sterne in weniger als einem einzigen
Mond das Zentrum umrundeten, bewegten sich die äußeren Regionen
mit bedächtiger Langsamkeit.

Die Ausdehnung Xolos betrug rund dreihunderttausend Lichtmonde –
eine Maßeinheit, wie sie nur in den Schriften der Alten Galaxien ver-
wendet wurde. Innerhalb dieser unermesslich großen, rotierenden
Scheibe lebten etwa zweihundert Milliarden Sterne. Nicht bloß einzelne
Lichtquellen – nein, ganze Systeme mit Planeten, Monden, Asteroiden-
gürteln und Wolken aus Staub und Eis.

Und ganz am Rand, dort, wo die Bewegung der Galaxie sich in Zeitlupe
zu vollziehen schien, wo eine Umkreisung um das Zentrum mehr als
fünfzig Millionen Monde dauerte – dort existierte ein Sonnensystem,
unscheinbar, abgelegen und doch außergewöhnlich.

Der Stern dieses Systems war kein Riese, kein Gigant mit glühender
Krone, sondern ein zurückhaltendes Licht inmitten dunkler Weiten –
ruhig, stetig, verlässlich. In seiner lebensfreundlichen Zone umkreisten
ihn zwei Planeten, beide reich an Leben.

Einer dieser Planeten war Iok.

Er war kleiner als sein Bruderplanet Kuru, doch keineswegs unscheinbar. Auf seinen Kontinenten kroch, schlich, sprang und flatterte das
Leben in unendlicher Vielfalt. Kleine und mittelgroße Tiere durchstreif-
ten die Ebenen, Wälder und Gebirge. Ihre Formen hatten sich an das
angepasst, was das Land ihnen abverlangte: Einige waren mit dichtem
Fell geschützt gegen die Kälte der Nachtregionen, andere mit schimmernden Schuppen gewappnet gegen die Glut der Tage. Manche hatten
zwei Beine, andere vier, sechs oder acht.

Es gab auch Geschöpfe der Lüfte – geflügelte Jäger, deren scharfe Augen Beute aus großer Höhe erspähten. Sie glitten lautlos durch den Himmel, wie ein Teil des Windes.

Die Flora war nicht weniger vielfältig. In zahllosen Farben, Formen und Strukturen bedeckten Pflanzen das Land: vom dichten Blätterdach der Wälder bis zu den spärlich bewachsenen Hochebenen, von wasserliebenden Schilfgewächsen bis zu genügsamen Überlebenskünstlern, die selbst in kargem Fels Halt fanden. Doch so schön sie auch waren – nur wenige trugen essbare Früchte. Die meisten waren trügerisch, betörend oder gar gefährlich.

In den dichten Waldregionen existierten sonderbare Wesen – Mischwesen, halb Pflanze, halb Tier. Sie wuchsen fest im Boden, verwurzelt seit ihrer Geburt. Doch ihre Gliedmaßen bewegten sich mit muskelähnlicher Kraft, und primitive Sehorgane ließen sie Licht von Dunkel unterscheiden. Über die feuchte Erde zogen sie Wasser, und mit tentakelartigen Auswüchsen schnappten sie nach kleinen, fliegenden Insekten, die sich ihnen zu nahe wagten. Sie waren weder ganz Tier noch Pflanze – sie waren etwas Drittes, etwas Eigenes.

Und doch war Iok nicht allein.

In zyklischen Abständen – bestimmt durch die Konstellationen der Sterne, durch Gezeiten und Signale aus der Tiefe des Raumes – pflegte er regen Austausch mit seinem Nachbarplaneten: Kuru.

Die beiden Welten verbanden mehr als nur ein Orbit. Sie waren einander Brüder – verschieden im Wesen, doch verwoben durch Handel, Geschichte und ein stilles gegenseitiges Verständnis. Während Kuru für seine Fortschrittlichkeit, seine Maschinen und seine kühlen Technologien bekannt war, lebte Iok in tiefer Harmonie mit der Natur, getragen von einem uralten, spirituellen Wissen.

Was dort geschah – auf Iok – war daher nicht nur eine planetare Begebenheit.

Es war ein Ereignis, das das Gleichgewicht zweier Welten berührte.

Ein Moment im Universum, der für immer nachhallen sollte.

Die Bewohner von Iok, diesen zarten Kindern eines uralten Planeten, richteten ihr Leben nicht nach den kalten Regeln der Logik allein, sondern nach dem warmen Puls der Erinnerung, der über Generationen hinweg in ihren Herzen schlug.

Während auf dem benachbarten Kuru die Wissenschaftler als Leuchtfeuer des Fortschritts galten und in ihren Elfenbeintürmen Theorien und Maschinen erdachten, war es auf Iok der Geistliche, der das höchste Ansehen genoss – Hüter alter Weisheit, Träger des heiligen Wortes, Mittler zwischen irdischem Leben und Weltgeist.

Natürlich gab es auch auf Iok Gelehrte – Forscher des Lichts, der Sterne, der Pflanzen und Formen. Doch ihre Bedeutung war nicht aus Macht oder Status geboren, sondern aus der liebevollen Harmonie, die das iokanische Volk mit sich selbst, der Natur und dem Kosmos verband. Respekt galt allen, die dienten, die beitrugen, die die Zahnräder des Daseins geschmeidig hielten. Wissenschaft war nicht Konkurrenz zur Spiritualität – sie war ihr Bruder, geboren aus derselben Sehnsucht, das Unbegreifliche zu begreifen.

Die Gesellschaft von Iok war ein lebendiges Gewebe, gewoben aus Pflicht, Mitgefühl und einem tiefen Sinn für Gleichgewicht. Da gab es die Versorger – Männer und Frauen, die mit geschärftem Sinn in die Wälder zogen, auf der Suche nach essbaren Früchten, Wurzeln und heilkräftigen Kräutern, die in der stillen Sprache des Morgentaus flüsterten. Andere jagten, stets mit Demut, niemals aus Gier, sondern um das Leben zu nähren. Wieder andere versorgten Tiere, pflegten Felder, ackerten den fruchtbaren Boden – ein Wissen, das sie mit großer Dankbarkeit von Kuru übernommen hatten, als der Handel zwischen den Planeten zu einem festen Band wurde, das Welten verband.

Die Konstruktoren waren stille Helden – Handwerker und Baumeister, die mit geübter Hand Häuser errichteten, Brücken schlugen, Tempel pflegten und jene Geräte schufen, die das tägliche Leben stützten. Doch strebten sie nicht nach Ruhm oder Ehrfurcht – sie bauten, weil es dem Leben diente.

Denn Ruhm war auf Iok nie Selbstzweck. Der größte Lohn war das Gefühl, Teil eines Ganzen zu sein – eines Netzwerks aus Licht, Wind und Geist, getragen von einer unausgesprochenen Übereinkunft: Lebe in Achtung vor allem, was ist.

Die Iokaner lebten im Einklang mit der Welt, die sie hervorgebracht hatte. Sie sahen sich nicht als Herrscher über die Natur, sondern als Hüter ihrer Geheimnisse. Ihr Glaube galt den Acht Winden, jenen unsichtbaren Kräften, die Tag und Nacht über das Antlitz Ioks fegten. Diese Winde waren nicht nur meteorologische Phänomene – sie waren Wesenheiten, uralt und machtvoll, geboren aus dem kosmischen Atem.

Die Entstehung dieses Glaubens war tief verwoben mit dem langsamen Tanz des Planeten. Denn Iok drehte sich kaum. In ferner Vorzeit, vor Milliarden von Monden, hatte ein gewaltiger Einschlag – oder vielleicht die schützende Umarmung seines Mondes – die Rotation fast vollständig zum Erliegen gebracht. So zeigte Iok stets dieselbe Seite seiner Sonne.

Dies hatte weitreichende Folgen: Auf der hellen Seite wuchs Leben in sanftem Licht, während die dunkle Hälfte in ewiger Kälte lag. Zwischen diesen beiden Welten, an den scharfen Kanten der Kontinente, tobten unablässig Stürme. Die Winde – heiß, kalt, reißend – wurden so zu Göttern. Sie konnten sanft tragen oder zerstörerisch zerreißen. Sie schufen und vernichteten. Sie brachten Träume und nahmen Leben.

So lernten die Iokaner, die Winde zu deuten, zu achten, zu hören. Aus dem Wind entstand ihr Glaube. Aus dem Glaube wuchs ihre Weisheit. Und diese Weisheit mündete im größten Mysterium ihrer Kultur: dem Orakel.

Das Leben auf Iok war in vier heilige Meilensteine gegliedert – Geburt, Erwachsenwerden, Vermählung und Tod. Zu jeder dieser Schwellen trat der Iokaner vor das Orakel, stets begleitet von einem Geistlichen, der als Dolmetscher der Götter galt. In geweihter Stille lauschte man dem Flüstern des Planeten, das durch Dampf, Zischen, Grollen und Beben sprach – und der Geistliche deutete es, übertrug es in Worte, die das Leben lenken sollten.

Als Neugeborener wurde man gesegnet.

Als Heranwachsender erhielt man seine Aufgabe.

Als Liebender empfing man den Segen zur Verbindung.

Und als Verstorbener wurde man mit einem letzten Wort in die Ewigkeit entlassen.

Das bedeutendste dieser Rituale aber war das Tikka – das heilige Erwachsenwerden.

Am fünfzehnten Mond ihres Lebens, standen alle jungen Iokaner am Fuß des Orakel-Tempels, bekleidet mit der traditionellen Gewandung, die Stirn mit kunstvollen Bändern und Symbolen geschmückt. In die Stirnbänder war immer ein seltener Stein eingefasst. Dort empfingen sie ihre persönliche Aufgabe – ein Ruf, der vom Planeten selbst kam. Die Erfüllung dieser Aufgabe machte sie zu vollwertigen Mitgliedern ihrer Gesellschaft. Kein Titel, kein Alter allein machte einen zum Erwachsenen – nur das Tikka.

Doch was war das Orakel?

Der Planet Iok bestand aus drei Kontinenten: Akkis, Nokkis und Ikkis.

Nur einer – Akkis – war bewohnbar. Denn während Nokkis in ewiger Nacht lag, erstarrt, vereist, lautlos, war Ikkis eine sengende Wüste, verbrannt unter der ewigen Sonne, eine flirrende Landschaft aus Feuer und Spiegel.

Zwischen diesen Extremen tobten die stärksten Winde – dort, an den Grenzlinien zwischen Licht und Dunkel, zwischen Kälte und Glut.

Doch genau auf Akkis, im sanften Dämmerlicht des Lebens, stieg der Atem des Planeten empor – durch heilige Geysire, gespeist aus dem glühenden Innern, gelenkt von den Bewegungen dreier mystischer Monde. Über jedem dieser Geysire errichteten die Iokaner prächtige Tempel – nicht aus Prunk, sondern aus Ehrfurcht.

Und wenn der Geysir zischte, wenn Dampf und Stimme emporstiegen, dann sprach das Orakel.

Es war eine uralte Kunst, fast ein Tanz aus Lauschen, Deuten, Ahnen. Nur die Geistlichen, geschult über Generationen, waren in der Lage, aus Ton, Rhythmus und Klang der Erde die Worte herauszuhören, die für das Schicksal eines Einzelnen bestimmt waren. Die Stimme des Planeten war nicht laut – sie war vielschichtig, geheimnisvoll, voller Andeutungen. Nur wer sein eigenes Ego vergaß, konnte sie wahrhaft hören.

So lebte Iok – zwischen Wind und Weisheit, zwischen Aufgabe und Einklang.

Und genau dort, an einem dieser Geysire, unter dem zischenden Hauch der Welt, begann eine Geschichte, wie sie nur einmal in einer Million Monde geschieht...

Darf ich vorstellen:

Elowen

Elowen war der Held dieser Geschichte,

doch wusste er es noch nicht.

Wie könnte er auch?

Denn in den stillen Morgenstunden,

wenn der Nebel sich wie ein hauchdünner Schleier über das Land legte
und der Ruf der ersten Windgreiflinge die Wälder durchdrang, war Elowen nur ein Junge.

Ein einfacher, barfüßiger Junge aus den bescheidenen Hütten des
Nordhanges von Akkis,

wo die Erde mager und das Leben schlicht war.

Er war der Sohn von Thorne und Elara, Versorger seit Generationen – Jäger, Sammler, Ernährer der Sippe.

Ihre Hände waren von Schwielen gezeichnet, die Gesichter vom Wind gegerbt, die Stimmen rau vom vielen Erzählen am Feuer,

wenn sie von ihren Gängen in die uralten Wälder berichteten, von Begegnungen mit scheuen Kreaturen, vom Duft reifer Kawa-Früchte und dem heiligen Zittern beim Anblick eines Eoras, eines Waldtieren, der nur den Reinen erschien.

Elowen war als Kind still gewesen. Nicht aus Furcht, sondern aus Tiefe.

Seine Augen – dunkelbraun mit einem grünlichen Stich wie das weiche Moos an den Felswänden des Flusses Nira – blickten oft ins Leere, doch seine Gedanken reisten weit. Während andere Kinder mit Steinen warfen und Winddrachen jagten, saß Elowen an alten Wurzeln und hörte dem Wald zu.

Er glaubte, dass Bäume miteinander flüsterten. Er glaubte, dass der Wind eine Sprache hatte, die nur jene verstanden, die lange genug schwiegen.

Seine Hände waren geschickt, obwohl er das Jagen nicht liebte. Er konnte Fallen bauen, kannte die Wege der Tiere, doch sein Herz schlug für das Beobachten, nicht das Töten.

Er sammelte Federn, hörte dem Tropfen der Höhlen zu und hatte ein seltsames Gespür für das Verborgene.

Elara meinte oft, er sei wie ihr verstorbener Vater, ein Träumer, der das Unsichtbare sehen konnte.

Thorne hingegen war strenger. Er liebte seinen Sohn,

doch wollte er aus ihm einen Mann machen – einen Versorger wie er selbst, fest, verlässlich, notwendig. Nicht einen Wanderer in den Wolken.

Nun war Elowen fünfzehn Monde alt, das heilige Alter. Der Tag seines Tikka nahte – die Stunde, in der der Planet ihm seine Aufgabe nennen würde. Eine Aufgabe, die nicht nur seinen Lebensweg bestimmen, sondern ihn in den Kreis der Erwachsenen heben würde.

Seine Eltern hatten gehofft, dass er den Pfad der Versorgung wählen würde, dass er sich den anderen anschlösse, die mit Speer und Satteltasche durch die Wälder streiften. Vielleicht würde er sogar das Jagen wieder lieben lernen.

Doch Elowens Herz pochte anders.

In seinen Träumen war er immer weiter fort, unter Wasser, in dunklen Höhlen, zwischen Sternen, in Räumen, die nicht nach Raum rochen, und Stimmen, die nicht von dieser Welt waren. Er konnte nicht sagen, was ihn rief, nur dass etwas rief – etwas Uraltes, etwas Vergessenes, etwas, das tief unter der Haut von Iok pulsierte.

Er war ein gewöhnlicher Junge, doch sein Geist war auf geheimnisvolle Weise mit etwas Ungewöhnlichem verwoben. Seine Geburt war von einem leisen Beben begleitet gewesen – eine Erscheinung, die man später vergessen hatte. Nur die alte Seherin des Tals hatte damals leise gemurmelt:

„Er kommt nicht, um zu bleiben. Er kommt, um zu öffnen.“

Elowen wusste nichts davon. Er wusste nur, dass er anders träumte als die anderen. Und dass in seinem Innern ein leiser Widerstand gegen das Gewöhnliche wuchs. Nicht aus Arroganz. Sondern weil sein Herz nach Wahrheit dürstete. Nicht nach Ruhm. Nicht nach Macht. Nicht einmal nach Bedeutung.

Nun, an der nahenden Zeit seines Tikka, war er unruhig. Der Himmel hatte sich verändert – seltsame Farben zogen über den Horizont, und die Winde, die sonst in langen, vertrauten Atemzügen durch das Tal glitten, wechselten plötzlich die Richtung. Die kleinen Flugtiere flogen tiefer.

Die alten Steine an der Weggabelung knisterten leise im Licht des Untergangs. Irgendetwas war im Begriff, sich zu verändern.

Und Elowen – ein Junge aus ärmlichen Verhältnissen, ein einfacher Sohn zweier ehrlicher Hände – würde der erste sein, der es zu spüren bekam.

Was auch immer das Orakel sprechen mochte – es würde nicht das sagen, was man von einem Versorgerkind erwartete. Denn Iok hatte lange geschwiegen. Zu lange. Und nun war Elowens Zeit gekommen.

Mikmok

In einer Siedlung, in der der Wind Geschichten trug und das Zischen der
Geysire als göttliche Offenbarung galt, lebte ein Mann, dessen Wort
mehr wog als jede Waffe, jedes Werkzeug, jede Tat. Sein Name war
Mikmok – Hohepriester, Orakelsprecher, und Herr über Leben und Tod
im Kreis seiner Siedlung. Seine Frau Calista starb früh an einer Krankheit
nach der Geburt ihrer zweiten Tochter.

Hoch oben, wo die Nebel nie ganz wichen, stand sein Tempel – aus ob-
sidianfarbenem Gestein errichtet, durchzogen von silbernen Linien, die
sich bei Sonnenaufgang leise zu bewegen n. Dort, im Innersten des Heiligtums, lebte Mikmok. Ein Gelehrter des Kosmos, ein Bewahrer alter
Runen, der letzte Schüler der Windzeichenmeister. Sein Verstand war

scharf wie der Frosthauch über den Nordklippen, sein Wissen um die Sterne reichte zurück bis in Zeiten, in denen die Sprache der Winde noch nicht verschriftlicht war.

Sein Körper war hager, doch nicht schwach – er bewegte sich mit bedächtiger Würde, als würde jedes seiner Schritte vom Rhythmus des Planeten gelenkt. Seine Augen, tief und grau wie verhangene Himmel, vermochten selbst in der Dunkelheit der Geysirgänge Zeichen zu erkennen. Seine Robe, aus gewebtem Blattseide, trug das Emblem der Acht Winde – ein uraltes Symbol, das nur jenen zustand, die die Prüfungen des Orakels bestanden hatten.

Mikmok war vieles: Astronom, Magier, Alchemist, Ratgeber, Sprachrohr des Göttlichen. Er verstand es, die Bewegungen der Sterne mit den Strömungen der Luft zu deuten. Aus dem Dampf der Quellen konnte er Träume lesen, und mit einem Tropfen eines selbstgebrauten Elixiers konnte er Wunden heilen, an denen gewöhnliche Heiler verzweifelten.

Doch so hoch seine Stellung, so tief war auch der Abgrund, in dem sich ein Teil seines Wesens verbarg.

Denn Mikmok war nicht nur ein Diener des Lichts.

Er war dem Glanz des Edelgrüns verfallen.

Jenem seltenen, geschliffenen grünen Edelstein, der als Währung auf Iok galt – Zeichen von Wohlstand, Macht und Einfluss. Kein anderer auf dem Kontinent besaß so viele dieser Steine wie er. In den Gewölben unterhalb seines Tempels lagerten Hunderte, vielleicht Tausende – funkelnd wie gestohlene Sterne, leuchtend wie Versuchungen aus einer anderen Welt.

Längst hätte er alles haben können, was das Herz eines Sterblichen begehrt. Und doch – es reichte ihm nie.

Was als Gabe begann – als Lohn für weise Entscheidungen, als Opfergabe der Dankbaren – wurde langsam zu einem Hunger.

Kein gieriges, wildes Verlangen. Nein, Mikmoks Gier war still, kontrolliert, wie eine Schlange unter Laub.

Er tat nichts offen Unrechtes. Doch seine Gunst war leichter zu gewinnen, wenn Edelgrün den Weg pflasterte.

Manche Entscheidungen des Orakels begünstigten plötzlich jene, die großzügiger spendeten.

Andere wurden hinausgezögert, wenn die Opfergaben ausblieben.

Einige flüsterten davon – doch keiner wagte es, laut zu sprechen. Denn Mikmok war der Träger der Stimme Ioks.

Und wer die Stimme des Planeten in Zweifel zog, zweifelte am Willen des Universums.

Trotz dieser dunklen Seite blieb er der mächtigste Mann der Region. Nicht durch Gewalt, sondern durch Glauben.

Denn die Bewohner von Iok glaubten an Zeichen, an Deutungen, an Gleichgewicht.

Und Mikmok wusste, wie man Zeichen deutet. Er wusste, was zu sagen war – und was besser im Nebel blieb.

Er war weder ein Dämon noch ein Heiliger.

Er war Mikmok – ein Wesen aus Fleisch, Geist und Schwäche.

Ein Mann, der dem Himmel näher stand als alle anderen, und doch manchmal vom Glanz der Steine geblendet wurde.

Und nun näherte sich der Tag, an dem er einem jungen Iokaner namens Elowen gegenübertreten sollte –

einem einfachen Jungen mit einem Herzen so rein wie die Luft über den Quellhügeln.

Was würde Mikmok in ihm sehen? Ein Werkzeug? Einen Auserwählten? Eine Gefahr?

Noch sprach das Orakel nicht.

Doch der Wind hatte sich bereits gedreht.

Miora

Inmitten des heiligen Orakelhauses, wo das Schweigen ehrfürchtig war
und die Luft nach Myrrhe und Sternenstaub roch, wuchs ein Mädchen
heran, das selten gesehen, doch niemals ganz übersehen wurde. Miora,
die jüngere Tochter des ehrwürdigen Mikmok, war eine jener stillen
Existenzen, deren Gegenwart das Gleichgewicht hielt – auch wenn die
Welt es kaum wahrnahm.

Sie war kaum dem Kindesalter entwachsen und trug doch bereits die
feinen Linien der inneren Reife im Blick. Ihre Augen – von einem hellen,
beinahe durchscheinenden Braun – wirkten wie klare Teiche nach einem Sturm: ruhig an der Oberfläche, doch tief und unergründlich in
ihrem Grund. Ihre Haut war sonnengeküsst vom Licht der Dämmerstun-
den, ihre Stimme so weich, dass sie eher klang wie ein Hauch im Gras,

als wie Worte. Und doch – wenn sie sprach, lauschte man, als ob die Luft stillstand.

In diesem Mondzyklus wurde Miora fünfzehn Monde alt.

Ein heiliger Moment im Leben eines jeden Iokaners – der Ruf des Orakels, die Zeremonie des Tikka, die Bestimmung durch die acht Winde. Doch während andere in diesem Alter mit Erwartung und Hoffnung überschäumten, war es bei Miora ein stilles Beben, ein vorsichtig gehüteter Funke unter einer Decke aus Pflicht und Zurückhaltung.

Ihre verstorbene Mutter Calista wollte sie immer schützen. Doch die Angst, die Sorge um sie, hat sie zerfressen. Sie war wie ein Gift, das sich langsam in ihr Herz grub, bis nichts mehr von ihr übrig war. Und eines Morgens war sie fort. Wie eine Kerze, die zu schnell niederbrannte.

Sie war die zweite Tochter Mikmoks, und das bedeutete auf Iok nicht einfach nur, jünger zu sein – es bedeutete, im Schatten einer Bestimmung zu stehen, die bereits vergeben war. Loyana, ihre ältere Schwester, war das Licht in Mikmoks Augen. Sie war schön wie der erste Morgentau, weise wie eine alte Seherin und so eifrig in der Lehre des Orakels, dass man sie bereits als Anwärterin auf das Amt der Hohenpriesterin bezeichnete. Es war strenger Brauch, dass der amtierende Hohepriester seinen Nachfolger bestimmte. Offiziell hatte Mikmok Loyana aber noch nicht zu seiner Nachfolgerin bestimmt. Insgeheim wusste aber jeder, dass sie es mit Sicherheit werden würde.

Miora hingegen... war nicht auserwählt.

Zumindest nicht nach den Maßstäben ihres Vaters. Auch wenn sie in Bezug auf ihr Wissen ihrer älteren Schwester in nichts nachstand.

Mikmok war ihr gegenüber streng, oft kalt – ein Mann, dessen Herz für sie selten Wärme fand. Wo er für Loyana Gedichte aus den Windzeichen sprach, ließ er Miora schweigend an den Aufgaben des Hauses wachsen. Schon früh musste sie lernen, den Staub der Gänge mit bloßen Händen zu beseitigen, die heiligen Gewänder zu waschen, ohne sie je selbst tragen zu dürfen. Wenn Speisung im Hause Mikmok stattfand, war es Miora, die die dampfenden Schalen trug und sich am Ende mit den Resten begnügte.

Doch niemals klagte sie.

Denn irgendwo in ihrem Innersten – in jener stillen Kammer ihres Herzens, wo Kindheitsträume und erste Sehnsüchte wie Sternensamen ruhten – trug sie einen Wunsch, der stärker war als jedes Leid:

Die Anerkennung ihres Vaters.

Sie hoffte – mit jener stummen Kraft, die nur jene kennen, die nie verwöhnt wurden – dass ihre Reifeprüfung alles ändern würde.

Dass das Orakel ihr eine Aufgabe schenken würde, so groß, so leuchtend, so unbestreitbar, dass Mikmoks kalte Miene von Stolz berührt würde.

Dass er sie sehen würde – nicht nur als die zweite Tochter, nicht nur als Dienerin unter einem heiligen Dach, sondern als das, was sie wirklich war:

Ein leuchtender Stern, noch verborgen hinter Nebel, bereit, sein Licht zu entfalten.

Miora war kein Blatt im Wind.

Sie war der Wind, der noch nicht gelernt hatte zu tanzen.

Ein Hauch von Zauber ruhte auf ihr, eine Ahnung von etwas, das größer war als die Gemächer, die sie reinigte. Ihre Sinne waren fein, ihre Gedanken weit, ihr Herz voller Mitgefühl. Und obwohl sie sich nie offen widersetzte, lebte in ihr eine stille Unbeugsamkeit – die Kraft jener, die nicht fordern, sondern warten…

…bis der richtige Wind kommt.

Und dieser Wind, so wusste sie tief in sich, würde bald wehen. Vielleicht nicht heute. Vielleicht nicht morgen. Doch bald würde das Orakel sprechen – und vielleicht würde es Miora sein, die Ioks wahre Stimme trägt.

Loyana

Wenn das Orakel sang, war es Loyana, die am ersten lauschte.

Wenn die acht Winde über die Tempelkuppen jagten, war sie es, die ihre Stimmen am klarsten vernahm.

Loyana, Mikmoks Erstgeborene, war wie aus einem Lied der Ahnen gewoben – schön, stolz, und von beinahe unheimlicher Anmut durchdrungen. Ihre Bewegungen erinnerten an die feinen Wellen eines heiligen Quellsees, ihre Stimme klang wie das geflüsterte Echo alter Weissagungen. Sie war wie geschaffen, um gesehen zu werden – und sie wusste es.

Ihr Haar war von tiefem Schwarz, schwer wie Nacht auf Nokkis, wenn kein Mond sie küsst, und fiel ihr wie Seide über die Schultern. Ihre Augen waren bernsteinfarben – hell wie geschliffenes Edelgrün im Feuerlicht – durchdringend, wachsam, voll wissender Ruhe. Man sagte, wer ihr zu lange in die Augen sah, musste sich selbst erkennen – oder vergehen.

Sie war eine, die die Blicke auf sich zog, nicht durch Prunk, sondern durch eine stille Autorität.

Schon als Kind war sie von einer Aura umgeben gewesen, als würde das Orakel sie auf Schritt und Tritt segnen. Mikmok, ihr Vater, der Hohepriester, sah in ihr sein eigenes Ebenbild – oder vielmehr: das, was er gern gewesen wäre, frei von Schwäche, rein in der Berufung, unerschütterlich im Glauben. Er formte sie wie ein Bildhauer ein Denkmal – mit Strenge, mit Hingabe, mit Ehrfurcht.

Und Loyana nahm diese Rolle mit Anmut an.

Sie widersprach nicht.

Sie zweifelte nicht.

Zumindest nicht nach außen.

Sie lernte die alten Sprachen, die Zeichen der Winde, die Bewegungen der Sterne. Sie konnte den Atem des Geysirs deuten, als spräche der Planet nur zu ihr. Ihr Wissen um die Riten, um die Übergänge von Leben und Tod, um das Geheimnis des ewigen Kreises war beeindruckend – und doch nie protzig.

Denn Loyana war vieles, doch niemals töricht.

Ihr Stolz war leise. Ihr Ehrgeiz war scharf, verborgen unter einem Mantel aus Gelassenheit. Doch wer genau hinsah, erkannte: Sie wollte mehr.

Mehr als nur Tochter sein. Mehr als nur Anwärterin auf ein Amt.

Sie wollte über Iok wachen, wie der große Mond über die Gezeiten
wacht – schweigend, kraftvoll, ewig.

Und so war sie im Volk geliebt, bewundert, gefürchtet. Die Jungen ver-
ehrten sie wie eine Göttin. Die Alten blickten ihr mit gemischten Gefühlen nach – denn zu viel Licht warf auch Schatten.

Insbesondere auf ihre Schwester Miora, deren leises Wesen kaum durch
Loyanas Schein dringen konnte. Ob Loyana dies bemerkte? Vielleicht.

Ob sie es bedauerte? Nur die Winde könnten es sagen.

Denn in Loyanas Herz schlummerte auch ein Zwiespalt, den sie keinem
offenbarte.

Ein feiner Riss im makellosen Bild, wie eine kaum sichtbare Linie in
kostbarem Glas.

Manchmal, in stillen Nächten, wenn der Geysir schweigt, saß sie allein
am Rand des Tempels und blickte in die Sterne – lange, ohne sich zu
rühren. Dann schien sie zu fragen, ob das Licht, das sie trug, wirklich ihr
eigenes war… oder nur das Echo eines fremden Willens.

Doch bei Sonnenaufgang war sie wieder die Loyana, die alle kannten:
Die Auserwählte. Die Strahlende. Die Tochter, die alles war.

Keyan

Keyan war der Sohn des Hauses Darn'Kel, einer ehrwürdigen Linie von
Konstruktoren, deren Name auf Iok wie aus edlem Gestein gemeißelt
stand. Seine Eltern, Galadon und Vaeda, galten nicht nur als Meister des
Bauens, sondern auch als Hüter alter Konstruktionsgeheimnisse, die bis
zu den ersten Städten Akkis' zurückreichten. Ihre Werke prägten das
Antlitz des Landes – Brücken, die Winde lenkten, Türme, die den Himmel küssten, und Tempel, die dem Orakel Ehre erwiesen.

Keyan war mit silbernem Löffel geboren, doch mit wertvollem Werkzeug aufgewachsen. Schon früh lernte er das Spiel mit Formen und Kräften, mit Linien und Gewichten. Sein Spielzeug waren keine Knochenfigu-
ren oder Winddrachen aus Blättern, sondern kleine Modelle von
Hebevorrichtungen, Miniaturhäuser aus gehärtetem Lehm, sogar be-
wegliche Wasserleitungen.

Und wenn andere Kinder auf Bäume kletterten, kletterte Keyan auf die Gerüste der Bauherren – immer unter den wachsamen Augen seiner Familie, die ihm jedes Risiko abnahm und jeden Fall abfederte.

Er war gutaussehend, das musste man ihm lassen. Mit einem Gesicht wie gemeißelt aus hellem Sandstein, goldbrauner Haut von der Sonne Akkis' geküsst, und Augen von dunklem Braun – wie Wasserholz in einem stillen Becken.

Sein Haar war stets gepflegt, seine Gewänder fein und geschmückt mit Stickereien, die seine Herkunft nicht nur verrieten, sondern feierten. Er bewegte sich mit dem Selbstbewusstsein eines jungen Windgreifers, der noch nie Windböen fürchten musste.

Doch obwohl er im Überfluss lebte, war Keyan nicht hochmütig.

Nicht offen zumindest.

Sein Stolz war subtil – wie ein gut geöltes Scharnier, das kaum zu hören, aber unverkennbar war. Er war höflich, redegewandt, beliebt unter den Gleichaltrigen – doch man spürte, dass er nie gelernt hatte, zu warten, zu entbehren oder zu bitten. Was er wollte, bekam er.

Oder er wusste, wie man es sich nahm.

Sein Geist war scharf, sein Wille stark. Er träumte davon, eines Tages die Konstruktionen Ioks auf ein neues Niveau zu heben, Maschinen zu entwerfen, die mit den Kräften der Winde und des Wassers gleichermaßen arbeiteten. Visionen hatte er viele – und auch die Mittel, sie zu verwirklichen.

Doch was ihm fehlte, war Demut.

Ein Herz, das nicht nur plant, sondern auch spürt. Er war gut, zweifellos. Aber gut sein genügt nicht immer.

Die Tikka-Zeremonie war für Keyan weniger Prüfung als Bühne. Er war überzeugt, dass das Orakel ihm eine Aufgabe von großer Bedeutung geben würde – etwas Glanzvolles, Außergewöhnliches, das seiner Herkunft würdig war. Vielleicht eine Aufgabe, die ihn dem Orakel näherbrachte?

Vielleicht gar ein Auftrag, der seine Familie in den Rang der geistlichen Kaste erhob? Solche Gedanken wagte er nicht auszusprechen – doch sie flüsterten in seinem Innern wie die Stimmen kleiner, ehrgeiziger Dämonen.

Was er nicht ahnte: Das Orakel hört nicht auf Reichtum. Es hört auf das, was darunter liegt. Und was sich in seinem Herzen verbarg – war noch nicht geformt. Noch nicht geprüft. Noch nicht gereinigt.

Voron und sein Pilot Teres vom Planeten Kuru

Voron – Der Händler zwischen Welten

Voron war ein Kind des Nachbarplaneten Kuru, ein Händler von Ruf und
Rang, dessen Name auf Iok stets mit einem Lächeln und einem Nicken
begrüßt wurde. Er war nicht von edlem Geblüt, doch sein Ruf eilte ihm
stets voraus – wie der Duft seltener Gewürze, die er mit sich führte.
Seine Gestalt war kräftig, gedrungen, mit Händen, die von mondelan-
gem Entladen und Feilschen gezeichnet waren. Die Haut von warmer
Kupferfarbe, das Gesicht ganz fein und ohne Falten.

Sein Blick war wach, seine Augen blitzten wie frisch geschliffene Tiron-
Gläser – eine Erfindung von Kuru, die Licht in alle Richtungen brachen.

Er konnte mit einem halben Blick den Wert eines Tauschgutes erkennen, hörte Lügen im Zögern der Stimme und wog Hoffnungen wiegenweise auf den Waagschalen seines Bauchgefühls.

Voron war kein Händler aus Gier – sondern aus Leidenschaft. Der Austausch, die Bewegung von Dingen zwischen Welten, das Weben von Verbindungen zwischen Kulturen – das war sein Lebenselixier.

Er war stets in Bewegung. In jedem Zyklus flog er mit seinem windgeglätteten Schiff, der Zai'Rem, durch die unsichtbaren Ströme zwischen Kuru und Iok. Sein Schiff war kein Kriegsflügel, sondern ein fliegender Basar – voller Kammern, in denen sich Stoffe aus Lichtseide, Werkzeuge aus funkengehärtetem Stahl, Kräuter, die im ewigen Dämmerlicht Kurus wuchsen, und Glasgefäße, die beim Atmen sangen, verbargen.

Auf Iok war Voron mehr als ein Händler – er war ein willkommener Bote aus einer anderen Welt. Die Kinder folgten ihm, wenn er in den Siedlungen ankam, in der Hoffnung, eine kleine Kostbarkeit aus seiner Tasche zu erhaschen. Die Erwachsenen achteten ihn, weil er immer gerecht handelte, niemals versuchte, mehr zu nehmen, als ihm zustand – und stets bereit war, auch einmal eine Schuld stundenweise zu vergessen, wenn die Umstände es forderten.

Doch trotz all seiner Erfahrung, seines Charmes und seiner Geschichten, war Voron kein Narr.

Er wusste: Der Handel war nur dann von Wert, wenn Vertrauen ihn trug.

Und Vertrauen – war ein Gut, das schwerer wog als Edelgrün.

Teres – Der junge Sternenpilot

An Vorons Seite, im schmalen Cockpit der Zai'Rem, saß ein neuer Schatten: Teres, ein junger Pilot, kaum älter als Miora und Elowen, und doch bereits in den Himmel getreten – zumindest an dessen Schwelle.

Teres war schlank, mit langen Fingern, wie gemacht für die Hebel, Schalter und die Glasbildplatten des Schiffes. Seine Haut hatte das matte Grau vieler Kuruaner, die selten unter freiem Himmel wandelten, und seine Augen – weit und neugierig – blickten stets, als suchten sie nach etwas, das jenseits der Sterne lag.

Er war kein geborener Navigator. Noch verwechselte er manche Koordinaten, und bei seiner ersten Landung auf Iok hatte er das Schiff beinahe auf einem Viehgehege zum Stehen gebracht. Doch er war lernwillig, schweigsam, aufmerksam. Er verehrte Voron wie einen Lehrmeister aus alten Zeiten und schrieb sich jedes seiner Worte ins Herz.

Teres hatte noch nie zuvor einen anderen Planeten betreten. Für ihn war Iok ein Wunder – ein lebendiges, atmendes Mosaik aus Farben, Gerüchen und Lauten. Die Winde machten ihm Angst, doch auch Ehrfurcht. Die Pflanzen, die sich im Rhythmus der Sonne öffneten und schlossen, waren für ihn wie lebendige Träume.

Er glaubte an die Geschichten, die man sich auf Kuru über das Orakel erzählte – als wäre es ein Wesen aus Dampf und Licht, das die Schicksale wie lose Blätter durch seine Finger wehen ließ. Er hoffte, dass er eines Tages, wenn seine Pflicht getan und sein Mut gewachsen war, selbst vor das Orakel treten dürfte – nicht um etwas zu empfangen, sondern um zu verstehen.

So kamen sie – der Händler mit den vielen Geschichten und der Jüngling mit den stillen Fragen. Beide verband das All, das große Fließen zwischen den Welten. Beide trugen Fracht – der eine sichtbar, der andere verborgen.

Und ihre Ankunft – so harmlos sie auch schien – würde das Schicksal Ioks auf nie dagewesene Weise berühren.

Der Tempel des Orakels in Kobi – Stimme des Planeten, Herz des Volkes

Hoch über den geschäftigen Ebenen von Kobi, wo der Boden warm atmet und die Winde in endlosen Tänzen durch die Häuserschluchten gleiten, erhebt sich aus dem Dunst aufsteigender Geothermalquellen ein Bauwerk von solch erhabener Schönheit, dass der Blick eines jeden Iokaners unweigerlich dort verweilt: der Große Orakeltempel von Kobi.

Er thront auf einem leuchtenden Felsplateau, das durch seismische Kräfte aus dem Innersten Ioks gehoben wurde, ein heiliger Ort, geformt von der Berührung dreier gewaltiger Elemente: Feuer, Wasser und Wind. Die Legenden berichten, dass hier einer der uralten Geysire emporbrach – ein Atemzug des Planeten – und die ersten Geistlichen aus

Dampf und Flüstern seine Stimme vernahmen. Um diesen heiligen Ort, aus dessen Adern heißer Nebel in ewigen Spiralen aufstieg, wurde der Tempel errichtet.

Die äußere Architektur des Tempels folgt keiner Linie, wie sie sterbliche Hände entworfen hätten. Seine Form ist organisch – als sei er gewachsen statt gebaut. Weite Bögen aus schimmerndem Gestein umarmen den Geysir in der Mitte. Die Wände bestehen aus Trakith, einem seltenen Stein, der bei wenig Sonnenschein golden glimmt und bei Wind silbern schimmert. Überall flüstert es, klirrt es, tönt es – denn der Wind spielt in den vielen Hohlräumen des Tempels eine Melodie, die sich ständig wandelt, wie ein Lied, das der Planet singt.

Im Zentrum, wo der Geysir seine dampfenden Schwaden ausstößt, steht der Hörstein – ein monolithischer, spiralförmig gewundener Obelisk aus schwarzem Obsidian. Hier legt der amtierende Hohepriester seine Hand auf, um mit dem Orakel zu sprechen. Die Dämpfe steigen dabei empor, tanzen um das Haupt des Fragenden und flüstern Antworten in einer Sprache, die nur die Gelehrten der Winde – wie Mikmok – zu deuten wissen.

Um den Hörstein ist ein Ring von acht offenen Fensterbögen eingelassen – einer für jeden der acht Winde, denen die Iokaner huldigen. Jeder dieser Bögen ist einem Windheiligen gewidmet, und durch jeden weht zu bestimmten Zeiten ein bestimmter Hauch – kalt, warm, schnell, kreisend, flüsternd, tobend, tragend oder schneidend. Der Tempel ist so gebaut, dass zu jeder Tageszeit ein anderer Wind durch den heiligen Kreis zieht, als ob das Orakel wähle, durch welchen Aspekt es spricht.

Die inneren Hallen des Tempels sind geschmückt mit Wandmalereien, die das kollektive Gedächtnis des Volkes bewahren. In silbernen Pigmenten, gemischt mit Asche vergangener Hohepriester, sind dort die großen Ereignisse Ioks verzeichnet: Die Ankunft des ersten Handelsschiffes von Kuru. Die Erhebung der ersten Tikka-Auserwählten. Die Offenbarung der Winde.

In den Seitenflügeln des Tempels wohnen die Geistlichen, die Novizen, die Windsängerinnen und die Hüter der Texte – eine Gemeinschaft, die Wissen und Glaube mit Gleichmut bewahrt. Hier lebt auch der Hohepriester, in einer schlichten Kammer – zumindest offiziell –, denn nicht alle Geistlichen leben in Gleichheit, wie man an Mikmok deutlich sehen kann.

Und außerhalb des Tempels, auf dem weiten Platz von Kobi, versammeln sich zu jeder Tikka-Zeremonie hunderte von Bewohnern. Hier legen junge Seelen ihr Schicksal in die Hände des Orakels, treten barfuß auf den warmen Stein, blicken in die aufsteigenden Dämpfe und lauschen der Stimme, die aus dem Herzen des Planeten zu ihnen spricht.

Der Tempel von Kobi ist kein bloßer Ort – er ist ein Lebewesen. Er atmet. Er sieht. Er hört. Und manchmal, so glauben die Ältesten, besucht er sie in ihren Träumen.

01. Vorbereitung zum Fest

Es war ein herrlicher, heiterer und warmer Tag auf Iok. Die Brise des heiligen Nordwindes wehte pfeifend die warme Luft des nahegelegenen, aufgeheizten Meeres in die Ortschaften. Dieser Wind brachte den wohlriechenden Duft von Salzwasser über die Küstenregion hinaus, tief ins Land hinein. Er strich über die sandfarbenen Dächer, durch die offenen Fenster und über die Gärten von Kobi – der Hauptstadt Akkis', einer Siedlung, so friedlich wie ein lang geträumter Traum, und zugleich erfüllt von aufgeregtem Puls, denn die Tikka-Zeit stand bevor.

In dieser heiligen Zeit wandelte Mikmok, der zuständige Hohepriester, in gemächlichem Schritt durch die gepflasterten Wege seiner Siedlung. Seine Robe aus rostbraunem Linwar-Stoff wehte leicht im Wind, das Silber seiner Brustspange schimmerte im Sonnenlicht. Er war nicht in Eile – nie war er in Eile. Die Mondzyklen hatten ihn gelehrt, dass Zeit sich beugen ließ, wenn man sie ehrte.

Die Gassen von Kobi waren erfüllt vom Klang des Lebens: das Lachen von Kindern, das Klirren von Werkzeug in den Werkstätten, das Klatschen nasser Tücher in den Händen der Wäscherinnen. Die Häuser, aus hellen Tonsteinen erbaut, wirkten freundlich und offen, mit weiten Innenhöfen und rankenden Blüten, die aus Töpfen an den Fensterbalken herabhingen.

Mikmoks Schritt war von besonderer Bedeutung. Es war eine ertragreiche Zeit für ihn, denn mit dem herannahenden Fest kamen auch die Gaben – eine Tradition, so alt wie der erste Wind. Familien, deren Kinder das Alter von fünfzehn Monden erreicht hatten, suchten den Segen des Hohepriesters. Und dieser Segen kam nicht ohne Edelgrün – jenes seltene, grünlich schimmernde Gestein, das auf Iok als Zeichen von Reichtum und Verehrung galt. Es wurde nicht laut über die Gaben gesprochen, aber jeder wusste: Die Tikka war auch ein Fest des Ansehens.

Mikmok lächelte in sich hinein. Er war ein Mann, der seinen Platz kannte, ein wohlhabender, in die Monde gekommener Geistlicher, dessen Stimme in Kobi mehr zählte als ein ganzer Rat voller Gelehrter. Seine Worte waren Gesetz, denn er war das Sprachrohr des Orakels, das seinerseits in den Winden flüsterte, in Visionen sprach und im Herzen derjenigen erwachte, die reinen Sinnes waren.

Jeden Mond sprach Mikmok im Namen des Orakels zu den Heranwachsenden – jedem Kind wurde eine Aufgabe zugewiesen, eine Prüfung des Geistes oder der Hand, der Geduld oder des Mutes. Diese Aufgaben waren mehr als bloße Rituale – sie waren Tore in das Erwachsensein. Nur wer die vom Orakel bestimmte Aufgabe erfüllte, wurde als vollwertiges Mitglied der Gesellschaft anerkannt. Und obwohl die Aufgaben unterschiedlich schwer ern, hatte bisher noch kein Kind versagt. Das beruhigte das Dorf – und nährte zugleich den Ruhm Mikmoks.

An diesem Vormittag führte ihn sein Weg zur Behausung der Familie Darn'Kel. Die Wolken standen hoch am Himmel, das Licht war matt und weich zugleich, wie durch einen goldenen Schleier gefiltert. Die Wände der Häuser warfen flache Schatten, die Straßen rochen nach sonnengewärmtem Stein und dem feinen Rauch von Räucherharzen, die in kleinen Schalen vor den Türen glommen.

Mikmok blieb stehen. Vor ihm erhob sich das prunkvolle Haus der Konstruktoren – die Familie, der auch der junge Keyan angehörte. Die Behausung war ein Meisterwerk ihrer eigenen Handwerkskunst: gewölbte

Bögen aus hellem Stein, eingerahmt von fein ziselierten Kupferplatten;
kunstvoll geschwungene Holzverzierungen, in denen sich das Symbol
des achten Windes verbarg – das Zeichen der Offenbarung.

Der Hohepriester hob seine rechte Hand und klopfte in ruhigem,
rhythmischem Takt an die Tür – dreimal, wie es der Brauch verlangte.

Ein Moment verging. Dann bewegte sich etwas hinter der kunstvoll
verzierten Holztür. Sie öffnete sich langsam. Ein vorsichtiger Blick erschien im Spalt – dann eine Nase, dann ein ganzes Gesicht. Keyans Vater, Galadon, der ehrwürdige Konstrukteur, stand in der Tür.

„Bei den acht Winden: Friede und Kraft euch!" grüßte Mikmok mit einer
fast übertriebenen Herzlichkeit, sein Blick wohlwollend, aber wachsam.

Galadon blinzelte kurz gegen das Licht, erkannte den Gast, und plötzlich
veränderte sich alles in seinem Gesicht – Verwunderung wich ehrfürchtigem Erkennen. Mit einem leichten Keuchen trat er aus der Tür, seine
Arme öffneten sich spontan.

„Bei den acht Winden: Friede und Kraft euch, Hoher Mikmok! Was für
eine Ehre! Mögen eure Schritte stets den rechten Weg finden!"

Sie umarmten sich in jener rituellen Geste, die Zuneigung und Unte-
rordnung zugleich ausdrückte. Galadon roch nach frischem Harz und
Steinmehl, seine Hände waren rau, seine Bewegung herzlich.

„Kommt, kommt doch herein. Mein Haus ist euer Haus, solange ihr darin weilt", sagte er und machte eine einladende Geste.

Mikmok verneigte sich leicht, wie es seinem Rang gebührte, und trat
über die Schwelle. Der Eingangsraum war weit und lichtdurchflutet, mit
einem Boden aus geglättetem Basalt und einem Mosaik, das die Geschichte der ersten Tikka erzählte – ein Werk, das Galadon mit seinen
Brüdern gefertigt hatte.

Ein feiner Duft von gebackenem Dornsamenbrot hing in der Luft, durchsetzt vom frischen Aroma getrockneter Lilialblätter, die in einer silbernen Schale auf dem Fenstersims lagen. Durch das offene Dachfenster drang Licht, das sich auf den polierten Wänden spiegelte.

Galadon führte seinen Gast zum Sitzbereich, ein Podest mit runden, weichen Polstern in kobaltblauem Stoff.

„Darf ich euch einen Kräutertrank anbieten? Oder ein wenig Traubenwasser? Es ist gekühlt – wir lagern es in den Schattensteinkammern."

„Ein Traubenwasser wäre mir lieb, danke", antwortete Mikmok freundlich, seine Stimme ruhig wie ein alter Strom.

Galadon verbeugte sich erneut und verschwand in einem Seitenraum.

Mikmok blieb allein zurück, ließ seinen Blick durch den Raum wandern, sog jedes Detail in sich auf. Er war nicht nur Priester – er war auch Beobachter. Jeder Raum, jedes Symbol, jede Geste erzählte ihm Geschichten über die Iokaner, denen er begegnete. Und die Geschichte der Familie Darn'Kel war eine stolze, fest in den Stein gebrannte Geschichte.

Ein Lächeln huschte über sein Gesicht. Ja – Tikka war nah. Und mit ihr jene geheimnisvolle Spannung, die jeden Mond in der Luft lag – ein Versprechen, das sich noch nicht offenbart hatte.
Als Galadon mit dem Traubenwasser zurückkehrte, erhob sich der Hohepriester aus seiner würdevollen Haltung und sprach mit einer Stimme, die wie das ferne Grollen eines Gewitters durch die Hallen des Prachtbaus vibrierte: „Ich bin gekommen, um deinen Sprössling, Keyan, zu sprechen." Seine Worte hingen einen Moment lang in der Luft, ehe er nach einer kurzen, bedeutungsschweren Pause fortfuhr: „Bald findet seine Tikka statt. Ich will mich vergewissern, dass er gut vorbereitet vor das Orakel tritt."

Galadon nickte ehrfürchtig. In seinen Augen blitzte ein Funke väterlichen Stolzes auf, als er dem Hohepriester mit fester Stimme antwortete: „Selbstverständlich, allerwertester Mikmok. – Einen kleinen Moment, wenn Ihr erlaubt!" Dann wandte er sich, mit einem Hauch lauterer Stimme, nach oben: „Keyan! Komm bitte herunter! Du hast hohen Besuch!"

Ein kaum wahrnehmbares Geräusch wie von fallenden Blättern in weiter Ferne kündete von Bewegung im Obergeschoss. Dann – dumpf, wie durch dicke Stoffe gesprochen – erklang Keyans Stimme: „Ja, Vater! Ich komme!"

Nur wenige Atemzüge vergingen, da schwebte Keyan die Treppe herab, leichtfüßig wie ein junger Windbote, und trat überrascht vor den Hohepriester. In seinem Blick mischten sich Respekt, Neugier und eine Spur jugendlicher Unsicherheit. Er hatte mit vielem gerechnet – doch nicht mit dieser Begegnung.

Galadon bemerkte die Verwunderung seines Sohnes und schenkte ihm ein verschmitztes Lächeln, das von väterlicher Wärme durchdrungen war. „Ich werde euch dann mal kurz alleine lassen, mein lieber Keyan. Denn ich habe da etwas für dich, werter Mikmok – ich muss es nur kurz holen." Mit einer eleganten Wendung verschwand er im angrenzenden Gemach.

Mikmok, in seinem priesterlichen Gewand, das in dem warmen Licht funkelte wie das Morgenschein auf ruhigem Wasser, sah dem Jungen mit einem kalkulierten Ernst entgegen. Sein Blick war durchdringend, aber nicht streng. Er räusperte sich leicht, wie ein Instrument, das sich vor dem ersten Ton stimmt, und sprach dann mit ruhiger, tiefer Stimme:

„So, mein lieber Keyan. Du wirst bald fünfzehn Monde alt – ein heiliges Alter, ein Schwellenmoment zwischen Kindheit und Verantwortung. Du wirst vor das Orakel treten. Die Frage, die ich dir stelle, lautet: Hast du dich vorbereitet? Kennst du die Lehren über die Acht Winde? Wenn das Orakel dir aufträgt, den zweiten Wind – Zolon – zu erklären, wärst du bereit? Würdest du seinen Ruf verstehen und seine Natur den Anwesenden deuten können?"

Keyan schnappte erschrocken nach Luft, als hätte ihn die Frage in seinem Innersten berührt. Schon öffnete er den Mund, doch Mikmok hob in einer ruhigen, doch unmissverständlichen Geste seine rechte Hand. Ein stummes Zeichen – nicht jetzt, nicht so.

Der Junge erstarrte. Seine Worte blieben ungesprochen, wie auf den Lippen eines Träumers gefangen. Mikmok lächelte sanft, der Schleier des Ernstes fiel von seinem Antlitz, und mit väterlicher Milde fuhr er fort:

„Ich weiß, dass du die Antwort kennst, Keyan. Es war nur ein kleiner Test – ein Schatten dessen, was dich erwartet. Die wahre Frage wird dir das Orakel selbst stellen. Doch merke dir: Es könnte auch eine ganz andere Disziplin betreffen. Vielleicht wird dein Wissen über die Baukunst geprüft werden – oder dein Verständnis für unseren Planeten. Bereite dich also nicht nur mit dem Geist vor, sondern auch mit den Händen, dem Herzen und dem Willen.“

Keyan verneigte sich leicht, seine Augen leuchteten nun – nicht aus Furcht, sondern aus wachsender Erkenntnis. Er hatte verstanden: Dies war mehr als eine Prüfung – es war ein Ruf zur Ganzheit.

In diesem Moment kehrte Galadon zurück. In seiner Hand hielt er ein verschnürtes Säckchen aus braunem Wildleder, das die Zeit zu bergen schien. Mit ehrerbietiger Geste reichte er es Mikmok dar. „Mein hoch geschätzter Mikmok – konntest du mit Keyan alles Wichtige zur Tikka-Zeremonie besprechen?“

Mikmok nahm das Säckchen entgegen und wippte es in der rechten Hand, um einen ersten Eindruck von seinem Gewicht zu bekommen. Für einen Moment zog er vor Freude die Augenbrauen hoch, denn es handelte sich um ein königliches Geschenk. Das war der eigentliche Grund seines Besuches. Dann tat er so, als wäre es nichts Besonderes. Niemand sprach darüber, aber jeder wusste es. Der Hohepriester nickte zufrieden. Ein Lächeln umspielte seine Lippen, das mehr sagte als viele

Worte. „Ja, Galadon. Ich spüre es. Keyan ist bereit. Und das ist es, was zählt. Du kannst stolz auf ihn sein."

Diese Worte, wie Balsam auf den Wurzeln eines alten Baumes, durchströmten Vater und Sohn gleichermaßen. Es war ein Moment stiller Anerkennung, der sich wie silberner Nebel zwischen ihnen niederließ – unausgesprochen und doch ewig wahr.

Der Hohepriester erhob sich langsam von seinem Sitz, seine Robe entfaltete sich wie eine träge Wolke aus Schatten und Glanz. Er wandte sich noch einmal zu Keyan und Galadon um, nickte beiden ehrwürdig zu, und seine Stimme war nun von jener sonoren Ruhe getragen, die ihm stets wie ein Mantel aus altem Wissen umhüllte.

„Mögen die acht Winde euer Haus bewahren. Möge Zolon euer Dach schützen, und den Atem eurer Ahnen segnen. Ich danke euch für eure Gastfreundschaft... und für eure Einsicht."

„Der Dank gebührt euch, Hoher Mikmok", sagte Galadon tief verneigend, während Keyan sich erneut ehrfürchtig verneigte, in dem Versuch, die Bedeutung des Moments mit der Ernsthaftigkeit seines Blickes zu unterstreichen. Galadon legte seinem Sohn dabei eine Hand auf die Schulter – eine Geste der stillen Väterlichkeit, aber auch des Stolzes. „Möge eure Weisheit das Orakel auch in diesem Zyklus sicher durch die Schatten der Entscheidung führen."

Mikmok antwortete mit einem stillen Nicken, dann drehte er sich gemessen zur Tür, öffnete sie mit der ruhigen Geste eines Mannes, der nichts übereilt, und trat hinaus in das gedämpfte Licht des frühen Nachmittags. Die Luft war schwer vom Duft des Meeres, das wie ein schlafender Riese in der Ferne lag. Flugtiere kreisten am Himmel, der Wind spielte leise mit den Blättern der Windblumen, die an den Fassaden der Häuser emporrankten. Kobi lag vor ihm wie ein aufgeschlagenes Buch, in dessen Zeilen er las wie in einem alten Gebet.

Doch Mikmok schritt nicht sofort zum nächsten Haus.

Kaum war er außer Sichtweite der Darn'Kels, bog er in eine schmale Gasse ein, zwischen zwei hohe Mauern gedrängt, wo die Schatten wie schwerer Samt auf den Boden fielen. Hier, in der Verborgenheit einer Nische aus bröckelndem Lehm und windverwittertem Holz, blieb er stehen. Die Geräusche des Dorfes verklangen hinter ihm – nur der ferne Ruf eines Flugtieres und das leise Pfeifen des Windes blieben.

Sein Blick glitt prüfend über die Schultern, ein letzter kontrollierender Blick – niemand hatte ihn beobachtet.

Mit flinker, fast geübter Geste zog Mikmok das verschnürte Wildleder-säckchen aus den Falten seiner Robe. Das Leder war noch warm von Galadons Hand, und es roch nach Harz, Staub und Stein. Er löste die Kordel mit zitternden Fingern, als würde er ein uraltes Geheimnis ent-fesseln, und öffnete das Säckchen.

Ein leises Klirren ertönte – kaum hörbar, aber für Mikmoks Ohren so süß wie das Flüstern des Orakels.

Edelgrün. Und nicht wenig.

Die Steine, sorgfältig geschliffen, rund und rein, lagen in der Mitte sei-ner Handfläche wie Sterne aus der Tiefe des Planeten. Sie schimmerten in einem satten, lebendigen Grün, als trügen sie das Atemlicht loks in sich. Einer nach dem anderen funkelte auf, als wollte er sagen: Du bist gesegnet. Du bist gerecht. Du bist auserwählt.

Mikmoks Augen weiteten sich. Seine Brust hob sich. Ein leiser Laut – eine Mischung aus Lachen und Seufzen – entkam ihm.

„Bei den Winden... das ist mehr, als manche Familie in einem ganzen Mond verdient", murmelte er, kaum hörbar, aber mit einer Stimme, in der Gier und Triumph sich mischten wie Traubenwasser und Feuer.

Er sog die Luft durch die Zähne ein. Freude – nein, ein Rausch – durch-strömte ihn.

Nicht der heilige, feine Rausch der Weisheit. Nein – der irdische, brennende Rausch des Besitzes. Es war, als würde das Edelgrün sein Herz zum Leuchten bringen, als würde es ihm zuflüstern: Du bist wichtig. Du bist der Mittelpunkt. Du bist unantastbar.

Er verschloss das Säckchen wieder, behutsam, als wäre es ein neugeborenes Tier, und glitt es tief in das Innere seiner Gewänder zurück. Dort ruhte es nun, verborgen, aber pulsierend wie ein heimliches Versprechen.

Sein Lächeln kehrte zurück. Ruhiger diesmal, berechnender. Der Hohepriester trat aus der Gasse und wandte sich erneut der Hauptstraße zu.

Der Pfad führte ihn nun hinab zum ostnördlichen Viertel, wo die Häuser kleiner waren, bescheidener, näher am Boden gebaut – aus dunklerem Stein, mit weniger Schmuck, aber nicht weniger Seele. Direkt zu den Nordhängen. Dort, am Rande des belebten Herzens Kobis, stand das Haus der Versorger Thorne und Elara – jenes schlichte Heim, in dem Elowen, ein unscheinbarer Junge, auf seine eigene Tikka wartete.

Mikmok schritt nun mit neuen Gedanken – nicht mehr getragen vom Pflichtbewusstsein, sondern getrieben von der Aussicht, vielleicht auch dort ein Säckchen Edelgrün zu empfangen.

Wahrscheinlich nicht so viel wie von den Darn'Kels. Doch vielleicht… genug, um das unbändige Verlangen nach dem edlen Grün zu nähren, das mit jedem Schritt in seinem Innersten wuchs wie eine Flamme im Wind.

Und über den Dächern von Kobi, flüsterte der Nordwind. Doch ob er warnte oder segnete, das wusste nur das Orakel.

Zur gleichen Zeit, auf dem Planeten Kuru:

Die roten Himmel Kurus glühten im Zwielicht des ausgehenden Tages, als hätte jemand glühende Kohlen in Watte gelegt. Der Horizont war zerklüftet, durchzogen von zerfallenen Gebirgsketten, zwischen denen sich dampfende Täler ausdehnten, durchzogen von schimmernden Rohrleitungen und schwebenden Lastbrücken. Die Luft war schwer und trocken, der Boden fest und dunkel wie erstarrte Lava. Über all dem hing der metallische Duft von Industrie und altem Stein.

Auf einem erhobenen Frachtplateau nahe der Stadt Kaldan-Zur, von wo aus die interplanetaren Handelsschiffe starteten, stand ein Mann mit ausgebreiteter Rolle aus gepresstem Fasergut in den Händen. Seine Silhouette war kräftig, sein Mantel von graubrauner Farbe wurde vom Wind an den Säumen leicht angehoben. Seine Haut war gegerbt von vielen Monden im Raum, und sein Blick war so scharf wie das Werkzeug eines Bildhauers.

Voron.

Der Händler. Der Wandersmann zwischen den Welten. Der Brücken-bauer aus Kuru.

Sein Blick glitt prüfend über das Pergament, auf dem die Ladeeinheiten verzeichnet waren. Zahlen, Symbole, Mengen – alles musste stimmen. Nichts durfte fehlen, nichts überladen sein. Für einen gewöhnlichen Kaufmann wäre das Routine. Für Voron war es Ehre.

„Frachtluken 3 und 5 sind bereits versiegelt", sagte eine weibliche Stimme aus dem Inneren des Hangars. Ein Echo der Technik. „Nutzlast bei neunundachtzig Prozent."

Voron brummte zustimmend. „Perfekt. Keine Umverteilung mehr. Die Balance muss exakt sein."

In diesem Moment näherte sich eine jüngere Gestalt mit leicht unsiche-rem Schritt. Ein blasser Junge, kaum älter als neunzehn Mondzyklen –

schlank, mit wachen Augen und den Händen tief in den Taschen der Flugjacke vergraben. Das Haar fiel ihm in losen Strähnen über die Stirn, der Gang war vorsichtig, aber voller innerer Spannung.

Teres. Der neue Pilot der Zai'Rem.

„Meister Voron", sagte er respektvoll, seine Stimme fest, aber noch ohne die Tiefe der Mondzyklen, „alle Flugdaten sind geladen. Die Route nach Iok ist programmiert – über die obere Scherensphäre, dann durch das Faltenband von Selur. Wir haben gutes Wetter bis zur Transitbiegung."

Voron blickte kurz vom Pergament auf und nickte. „Und der Landeplatz?"

„Koordinaten bestätigt. Südliches Landefeld, zwanzig Grade westlich von Kobi. Es wird erwartet, dass wir kurz nach dem Tikkafest eintreffen.."

Voron atmete tief ein. Die Erwähnung der Tikka ließ seine Züge für einen Moment weich werden. „Ein heiliger Zeitpunkt", murmelte er. „Wenn die Iokaner feiern, wird auch der Handel reich."

Teres zögerte, dann fragte er, fast scheu: „Habt Ihr... schon einmal eine Tikka miterlebt?"

Voron lächelte versonnen, blickte in die Ferne, als könne er durch das Zwielicht hindurch bis nach Iok sehen.

„Einmal, vor vielen Monden. Ich sah ein Kind weinen, weil es eine Aufgabe erhielt, die es fürchtete. Und ich sah dasselbe Kind tanzen, als es sie erfüllt hatte. Was auf Iok geschieht, ist keine Farce, Teres. Es ist – Magie. Alte, atmende Magie."

Der Junge nickte langsam. Etwas in seinen Augen veränderte sich. Vielleicht Ehrfurcht. Vielleicht Neugier.

Ein leises, rhythmisches Vibrieren setzte ein – von tief unten im Bauch des Frachters. Die Zai'Rem, ein rundliches, robusteres Schiff mit glatter Außenhaut aus windpoliertem Kuru-Stahl, erwachte zum Leben. Lichtbahnen flackerten an den Seitenrippen des Schiffskörpers auf, die Triebwerke summten erst flüsternd, dann mit wachsender Lautstärke.

„Startsequenz eingeleitet", verkündete eine mechanische Stimme über die Lautsprecher. „Druckausgleich in vier Zyklen."

Voron rollte das Pergament sorgsam zusammen, band es mit einem ledernen Band und übergab es einem der Ladehelfer, der stumm nickte und sich entfernte.

Dann wandte er sich an Teres. „Bereit, Junger?"

Teres hob das Kinn. Ein Hauch von Stolz glänzte in seinem Blick. „Bereit."

Die beiden stiegen über die schwebende Gangway ins Innere des Frachters. Kaum hatten sich die Sicherheitsschotten hinter ihnen geschlossen, dröhnte ein mächtiger Laut durch das Tal – das Echo des Hauptantriebs, das die Felsen erschütterte und die Tiere in den Hängen aufscheuchte.

Mit einem Ruck, sanft und dennoch kraftvoll, hob sich die Zai'Rem vom Boden. Erst langsam, dann immer schneller. Die Triebwerke hinterließen ein zitterndes Glühen in der Luft, eine Spur aus Licht und Ton, während das Schiff sich vom Griff Kurus löste – auf dem Weg durch die obere Atmosphäre, hinaus in die Leere zwischen den Welten.

Voron stand im Cockpit, die Hände auf dem Geländer. Sein Blick war nach vorn gerichtet, durch das große Sichtfenster, wo sich bereits der ferne Stern zeigte, der Iok wärmte.

„Halte Kurs, Teres", sagte er leise. „Die Götter von Iok hassen Verspätungen." Im warm schimmernden Licht der Steuerkonsole, als die Zai'Rem bereits durch die höhere Atmosphäre glitt und die Konturen Kurus unter ihnen verblassten, saß Teres auf dem Pilotensitz – aufrecht, mit leicht verkrampften Händen am Steuerhebel. Sein Blick war nach vorne gerichtet, doch in seinem Inneren tobte eine Stille, wie sie nur in der Leere zwischen den Sternen existieren konnte.

Neben ihm stand Voron, die Arme hinter dem Rücken verschränkt, seine Stimme ruhig, doch voller Gewicht.

„Du fliegst sauber", sagte er nach einer Weile. „Ruhig, gleichmäßig. Du hast ein gutes Gespür."

Teres nickte nur stumm. Voron sah ihn von der Seite an.

„Die meisten Jungs in deinem Alter träumen noch von ihrem ersten Flug. Und du sitzt hier zum zweiten Mal als verantwortlicher Pilot eines interplanetaren Frachters."

Ein Moment des Schweigens. Dann fuhr Voron mit leiser Stimme fort, kaum mehr als ein murmelndes Grollen:

„Ich weiß, was die Leute denken. Dass du zu jung bist. Dass du noch lernen musst. Dass ich töricht sei, dich fliegen zu lassen."

Teres schluckte. Dann sprach er, leise, aber fest:

„Ich bin nicht hier, weil ich besser bin als andere. Ich bin hier... weil niemand mehr da war."

Voron schwieg. Die Worte standen nun im Raum, unbewegt und wahr.

Teres drehte leicht den Kopf, doch sein Blick blieb auf den Stern hinaus gerichtet, der sie zu Iok führen würde.

„Mein Vorgänger... Luthan... war mein Onkel. Er flog mit euch mondelang. Ich habe bei ihm gelernt, schon als Kind. Ich durfte mit in die Cockpitkammer, durfte die Hebel berühren, wenn niemand hinsah. Als er in der Staubzone verunglückte, gab es keinen Ersatz. Ihr standet unter Zeitdruck. Und... ich war da."

Voron nickte langsam, mit der Ruhe eines Mannes, der mehr sieht als gesagt wird.

„Und du hast beim ersten Mal nicht versagt. Kein Zucken, kein Beben. Als wärst du geboren worden, um zu fliegen. Auch wenn wir letztes Mal, fast inmitten einer Viehherde gelandet waren.“

Teres sah ihn nun direkt an. In seinen Augen lag keine Prahlerei. Nur Entschlossenheit.

„Ich war nicht bereit. Aber ich bin geflogen. Weil jemand musste. Und weil mein Onkel es gewollt hätte.“

Ein tiefer Atemzug. Dann lehnte sich Voron leicht gegen das Geländer und sprach mit einem Ton, der mehr väterlich war als geschäftlich:

„Du fliegst nicht für mich, Teres. Du fliegst für dich.“ Er wandte sich wieder der Front zu.

„Manchmal“, sagte er leise, „wählt das Leben uns, bevor wir denken, bereit zu sein.“

Teres nickte. Diesmal langsam.

Der Griff um den Steuerhebel wurde fester – nicht aus Unsicherheit, sondern aus Entschlossenheit.

Und so flog er weiter. Nicht mehr nur als Ersatz. Sondern als jener, der gekommen war, um zu bleiben.

Zurück auf Iok:

Das Haus der Versorger

Die Sonne hatte sich leicht geneigt, als Mikmok, der Hohepriester, das bescheidenere Viertel von Kobi betrat. Die Wege hier waren schmaler, der Wind roch weniger nach Salzwasser, mehr nach Erde, Holzrauch und dem feinen bitteren Duft von getrocknetem Wurzelgemüse. Die Häuser waren einfacher gebaut, gedrungener, aus dunklem Lehm und grob behauenem Stein – aber es ging eine stille Würde von ihnen aus. Hier lebten die Versorger. Die Jäger. Die Sammler. Die Ernährer des Volkes.

Mit seinem langen, schimmernden Mantel stach Mikmok wie ein schillerndes Wassertier in einem flachen Bach hervor. Und dennoch ging er mit erhobenem Haupt – denn selbst in dieser Ecke Kobis war er nicht weniger als ein Gesandter der acht Winde.

Ein Gedanke führte seine Schritte:

Wie viel Edelgrün wohl in diesem Haus auf ihn wartete?

Er klopfte an die schlichte Tür. Kein Klangspiel, kein kupfernes Griffsymbol, nur raues Holz unter seiner Hand.

Nach einem Moment wurde geöffnet. Elara, eine Frau mit ruhigen Augen und vom Wind gegerbter Haut, stand in der Tür. Ihre Hände waren vom Sammeln gezeichnet, ihre Haltung jedoch stolz.

„Hoher Mikmok", sagte sie und verneigte sich leicht, „wir fühlen uns geehrt. Kommt bitte herein."

Er nickte kühl, trat ein.

Das Innere des Hauses war spärlich eingerichtet, aber sauber und durchzogen vom Duft nach Räucherblatt und trockenem Fleisch. An der Wand hing ein gewebtes Tuch mit einem einfachen Symbol: ein Kreis, durchzogen von acht Linien. Das Zeichen der Winde – schlicht, aber von ehrlichem Glauben getragen.

Im hinteren Teil des Raumes saßen Thorne, Elaras Gefährte, und der junge Elowen. Vater und Sohn hockten nebeneinander, über ein Stück Holz gebeugt. Es war der Schaft eines Bogens, fein gearbeitet, mit eingeritzten Mustern von Blättern, Tierspuren und Windlinien – eine kunstvolle Arbeit, in der sich Handwerk und Seele verbanden. Die Sehne fehlte noch, doch man sah bereits, wie viel Geduld in diesem Werk ruhte. Als Mikmok eintrat, erhob sich Thorne sofort, wischte sich die Hände an der groben Schürze ab. Elowen folgte seinem Vater und blieb mit erwartungsvollen, leicht verunsicherten Augen stehen.

„Bei den acht Winden – Friede und Kraft euch", sagte Thorne.

„Friede und Kraft", erwiderte Mikmok mit jener Stimme, die mehr Gewicht hatte als eine ganze Versammlung der Ältesten.

Dann wandte er sich dem Jungen zu, musterte ihn von Kopf bis Fuß. Elowen hatte das struppige Haar der Waldkinder, doch seine Augen waren klar, sein Blick offen.

„So, Elowen...", begann Mikmok, „du wirst bald fünfzehn Monde alt. Bald wirst du vor das Orakel treten, und es wird dir eine Aufgabe offenbaren. Eine, die deinen Platz in der Gemeinschaft besiegelt."

Elowen nickte, bemüht, standhaft zu wirken, doch seine Hände hielten sich nervös am Saum seines Hemdes.

„Sag mir", fuhr Mikmok fort, „wenn dir das Orakel die Frage stellt: Welcher der acht Winde trägt die Saat?, was würdest du antworten?"

Elowen blinzelte, holte tief Luft – doch bevor er sprechen konnte, hob Mikmok die Hand, wie er es schon bei Keyan getan hatte.

„Still. Nicht antworten. Ich weiß, du kennst die Antwort." Seine Stimme wurde weich, fast freundlich. „Es war nur ein Test, ein Hauch dessen, was kommen könnte. Vielleicht wirst du über das Jagen befragt. Oder über die Kräuter deiner Mutter. Oder über deine Kunst, einen Bogen zu bauen."

Elowens Augen weiteten sich. Ein leiser Funke Hoffnung glomm auf.

„Ich danke euch, Hoher Mikmok", sagte Thorne.

Mikmok nickte nur, trat einen Schritt zurück. Doch Thorne zögerte, blickte seine Frau kurz an – sie nickte stumm. Dann deutete er mit einer Geste in Richtung der hinteren Tür.

„Würdet Ihr mir einen Moment gewähren? Draußen... hinter dem Haus?"

Mikmok hob eine Braue, dann folgte er ihm hinaus.

Das Licht tauchte das Hinterhaus in einen silbernen Schein. Hier, zwischen Federlingkäfigen und aufgereihten Tonkrügen, blieb Thorne stehen. Er zog langsam die Hand aus seiner Tasche, öffnete die schwieligen Finger – und darin lagen zwei kleine Steine. Nicht einmal reine Grünlinge. Blass. Unscharf. Eher Kiesel mit Hoffnung als Edelgrün.

Mikmok starrte sie an. Die Maske der Freundlichkeit glitt für einen Wimpernschlag aus seinem Gesicht. Dann zwang er sich zu einem Lächeln.

„Ist das... alles, was du zur Tikka deines Sohnes aufbringen kannst?" Seine Stimme klang samtweich – zu weich.

Thorne senkte den Blick.

„Die Jagd war schlecht. Die Vorräte knapp. Ich hätte mehr gegeben, wenn ich nur..." Er brach ab, seine Stimme verdorrte in der Luft.

Mikmok sah ihn einen langen Moment schweigend an. In seinem Inneren brodelte es. Kein Zorn, wie der eines Gottes – sondern die stille Wut eines Mannes, der mehr erwartet hatte. Der mehr verdiente.

Doch nach außen zeigte er nichts. Er nahm die Steine entgegen, ließ sie leise in einen Beutel gleiten, als wären es wertvolle Schätze.

„Der Wille zählt", sagte er leise. „Das Orakel... urteilt nicht nach dem Gewicht der Gaben."

Dann verneigte er sich knapp und kehrte zurück ins Haus. Thorne blieb zurück, das Gesicht leer, von innerer Scham durchzogen.

Und Mikmok? Er schwieg. Doch tief in ihm wuchs ein dunkler Keim.

Nicht gegen Elowen. Nicht gegen Thorne. Na ja, wenn er ehrlich zu sich selbst war, vielleicht doch.

Aber auch gegen die Ungerechtigkeit, dass Glaube sich nicht immer in Edelgrün auszahlte. Nach seinem Verständnis war das das Wichtigste gewesen. Enttäuscht hatte er das Haus der Versorgerfamilie verlassen.

02. Vor dem Orakel

Da Iok seine Rotation fast gänzlich verloren hatte, kannte Akkis weder echte Nächte noch wahre Tage. Immer lag der Kontinent im Zwielicht – zwischen sengender Sonne und ewiger Dunkelheit. Nur feine Schwankungen im Licht, kaum mehr als das Flüstern des Himmels, erlaubten den Bewohnern, Tag und Nacht voneinander zu unterscheiden. Während Ikkis in endlosem Licht brannte und Nokkis in ewiger Nacht erstarrte, wuchs Akkis zur Wiege des Gleichgewichts – und zum Herz allen Lebens auf Iok.
Der Morgen des Tikka-Festes war kein gewöhnlicher Morgen. Er war durchdrungen vom Klang eines Planeten, der atmete. Vom Summen der Windblumen, die sich im ersten drehenden Wind öffneten, vom Zischen der Geysire, das in regelmäßigen Pulsen aus der Tiefe stieg – als wollte sich der Planet Iok erst räuspern, bevor er zu seinen Kindern sprach.

Über Kobi, der alten Hauptstadt Akkis', lag ein silberner Dunst, wie Schleier aus träumender Asche. Die Häuser waren geschmückt mit geflochtenen Bändern aus Lichtseide, deren Fäden im Wind flimmerten wie Sternenschweife. Windfahnen wehten an den Tempeldächern, in den Farben der acht Winde: Rih, Zolon, Ventra, Ulon, Theth, Ark, Skarom und Jassel. Jedes Symbol, jeder Knoten war ein Gebet, jede Farbe ein Wunsch.

Der Hauptplatz von Kobi füllte sich langsam, aber stetig, wie ein Krug unter einer heiligen Quelle. Frauen in Gewändern aus blühender Faser, Männer mit bestickten Tuniken, Kinder mit bemalten Gesichtern, auf denen Zeichen des Erwachens prangten – Kreise, Spiralen, Sternsplitter.

Die Luft war erfüllt vom Duft frischen Fladenbrotes, mit Balsamsaft getränkt. Aus offenen Häusern drangen helle Stimmen, Saitenklänge, das leise Klirren von Opferschalen. Über allem aber lag eine Spannung, die sich wie elektrischer Nebel auf die Haut legte. Heute würden 95 Kinder

– Söhne und Töchter Ioks – vor das Orakel treten, barfuß, in Erwartung einer Aufgabe, die ihr Leben für immer verändern würde.

Unter den versammelten Familien flüsterten Stimmen, hielten sich an Händen, streichelten Stirnbänder aus Glücksgras. Einige Mütter weinten leise. Einige Väter standen stumm, ihre Gesichter von Stolz und Furcht gleichermaßen gegerbt.

Aus dem großen, offenen Eingang des Orakeltempels trat nun eine Prozession. Voran schritten die Windsängerinnen – weiß gekleidet, ihre Stimmen vereinten sich zu einem uralten Lied. Es klang wie Wind, der durch Flöten weht. Kein Bewohner verstand die Worte. Aber jeder fühlte ihren Sinn.

Hinter ihnen folgten die Novizen mit brennenden Räucherkelchen. Sie schwenkten sie in großen Kreisen, sodass Duftspiralen aus Harz, Blütenasche und Mondstaub in die Luft stiegen. Der Weg zum Tempel war mit glatten, flachen Steinen ausgelegt, auf denen die Namen vergangener Auserwählter eingraviert waren. Die Kinder traten vorsichtig darauf – jeder Schritt war wie ein Tritt in die Geschichte.

Dann – aus dem Dunst der Geysirdämpfe heraus – trat er.

Mikmok.

Hohepriester von Kobi. Sprecher des Orakels. Hüter der acht Winde.

Sein Gewand war heute noch prachtvoller als sonst. Tiefes Indigo, durchwirkt mit Silberadern. Auf seiner Stirn leuchtete dunkelrot das Zeichen des achten Windes, das ihm einst vom Orakel verliehen worden war. Diese roten Edelsteine gab es sonst nirgendwo auf Iok. Nur die Priester hatten diese Steine in ihren Stirnbändern. Es hieß, diese roten Steine stammten von einem einzigen größeren Stein, der Träne der Schöpfung. Denn der Schöpferwind war so glücklich über seine Schöpfung, dass er vor Freude eine Träne vergoss. Ein roter Stein nicht von dieser Welt. Wertvoller als jedes Edelgrün. In seiner Rechten hielt er den Stab der Gerechten, gefertigt aus dem Knochen eines uralten Windtiers, dessen Art längst ausgestorben war. Diese Gegenstände wurden seit jeher von Priester zu Priester weitergegeben.

Sein Gang war langsam. Würdevoll. Die Menge verstummte, als wäre ein Schmetterling auf die Welt gefallen.

Mikmok blieb auf den Stufen des Tempels stehen, erhob die Hand mit dem Stab.

Dann sprach er. Seine Stimme war weder laut noch tief – aber sie schnitt durch das Raunen wie das erste Licht durch den Nebel.

„Kinder Ioks… heute seid ihr nicht mehr Kinder. Heute seid ihr Suchende.“

„Das Orakel wartet. Die acht Winde haben eure Namen durch das Herz des Planeten getragen. Und nun, an diesem Tag, spricht Iok zu euch. Nicht durch Worte, sondern durch Aufgaben. Nicht durch Lohn, sondern durch Wandel zu Erwachsenen. Aber nur, wenn ihr euch als würdig erweist!“

Ein Murmeln ging durch die Menge, doch keiner wagte, laut zu sprechen. Mikmok fuhr fort:

„Dies ist eine Prüfung, die ihr bestehen oder versagen könnt. Es ist ein Spiegel. Ein Ruf. Eine Offenbarung. Der Wind kennt eure Herzen. Der Wind kennt eure Wahrheit. Seid bereit, denn euer Weg beginnt… jetzt.“

Die letzte Silbe hallte über den Platz, getragen vom Nordwind, der in diesem Moment leise aufbrauste, als hätte er gelauscht – und genickt.

Hinter Mikmok bewegte sich nun der Geysir – ein Rauschen, ein Zischen, ein erster Dampfstoß, der wie ein Atemzug aus der Tiefe emporstieg. Das Orakel erwachte.

Die Novizen verteilten sich am Rand des Steinkreises, die Windsängerinnen begannen ein neues Lied, diesmal nur geflüstert. Und einer nach dem anderen, begannen die Kinder sich zu erheben.

Miora stand im Schatten ihrer Schwester.

Elowen blickte mit pochendem Herzen zum Tempel, als würde der Planet ihn anblicken.

Keyan trat in den vorderen Kreis, seine Augen glänzten vor Erwartung.

Und hoch oben, auf dem Rand eines nahgelegenen Dachs, wo kein Wind je verweilt, saß ein altes Flugtier – stumm, aber wachsam.

Die Zeremonie hatte begonnen. Im Inneren des Orakeltempels – Mioras Prüfung.

Ein leiser Windstoß huschte durch die gewölbten Gänge des Tempels, als die erste Auserwählte die Schwelle überschritt.

Miora. Wie sollte es auch anders sein?

Die jüngere Tochter Mikmoks, unsicher und still, trat mit bloßen Füßen auf den kühlen Boden der uralten Halle. Ihre Schritte waren kaum hörbar, doch jeder Blick – sei es aus Ehrfurcht oder Neugier – ruhte auf ihr. Ihr rituelles Gewand aus dunkelrotem Geschmeide wehte sacht um ihre Beine, und ihr Haar, zu einem lockeren Knoten gebunden, war von einem ledernen Band gehalten – dem Zeichen des Erwachens.

Der Raum war erfüllt vom Dampf des Geysirs, der aus dem Zentrum des Tempels emporstieg. Der Stein, auf dem sie nun stand, war rund, glatt und von zahllosen Schritten blank poliert. Dieser Stein lag direkt über dem pulsierenden Schlund des Planeten – dem Atem des Orakels, wie die Geistlichen ihn nannten. Dampf stieg auf, umspielte ihre Knöchel, als würde der Planet prüfen, wer auf ihm stand.

Rund um den Hörstein standen die acht Novizen, gehüllt in graue Roben, die an den Säumen mit den Symbolen der Winde bestickt waren. Ihre Gesichter waren ernst, ihr Blick wach, denn sie waren nicht nur Zeugen – sie waren auch Gedächtnis. Jede Aufgabe, jede Entscheidung, jede Annahme wurde von ihnen aufgezeichnet. Ohne ihre Bestätigung galt nichts.

Und dort – im Halbschatten, halb hinter der dampfenden Quelle, halb davor – stand Mikmok, der Hohepriester. Sein Gewand bewegte sich kaum, seine Hände lagen auf dem uralten Hörstein, dessen Oberfläche mit Runen bedeckt war, die nur die Geistlichen zu deuten wussten. Er lauschte.

Ein Zischen. Ein grollendes Gurgeln aus der Tiefe.

Die Stimme des Orakels war laut. Sie war kein Wort, sie war ein Ton – ein Gefühl, ein Hauch, eine Bewegung im Inneren. Und Mikmok – der Geübte, der Geweihte – legte seine Stirn auf den Stein, wie es Brauch war. Einen Moment lang war alles still.

Dann hob er den Kopf. Seine Augen öffneten sich, als hätte er gerade aus einem alten Traum getrunken. Er sprach:

„Miora von Mikmok und Calista, Tochter der Winde, das Orakel hat zu mir gesprochen."

„Deine Aufgabe ist es, Geduld zu beweisen. Nimm einen Samen der gelben Hartblattrose. Pflanze ihn. Pflege ihn. Warte. Und wenn sie in voller Blüte steht, bringe mir die Blüte – als Zeichen deiner Reife."

Ein leises Raunen ging durch den Kreis. Miora erstarrte.

Geduld?

In ihr flammte eine Regung auf, die sie nicht kannte – Enttäuschung. Es war keine Aufgabe, die Heldentum verlangte, keine Prüfung des Wissens, kein Abenteuer, kein Werk der Hände. Nein. Es war eine Aufgabe des Wartens. Eine Prüfung, die keine Bühne kannte, keinen Applaus, keinen sichtbaren Triumph.

Ihre Lippen bebten leicht, doch sie sagte nichts. Ihr Blick wanderte zu Mikmok – ihr Vater. Sein Gesicht war aus Stein. Kein Lächeln, keine Regung, kein Trost.

„Ich nehme an", sagte Miora leise.

Die Novizen, einer nach dem anderen, zogen mit scharfen Federpinseln Linien auf feines Blattleder. Acht Hände schrieben dieselben Worte. Acht Augenpaare nickten.

Die Aufgabe war bestätigt.

Miora trat zurück. Ihre Füße berührten nun wieder den äußeren Steinkreis, dort, wo die Wandlungen begannen. Der Dampf des Geysirs stieg ihr ins Gesicht – feucht, heiß, wie Tränen aus der Tiefe. Dann wandte sie sich ab und schritt durch den inneren Torbogen hinaus in das matte Licht des Tages.

Die Luft draußen war warm, erfüllt von Stimmen und dem Singen der Windsängerinnen. Aber Miora hörte nichts.

Sie war zu aufgewühlt.

Ihr Blick war gesenkt. Die Hände verschränkt.

Eine Aufgabe hatte sie erhalten – doch nicht jene, die sie sich erhofft hatte.

In ihrem Innersten nistete nun ein kleiner Dorn. Nicht gegen das Orakel. Nicht gegen die Aufgabe. Sondern gegen Mikmok, der ihr das Gefühl gab, übergangen worden zu sein. Statt der ersehnten Anerkennung ihres Vaters nun diese kindische Geduldsprobe. Sie ahnte, dass Mikmok die Aufgabe des Orakels so auslegte, wie es ihm gefiel. Jetzt blieb sie das unscheinbare kleine Mädchen.

Sie war fast erwachsen, aber nur mit Geduld und ohne wirkliche Prüfung. Kaum war Miora durch das äußere Portal in das fahle Licht des Festtages zurückgetreten, senkte sich erneut jene tiefe, ehrfurchtgebietende Stille über den Tempel, wie sie nur entsteht, wenn sich alle Wesen gleichzeitig ihrer eigenen Bedeutung bewusst werden. Der Dampf des Geysirs wallte ein weiteres Mal auf wie ein Seufzer der Erde, ehe er sich langsam legte. Nur das leise Tropfen von Kondensat aus den Deckengewölben und das Atmen der Versammelten war zu hören.

Dann erhob sich eine Stimme. Klar. Hell. Offiziell.

„Keyan, Sohn von Galadon und Vaeda, Kind der Bauenden Hände, tritt vor das Orakel."

Ein Murmeln ging durch die Reihen vor dem Tempel, draußen auf dem großen Platz. Einige Gesichter lächelten bereits, wissend, dass dieser Junge mehr als vorbereitet war. Andere schwiegen aus Neid, Bewunderung oder schlichter Spannung.

Keyan trat ein. Sein Gang war aufrecht, sein Blick wach. Er trug eine sandfarbene Tunika mit eingewebten Runen von den Winden – heilige Symbole auf Iok. Um seine Stirn lag ein feiner Reif aus Bronze, mit einem Grünling in der Mitte verarbeitet, prunkvoll, und sorgfältig gearbeitet. Seine Füße, nackt wie es das Ritual verlangte, bewegten sich sicher über das uralte Gestein.

Der Dampf begrüßte ihn mit einem zarten Schleier. Er trat auf den Zentrumstein, jenen warmen, glatten Kreis, der das Orakel verband mit dem Suchenden. Die acht Novizen, Zeugen der Wahrheit, bildeten erneut den inneren Kreis, ihre Federpinsel schon über den Schriftrollen schwebend.

Mikmok, erneut am Hörstein lehnend, legte seine Hand auf die Runen. Ein Zittern ging durch seinen Körper – ob es vom Geysir kam oder aus seinem Inneren, wusste keiner zu sagen. Der Atem des Planeten stieg auf, hüllte ihn ein, als ob eine unsichtbare Stimme seine Gedanken durchdrang.

Dann hob er das Haupt, öffnete die Augen, und seine Stimme war jetzt fest wie gehärteter Stein:

„Keyan, Sohn Galadons. Das Orakel hat deine Prüfung bestimmt."

„Sprich – wie nennt sich der dritte Wind, und welche Kraft trägt er in sich?"

Ein leiser Klang ging durch die Halle, ein erwartungsvolles Aufraunen. Keyan lächelte sacht. Dann straffte er seine Schultern und sprach laut und klar – mit jener Sicherheit, die ihm bereits beim Eintritt in den Tempel wie ein Mantel gefolgt war:

„Der dritte Wind trägt den Namen Ventra. Er ist der Wind der Verbindung. Er weht zwischen den Städten, zwischen den Gedanken. Er ist weder heiß noch kalt, sondern trägt in sich das Gleichmaß. Ventra ist der Wind des Dialogs, der Handelnden, der Brückenbauer. Ohne ihn gäbe es keine Verständigung, keine Einigung, kein Miteinander."

Ein Moment der Stille. Dann – wie durch ein unsichtbares Zeichen – begannen die acht Novizen gleichzeitig zu schreiben. Ihre Federpinsel flogen über das Pergament wie ein Schlangenwesen über ruhiges Wasser. Feder um Feder, Schrift um Schrift.

Einer nach dem anderen blickte auf, nickte. Achtmal. Die Prüfung war bestanden.

Mikmok, noch immer am Hörstein, sagte mit gewichtiger Stimme:

„Du hast gesprochen. Du hast verstanden. Und du wurdest gehört. Das Orakel erkennt deine Reife an."

Keyan verbeugte sich tief, ehrfürchtig, und trat zurück vom Zentrumstein.

Noch ehe er das Portal durchschritt, drang von draußen ein Jubel in den Tempel. Als er hinaustrat, empfang ihn eine Welle aus Stimmen, Rufen, Klatschen, Lachen. Seine Eltern standen ganz vorn, Galadon hatte Tränen in den Augen. Seine Mutter legte ihm eine gewebte Schulterkordel über – das Zeichen des Erwachsenseins.

„Du hast es geschafft, mein Sohn!", rief Galadon, und seine Stimme bebte vor Stolz.

Andere Jugendliche kamen auf Keyan zu, klopften ihm auf die Schultern, nahmen ihn lachend in die Mitte. Jemand reichte ihm ein Fladenbrot, ein anderer band ihm ein Band um das Handgelenk. Die Aufnahme war vollzogen – Keyan war nun einer der Erwachsenen.

Und über allem flatterten die Windfahnen. Die Blüten des Festes begannen zu tanzen.

Und im Hintergrund, verborgen hinter seiner Priesterwürde, lächelte Mikmok – wissend, dass zumindest dieser Junge den Erwartungen gerecht geworden war.

Die Sonne stand bereits etwas über den Häusern Kobis, und ihr Licht färbte die Gassen in honiggoldene Schleier, als das Fest seinem Ende entgegensteuerte. Es war schon später Abend. Die meisten Kinder hatten ihre Prüfungen längst abgeschlossen. Die einen verließen den Tempel mit glänzenden Augen, erfüllt von Stolz und Erleichterung. Andere trugen ihre Aufgaben noch unausgeführt im Herzen, bereit, sich ihnen in den kommenden Zyklen zu stellen.

Die Luft vibrierte vom Freudentaumel der Familien. Der Marktplatz war ein einziger Strom aus Lachen, Umarmungen, Musik und Duft – frisch gebackenes Fladenbrot getränkt in Balsamsaft, süße Dunstfrüchte, scharfes Rauchfleisch. Überall wurden Glücksbänder geknüpft, Rufe der Anerkennung hallten zwischen den Häuserzeilen.

Der Tikka-Tag – ein Triumph der Gemeinschaft.

Doch einer fehlte noch. Elowen.

Inmitten der tobenden Freude wartete er. Unbeachtet. Unausgesprochen. Am Rand.

Er stand allein, die Finger fest um die selbstgeschnitzte Schnalle an seinem Gürtel geschlungen.

Und endlich, als bereits einige dachten, die Liste sei abgeschlossen, erklang die Stimme eines Novizen – laut, klärend, messerscharf.

„Elowen, Sohn von Thorne und Elara, trete vor das Orakel."

Die Geräusche des Platzes verstummten. Wie abgeschnitten.

Ein leises Flüstern rauschte durch die Reihen der Zuschauer. Manche zogen die Stirn kraus, andere wandten sich mit kaum verhohlener Überraschung um. Viele hatten vergessen, dass da noch jemand war.

Elowen trat vor. Seine Kleidung war schlicht. Sein Blick ernst.

Doch in ihm flackerte eine Flamme – keine große, lodernde. Aber eine ehrliche. Eine beständige.

Er betrat den Tempel. Wieder lag der Dampf des Geysirs schwer in der Luft, wie der Atem eines schlafenden Riesen.

Die acht Novizen stellten sich in ihren Kreis.

Mikmok stand da, wie immer – die eine Hand auf dem Hörstein, die andere ruhig auf der Brust. Doch seine Augen: halb geschlossen, wachsam. Dunkel glänzend.

Elowen trat barfuß auf den Zentrumstein. Er fühlte die Wärme des Geysirgesteins unter seinen Sohlen, sah den Dunst aufsteigen, hörte das Wispern tief aus dem Erdherz.

Er atmete ein. Tief. Und wartete.

Mikmok neigte den Kopf, legte erneut Stirn und Handfläche auf den Hörstein. Ein kurzer Ruck durchzuckte ihn – kaum sichtbar. Dann hob er sich, sah den Jungen an, seine Stimme klang heilig und doch... hart:

„Elowen, Sohn der Versorger. Das Orakel hat gesprochen. Deine Aufgabe ist es...“

Der Geysir zischte. Die Novizen hielten inne.

„...einen Ort zu finden, an dem niemals zuvor ein Iokaner stand.

Und du sollst dort einen Beweis finden – etwas, das bezeugt, dass du ihn betreten hast. Bring diesen Beweis dem Orakel. Und du wirst als Erwachsener geehrt."

Stille.

Kein Raunen. Kein Murmeln. Ein leerer Moment – wie eingefroren. Sogar der Geysir schien innezuhalten.

Elowens Augen weiteten sich. Sein Atem stockte. Seine Finger zitterten leicht. In seinem Inneren schrie eine Stimme: „Unmöglich!"

Wie sollte ein schmächtiger Junge wie er einen Ort finden, den kein Iokaner je betreten hatte? Ein Ort ohne Pfade, ohne Karten, ohne Wissen?

Er war verloren.

Draußen, auf der anderen Seite der Halle, riss Elara ihre Augen weit auf. Sie drehte sich zu Thorne, flüsterte entsetzt:

„Das ist keine Aufgabe des Orakels. Niemals.

Das ist die Strafe eines alten, gierigen Mannes.

Mikmok… er hat Rache genommen. Für das fehlende Edelgrün."

Thorne schwieg.

Sein Blick war leer. Doch seine Fäuste ballten sich.

Das war kein Ritual mehr. Das war ein Urteil.

Im Tempel beugte sich Mikmok nun hochmütig leicht vor. Ein Schatten zog sich über sein Gesicht, doch seine Stimme war nun lauter als je zuvor:

„Wenn du diese Aufgabe erfüllst, Elowen…

Dann werde ich mein Amt niederlegen.

Ich werde dir die Hohepriesterschaft übergeben."

Ein Lachen.

Kein fröhliches. Kein ehrliches.

Ein kaltes, spöttisches Lächeln kroch über Mikmoks Lippen.

Er wusste, wie aussichtslos diese Aufgabe war.

Er wusste, dass dieser Junge niemals zurückkehren würde.

„Aber… das wirst du ja ohnehin nicht schaffen", fügte er hinzu – ganz leise. Nur Elowen hörte es. Und sein Herz brannte innerlich.

Elowen schwieg.

Dann senkte er kurz den Blick – nur um ihn einen Wimpernschlag später entschlossener zu heben als je zuvor.

„Ich nehme die Aufgabe an", sagte er.

Seine Stimme war ruhig. Aber sie schnitt wie Stein.

Die acht Novizen schrieben. Langsam. Zögernd. Doch sie schrieben. Und draußen begann die Menge erneut zu raunen. Einige schüttelten ungläubig den Kopf. Andere flüsterten Mitleid. Nur die wenigsten sahen in diesem Moment, wie Elowen – der Unsichtbare – gerade größer geworden war als alle zuvor.

Er verließ den Tempel. Alle Blicke ruhten auf ihm.

Doch niemand trat näher. Niemand klopfte ihm auf die Schulter. Niemand reichte ihm Fladenbrot oder Band.

Er war allein. Doch tief in seiner Brust – ganz still – begann etwas zu wachsen. Nicht Hoffnung. Nicht Mut.

Eine unbändige Kraft, die er noch nicht kannte.

03. Unordnung und Hoffnung

Im Haus der Versorgerfamilie am späten Abend:

Die Sonne stand am Tiefpunkt über den Hügeln von Akkis, und der Nordwind hatte seine Stimme gesenkt. Im kleinen, aus dunklem Lehm und groben Stein erbauten Haus der Versorger saß Elowens Familie beisammen. Der große Tisch aus gewundenem Wurzelholz trug nichts als eine Kerzenschale, deren Licht im Rhythmus der leichten Windzüge tanzte.

Elowen saß still, den Blick auf einen Fleck der Wand gerichtet, als könnte er dort das Rätsel seiner Zukunft ablesen. Thorne, sein Vater, stützte die Stirn auf die Hände. Elara ging langsam im Raum auf und ab, ein Zeichen innerer Unruhe, die sie kaum noch verbergen konnte.

„Wir müssen etwas finden", sagte sie leise, fast zu sich selbst.

„Etwas, das ihm helfen kann. Diese Aufgabe… sie ist unmöglich."

Thorne seufzte schwer. „Er soll an einen Ort gehen, den noch kein Iokaner je betreten hat... Wie soll man suchen, wenn man nicht weiß, was man sucht?"

Elowen hob langsam den Blick. „Vielleicht… gibt es Spuren. In alten Karten, in Geschichten, die vergessen wurden."

„Geschichten!" fuhr Thorne auf, stand auf, ging einige Schritte. „Junge, das ist kein Märchen. Das ist deine Tikka! Das ist dein Leben!"

Elara legte ihm die Hand auf den Arm. „Schrei ihn nicht an, Thorne."

„Ich schreie nicht." Seine Stimme war heiser, gebrochen. „Ich... ich weiß nur nicht weiter."

Ein Moment der Stille senkte sich über die drei. Draußen wehte der Wind durch die Gräser, und der Dampf der fernen Geysire stieg silbrig in den violetten Himmel. In der Ferne rief ein ausgewachsenes Flugtier, das Beute witterte.

„Wir könnten den alten Jäger Orun fragen", schlug Elara zögernd vor. „Er war weiter im Westen als jeder andere. Vielleicht..."

„Zu alt", murmelte Thorne. „Sein Geist ist müde. Er würde uns nur in Träume schicken."

„Träume können Hinweise sein", sagte Elowen, sanft. Doch seine Stimme zitterte. In seinem Inneren tobte ein Sturm – Angst, Zweifel, ein aufkeimender Trotz. „Ich... werde gehen. Ich weiß noch nicht wohin. Aber ich werde es versuchen. Ich... muss."

Elara schloss für einen Moment die Augen. Eine Träne glitt über ihre Wange. „Du bist mein Sohn. Ich wollte dir ein anderes Leben. Kein Kampf gegen das Unmögliche."

„Vielleicht ist es genau das, was das Orakel wollte", flüsterte Elowen.

Niemand sprach. Nur das Licht der Kerze flackerte.

Dann, einige Zeit später… - Das Licht der Kerze war fast verglommen, der Docht nur noch ein rotglühender Faden im Glas. Draußen sang der Wind leise zwischen den Dächern Kobis, doch drinnen, im einfachen Haus der Versorger, herrschte eine andere Stille – wie die einer Wunde, die noch nicht zu bluten begonnen hatte.

Elowen hatte sich zurückgezogen, schweigend, mit hängenden Schultern, den Blick leer wie ein vom Meer verlassener Strand. In seinem kleinen Gemach lag er unter der schmalen Decke, die Hände auf der Brust verschränkt. Doch auch wenn sein Körper ruhte – sein Geist war wach, gefangen zwischen Zweifel und dumpfer Scham.

Die Wände atmeten Wärme, gespeist vom Herdfeuer nebenan, doch in seinem Inneren war ihm kalt – ein leises, schleichendes Frösteln, das nicht vom Körper, sondern vom Herzen kam.

Später lag er auf der Seite, eingehüllt in seine Decke, die nach Räucherwerk von getrockneten Kräutern roch. Das Licht, das durch die kleinen Gitterfenster fiel, zeichneten zarte Muster auf die Lehmwand, doch er sah sie nicht. Seine Augen waren offen, doch sein Blick war fern.

Die Worte Mikmoks hallten noch immer in seinem Geist wider – wie ein Spottgesang, der nicht verstummte:

„Ein Ort, den kein Iokaner je betreten hatte…"

Ein Ort ohne Namen. Ohne Richtung. Ohne Hoffnung.

Seine Lippen bebten. Er schluckte schwer.

„Warum…", flüsterte er, „warum ich?"

Ein Kloß schnürte ihm die Kehle zu. Die Stimme, die eben noch ein Wort getragen hatte, war wieder verschwunden. Nur sein Atem war geblieben – flach, unregelmäßig, von Tränen bedroht, die jedoch nicht fließen wollten.

Er drehte sich auf den Rücken, starrte an die Decke, in der sich schwach die Schatten der Flammen aus dem anderen Raum wie Wellen bewegten.

„Ich habe nie etwas Schlechtes getan. Ich habe niemandem wehgetan. Ich habe mit Vater gejagt, mit Mutter gesammelt, den Alten geholfen, den Kleineren das Schnitzen beigebracht…"

„Und jetzt? Jetzt… soll ich ins Nichts gehen."

Ein Schluchzen stieg in ihm auf, unterdrückt, gedämpft. Er presste die Decke gegen sein Gesicht. Doch dann, ganz plötzlich, schob er sie zur Seite, setzte sich auf, stützte die Arme auf die Knie, das Gesicht zwischen den Händen verborgen.

Leise – kaum hörbar, als fürchte er, jemand könne es hören – begann er zu sprechen. Kein Gebet, wie man es in den Tempeln sprach. Sondern Worte aus einem Herzen, das zu brechen drohte:

„Ihr acht Winde… wenn ihr wirklich existiert… wenn ihr wirklich seht, was hier geschieht… helft mir.“

„Ich bin nur ein Junge. Aber ich will nicht versagen. Nicht für mich. Nicht für meine Mutter. Nicht für meinen Vater.“

„Gebt mir ein Zeichen. Einen Traum. Einen Ort. Einen Namen. Irgendetwas…“

Doch die Winde antworteten nicht.

Oder doch – ganz fern, in der Dachrinne, ein Wispern, das durch das Rohr strich wie eine schlafende Erinnerung.

Hatte es eine Bedeutung?

Elowen sank zurück auf seine Lagerstatt, legte sich leise hin, zog die Decke bis unter das Kinn. Seine Augen brannten. Die Tränen kamen nicht, aber der Schmerz war da – wie ein Dorn im Fleisch der Seele.

„Ich werde gehen“, dachte er. „Irgendwohin. Irgendwie.“

„Aber ich habe Angst.“

Und dann – langsam, wie ein Schiff, das ins Nebelmeer gleitet – fiel sein Bewusstsein in die Tiefe des Schlafes. Kein friedlicher Schlaf. Aber auch keiner voller Albträume.

Ein Schlaf des Übergangs.

Ein Schlaf, wie ihn nur jemand kennt, der nichts mehr erwartet – und dennoch weiter hofft.

Im Hauptraum saßen Thorne und Elara, stumm, einander gegenüber. Nur die schwache Glut im Herdkasten warf Schatten an die Wände, die sich wie uralte Gesichter verzogen.

„Wie kann ein Mann so tief sinken?", flüsterte Elara schließlich, ihre Stimme kaum mehr als ein Hauch. „Wie kann ein Hohepriester so... grausam sein?"

Thorne ballte die Hände auf dem Tisch. „Er hat ihn verurteilt. Ohne Schwert, ohne Gericht. Und schlimmer noch – er hat uns öffentlich entehrt."

„Unser Sohn... Elowen hat nie jemandem etwas zuleide getan." Elaras Stimme brach. „Er war immer freundlich, hilfsbereit, gütig. Und dafür wird er ins Verderben geschickt?"

Thorne schlug mit der Faust auf das Holz. Nicht laut. Aber hart. „Weil wir ihm nicht genug Edelgrün gegeben haben! Darum. Nichts anderes."

„Edelgrün...", Elara spuckte das Wort aus wie bitteren Tee. „Was ist das für ein Glaube, wenn ein Priester seinen Zorn an einem Kind auslässt, weil ein Geschenk zu klein ausfiel?"

„Das war kein Glaube mehr, Elara", sagte Thorne dunkel. „Das war Macht. Reine, nackte Machtdemonstration."

Eine Weile sprach niemand. Nur der Wind schabte leise an der Außentür, wie eine kalte Erinnerung.

Dann sagte Elara leise: „Die Leute... sie werden reden. Unser Name... er wird wie Asche in ihren Mündern liegen."

„Lass sie reden", knurrte Thorne. „Ich kümmere mich nicht um ihren Spott. Was mich schmerzt, ist unser Junge. Dass er jetzt da nebenan liegt, glaubt, er sei weniger wert. Dass er glaubt, er habe versagt, bevor er überhaupt begonnen hat."

„Wir dürfen ihn nicht allein lassen. Nicht innerlich." Elara griff über den Tisch, nahm Thornes Hand. „Er wird gehen, das wissen wir. Er wird versuchen, es zu schaffen – weil er sich weigert, zu zerbrechen. Weil er stärker ist, als Mikmok es je sein wird."

Thorne nickte, langsam. Sein Blick war glasig, doch hart. „Dann müssen wir ebenfalls stark sein. Ihm nicht mit Angst begegnen, sondern mit Vertrauen."

Ein Flackern der Glut. Ein Knacken im Gebälk.

Elara sah zum Fenster, in dem sich schwach das Licht der Monde spiegelte. „Ich schwöre es dir, Thorne… Wenn dieser Mann unser Kind zerstört – ich werde niemals wieder vor seinem Tempel knien."

Thorne antwortete nicht.

Aber in seinem Inneren, dort, wo der Stolz eines Vaters wohnt, wuchs eine stille, unbeugsame Wut – die Art Zorn, die sich nicht in Worten, sondern in Taten zeigt, wenn die Stunde der Gerechtigkeit kommt.

Und draußen, am fernen Himmel, begannen sich Wolken zu bewegen.

Denn nichts bleibt verborgen unter den acht Winden von Iok.

Das Haus Mikmoks:

Zur gleichen Zeit, in dem oberen Stockwerk des Tempels von Kobi, wo sich die Wohnräume des Hohepriesters befanden, klirrten Becher aus edlem Glas. Mikmok, noch immer in seiner Robe, saß in einem tiefen Kissenstuhl, ein glitzerndes Edelgrünstück zwischen den Fingern kreiselnd.

„Habt ihr gesehen, wie er geschaut hat?" sagte er zu Loyana, die am offenen Fenster stand und ihre Hände ineinander verschränkt hielt. „Wie ein Wassertier, dem man das Wasser genommen hat. Als hätte er gehofft, er bekäme eine Aufgabe, die zu ihm passt." Er lachte kehlig. „Aber dieses Mal hat das Orakel – oder ich – tief gegriffen."

Loyana drehte sich um, mit einem amüsierten Lächeln. „Du hast es zu einem Spiel gemacht, Vater. Und alle haben applaudiert."

„Nicht alle", murmelte eine andere Stimme.

Miora trat aus dem Schatten des Raumes, barfuß, das Haar offen, die Stirn leicht gerunzelt. Ihr Blick ruhte auf Mikmok, doch es lag keine Trotz darin – nur Enttäuschung.

„Er ist ein Kind, Vater", sagte sie leise. „Ein Junge aus einem einfachen Haus. Und du hast ihn wie einen König geprüft. Wozu?"

Mikmok schnaubte. „Wenn er ein König werden will, soll er zeigen, was er kann. Oder untergehen. Die Winde entscheiden."

„Oder du", erwiderte Miora.

Loyana verdrehte die Augen, schritt an ihrer Schwester vorbei. „Ach bitte, Miora. Du klammerst dich an einen Wurm, als wäre er ein Stern. Wenn er es nicht schafft, war er es nicht wert."

„Und wenn er es doch schafft?" fragte Miora.

Ein Moment der Stille. Mikmok sah sie an, lange.

Dann lachte er leise. „Wenn Elowen es schafft… dann werde ich mein Amt niederlegen. So sicher wie der achte Wind im Süden singt."

Loyana lachte mit. „Dann brauchst du wohl nie abdanken, Vater."

Doch Miora schwieg. So kannte sie ihren Vater nicht.

Sie trat ans Fenster und schaute in den Himmel, wo sich die Wolken durch die Kraft des Windes über Kobi ausbreiteten. Und sie dachte nicht an Edelgrün. Nicht an Macht. Nicht an Priesterschaft.

Sie dachte nur an den Jungen mit den nachdenklichen Augen.

Und daran, dass selbst die stärksten Winde manchmal ihre Richtung ändern. In diesem Moment fühlte sie Elowen in ihrem Herzen. Dann ging sie zielstrebig hinaus. Und schon wenige Augenblicke später kniete Miora am Rand des kleinen Gartens hinter dem Tempel. Mit ruhigen Händen grub sie eine Mulde in die Erde, legte den Samen der gelben Hartblattrose hinein und bedeckte ihn behutsam mit duftendem Staub. Sie sprach kein Wort, doch in ihrem Herzen hallte das Versprechen an das Orakel wie ein leiser Schwur. Dann goss sie mit Wasser aus der Quelle der Geysire und blieb lange still neben dem stillen Punkt, aus dem einst eine Blüte wachsen sollte.

Zur gleichen Zeit im All:

Die Zai'Rem glitt lautlos durch das Schwarz. Jenseits der Rauschgrenze von Kurus Atmosphäre war Stille nicht nur Zustand – sie war Gesetz. Die Sterne standen unbewegt in einem Himmel ohne Oben, ohne Unten. Nur die Triebwerke summten, ein gedämpftes Pulsieren im Innern des Schiffes, das einem schlafenden Herzschlag glich. Alles verlief nach Plan.

Voron saß im Beobachtungssessel des Cockpits, den Blick auf das ferne Iok gerichtet, dessen Silhouette sich wie ein dunkler Smaragd vor der fahlgrünen Sonne Xela abzeichnete. Teres, sein junger Pilot, arbeitete ruhig an den Steuerinstrumenten, prüfte die Flugbahn, justierte sanft das Gleichgewicht. Sie waren bald da.

„Noch zwei Kuru-Tage bis Eintritt in die Atmosphäre. Keine Scherwinde, keine gravimetrischen Anomalien", murmelte Teres, mehr zu sich selbst als zu seinem Mentor.

„Du fliegst, als wärst du ein Teil des Metalls", lobte Voron mit einem Anflug von Stolz. „Dein Onkel hätte das gesehen... und gelächelt."

Teres' Schultern spannten sich, nicht aus Stolz, sondern aus Dankbarkeit. Noch immer lag eine gewisse Unruhe in seinem Blick, wie der letzte Schatten eines Albtraums. Doch seine Hände blieben ruhig. Er war auf Kurs – im All, im Leben, vielleicht auch im Schicksal.

Doch dann geschah es.

Ein jäher Ruck durchfuhr das Schiff. Ein Ton, der nicht vorgesehen war – ein schrilles metallisches Krachen, gefolgt von einem langgezogenen Heulen, wie der Schrei eines verwundeten Tiers. Das Steuer flackerte. Lichter zuckten.

„Was war das?", rief Teres, während seine Finger über die Steuerkonsole tanzten, wie von innerem Feuer getrieben.

Ein Warnsymbol leuchtete rot auf. „Triebwerk – Totalausfall", meldete die Bordstimme kalt. „Manövrierschub – negativ."

Voron sprang auf, packte die seitlichen Haltegriffe. „Analyse!"

Teres starrte auf die Datenströme, während seine Hände versuchten, das taumelnde Schiff zu stabilisieren.

„Kosmisches Geschoss... Metallkern, kein Staubmantel. Wahrscheinlich ein Mikrometeorit aus dem Nachraum der Staubzone... Es hat uns durchbohrt wie eine Nadel durch Stoff!"

Die Zai'Rem begann zu taumeln. Langsam erst, dann unaufhaltsam. Die Gravitationszüge Ioks fingen bereits an, das Schiff in ihren kalten Armen zu halten. Doch ohne Steuerung... war es keine Landung, sondern ein Sturz.

„Rudertriebwerke blockiert. Kein Schub mehr auf der linken Flanke!", rief Teres, seine Stimme nun von Panik durchzogen. Schweiß glänzte auf seiner Stirn.

Voron packte ihn an der Schulter. Fest, aber nicht hart. „Beruhige dich. Jetzt zählt dein Kopf mehr als deine Hände."

„Ich... ich versuch's...", murmelte Teres, mehr zu sich selbst als zum Raum.

Doch das Schiff ließ sich nicht mehr zähmen. Die Anzeigen flackerten. Die äußeren Kameras zeigten rotierende Horizonte. Der Planet friedlich in ihrem Blickfeld – langsamer als vorgesehen. Zu langsam ohne Schub.

„Schick den Notruf!", befahl Voron. „Kuru muss wissen, was hier passiert!"

Teres drückte mit zitternder Hand das Notfallsiegel. Ein akustisches Signal, kaum hörbar, und dann: Sendung läuft... Signal empfangen... – doch dann war es wieder still.

„Kontakt zur Kommandozentrale steht", keuchte Teres. „Aber... sie können nichts tun. Keine Rettung in dieser Entfernung. Kein Schiff in der Nähe."

Für einen Moment herrschte nur das Geräusch des zitternden Metalls. Wie ein stöhnender Koloss, der dem Fall entgegenblickt.

Voron schloss kurz die Augen.

„Wenn wir auf Iok einschlagen, mitten in bewohntes Gebiet...", begann er, aber Teres unterbrach:

„Ich kann versuchen, die Masse zu verschieben. Wir müssen die Flugbahn ändern. Wenigstens in Richtung Ozean..."

„Dann tu es", sagte Voron. „Auch wenn wir sterben – wir müssen versuchen, andere zu schützen."

Die beiden blickten sich an. Für einen Augenblick fiel die Differenz ihrer Mondzyklen. Sie waren einfach nur zwei Seelen im All. Zwei Wesen, anvertraut einem stummen Himmel, der keine Gnade kennt.

Teres' Finger flogen über die Hilfskonsole, riefen Notprogramme auf, setzten alle noch funktionierenden Schubregler frei. Ein leiser Krach, dann das Aufblitzen einer letzten Reserveeinheit. Genug für eine minimale Kurskorrektur. Mehr nicht.

„Ich leite die Nase Richtung südliches Ozeanbecken. Kein Ort, kein Dorf, nur Wasser", flüsterte Teres, während seine Hände sich verkrampften.

Das Schiff ächzte, neigte sich. Langsam, kaum merklich – aber es reichte. Die Zai'Rem stürzte zumindest nicht mehr mitten auf bewohntes Gebiet zu.

Noch schwebte sie langsam auf Iok zu. Noch zwei Kuru-Tage, dann würde aus dem friedlichen Schweben, aber dennoch ein Stürzen werden.

04. Die Suche Beginnt

Das erste etwas hellere Licht des neuen Tages fiel durch die schmalen Fenster von Elowens kleinem Gemach. Denn tiefe Finsternis gab es auf Akkis nicht. Die Strahlen glitten wie flüssiges Gold über den Lehmfußboden, tasteten sich vorsichtig über die geflochtene Matte, auf der Elowen geschlafen hatte, und blieben an seinem stillen Gesicht hängen. Er war bereits wach – nicht durch die kleine Verschiebung der Helligkeit, sondern durch das Ringen seines Herzens.

Noch lagen seine Gedanken schwer auf der gestrigen Zeremonie. Die Worte Mikmoks hallten nach, wie ein giftiges Echo in den Windungen seines Geistes. "Finde einen Ort auf Iok, den kein Iokaner je betreten hat." Kein Kind hatte je eine derartige Aufgabe erhalten. Niemand. Es war, als hätte man ihm befohlen, durch das Auge des Nordwinds zu wandern – eine absurde, grausame Herausforderung, geboren nicht aus Weisheit, sondern aus kalter Verachtung.

Doch Elowen war nicht bereit aufzugeben.

Er saß da, die Knie angezogen, den Blick in die lehmverputzte Wand gerichtet. Sein Atem war ruhig, doch seine Gedanken wirbelten wie Staub im Sturm.

Mit stiller Entschlossenheit begann er, seine wenigen Habseligkeiten zu sammeln. Das Messer, das ihm sein Vater einst aus dunklem Eichenholz und poliertem Metall gefertigt hatte, legte er vorsichtig in den Beutel. Dazu Pfeile, sorgfältig geschnitzt, deren Spitzen er aus geschliffenem Stein gefertigt hatte. Der Bogen – noch ohne Sehne – stand an der Wand, als wolle er sagen: „Ich bin bereit, wenn du es bist."

Ein kleines Bündel getrockneter Wurzeln, ein Feuerstein, ein Trinkgefäß aus gehärtetem Kürbisholz – Dinge, die ein Versorgerkind aus dem Effeff zu handhaben wusste. Elowen war kein Narr. Er wusste, wie man überlebte. Er hatte gelernt, wie man Wasser aus feuchtem Moos presst, wie man aus Ästen einen Windschutz baut, wie man die Geräusche des Waldes liest wie ein offenes Buch.

Gerade legte er ein zusammengerolltes Stück Tierhaut zu den übrigen Dingen, als die Tür leise geöffnet wurde. Elara trat ein. Ihre Schritte waren kaum hörbar, doch ihr Blick war voller Sorge. Hinter ihr erschien Thorne, mit verschränkten Armen und finsterem Gesichtsausdruck.

„Elowen…", begann Elara leise, während sie sich neben ihn kniete. Ihre Stimme war warm, wie die Glut eines längst verloschenen Feuers.

„Was tust du da, Kind?" fragte Thorne, ohne Härte, aber mit einem Ton, der seine Angst nicht verbergen konnte.

Elowen drehte sich zu ihnen um, hielt inne, blickte sie beide an. In seinen Augen lag keine Rebellion, sondern etwas anderes – eine Klarheit, die fast überirdisch schien.

„Ich bereite mich vor. Wenn ich diese Aufgabe nicht wenigstens versuche, wird das ganze Dorf uns verachten. Ich... muss es tun." Seine Stimme war fest, doch mit einem Hauch von Zittern, wie bei einem Bogen, dessen Sehne neu gespannt wird.

Thorne fuhr sich mit der Hand durchs Haar. „Du weißt nicht einmal, wo du suchen sollst. Das ist doch Wahnsinn! Selbst ich, mit all meiner Erfahrung – ich kenne jeden Winkel dieses Kontinents, aber ein Ort, an dem kein Iokaner je war? Das gibt es nicht auf Akkis!"

Elara legte ihre Hand behutsam auf Elowens Schulter. „Und wenn es Mikmoks Rache war? Du hast ihn gesehen, mein Sohn. Er hat dich ausgelacht. Seine Worte... sie waren Gift. Und du bist nicht vergiftet. Du bist rein. Du bist unser Sohn."

Elowen sah auf den Boden, seine Finger krallten sich in den Stoffbeutel. „Ich weiß. Aber das Orakel hat gesprochen. Ob es nun durch Mikmoks Willen oder durch die Winde war – ich kann die Worte nicht ungeschehen machen."

„Und was gedenkst du zu tun?" fragte Thorne, und diesmal war in seiner Stimme etwas Neues: eine Mischung aus Trauer und Respekt.

Elowen erhob sich langsam. „Ich werde in die Grenzlande gehen. Dorthin, wo die Kontinente sich berühren, wo die Winde unberechenbar sind. Vielleicht gibt es dort Orte, an denen niemand je wagte, zu verweilen."

Elara schüttelte unmerklich den Kopf. Ihre Augen glänzten feucht. „Du bist noch ein Kind..."

„Nein, Mutter. Ich bin nicht mehr nur ein Kind. Nicht nach gestern."

Ein Moment der Stille senkte sich über den Raum. Nur draußen hörte man das ferne Pfeifen des Ostwinds, wie eine Erinnerung daran, dass die Zeit niemals ruht.

Thorne trat zu ihm, legte ihm eine Hand auf die Schulter, drückte sie fest. „Wenn du gehst, dann nicht ohne Schutz. Ich werde dir den Bogen bespannen. Und ich gebe dir den Amulettstein deines Großvaters. Er hat ihn getragen, als er einst den Blinden Pass durchquerte – niemand kannte diesen Pfad besser als er. Geh damit auf den Markt und tausche es gegen alles ein, was du brauchst. In ihm ist ein Stück Edelgrün."

Elowen schluckte. Zum ersten Mal an diesem Tag spürte er, wie seine Kehle sich verengte. Nicht aus Angst, sondern vor Dankbarkeit.

„Danke, Vater."

„Geh deinen Weg, Elowen", sagte Elara, und ihre Stimme war nun ein Hauch. „Aber geh nicht, um zu entkommen. Geh, um zu finden."

Und Elowen nickte – nicht wie ein Junge, sondern wie ein junger Mann. Das ferne Säuseln des ersten Windes, Rih, der sanft durch die Gassen Kobis glitt, als wolle er niemanden wecken. Elowen trat aus der Tür des Hauses, das er sein ganzes Leben Heimat genannt hatte. Er trug seinen Beutel geschultert, den Bogen über dem Rücken, das Messer fest an der Seite geschnallt.

Seine Eltern standen schweigend in der Tür. Keine großen Worte. Kein dramatischer Abschied. Nur Elaras Hand, die zitterte, als sie ihm ein kleines Päckchen in die Tasche steckte – getrocknete Süßwurzeln, sorgsam eingewickelt. Und Thornes Blick, der mehr sagte als tausend Sätze.

Elowen nickte, nur ein einziges Mal – und ging.

Die Straßen Kobis waren noch leer, nur vereinzelte Händler öffneten ihre Läden, legten Tücher aus, richteten Auslagen. Die Marktgasse roch nach Brot, Rauch und getrocknetem Wassertier. Die Einheimischen, die ihm begegneten, warfen ihm neugierige oder mitleidige Blicke zu. Einige tuschelten. Andere schwiegen.

Er ging zu einem alten, breitschultrigen Mann mit wettergegerbtem Gesicht – Murak, dem Ausrüster. Ein wortkarger Händler, der für drei Edelgrünstücke seine besten Werkzeuge übergab. Doch Elowen hatte nicht genug.

Stattdessen legte er vor ihn einen kleinen, in Leder gewickelten Gegenstand: das Amulett seines Großvaters, aus gewundener Wurzel geschnitzt, mit einem eingesetzten Grünlingsauge – Zeichen der alten Pfade.

Murak zog die Brauen hoch. „Das ist nicht für den Tausch gedacht…"

„Ich weiß", sagte Elowen ruhig, „aber ich habe nichts anderes."

Der Mann betrachtete ihn lange. Dann nickte er, langsam, fast feierlich. „Was brauchst du?"

„Warme Kleidung. Eine Axt. Und Proviant für viele Tage."

Murak übergab ihm ein dickes, mit Tierhaar gefüttertes Gewand, eine scharf geschliffene Axt mit Ledergriff, zwei Säckchen Trockenwurzeln und ein Bündel Fladenbrot. Kein Wort weiter. Nur ein Nicken.

Elowen drehte sich um – und da stand sie.

Miora.

Wie aus dem Nichts getreten. Sie trug ein schlichtes Kleid, der Saum
bestickt mit den Zeichen der acht Winde. Ihr Haar war zu einem Zopf
geflochten, lose Strähnen tanzten um ihr Gesicht. In ihren Händen hielt
sie ein kleines Tuchbündel.

„Elowen", sagte sie leise, und ihre Stimme war wie der erste Tropfen
Tau auf einem heißen Stein.

Er sah sie an. Verwundert. Berührt.

„Miora…?"

„Ich dachte es mir schon, du würdest heute aufbrechen." Sie trat näher,
reichte ihm das Bündel. „Ein Geschenk. Ich habe es selbst gemacht.
Heilkräuter. Und ein kleines Feueröl. Für den Fall, dass du… es
brauchst."

Er nahm es entgegen, vorsichtig, als wäre es aus Glas.

„Danke. Ich weiß nicht, was ich sagen soll…"

Sie lächelte, sah ihn an. „Sag nichts. Geh einfach… wie du bist. Ich… ich
bewundere deinen Mut."

Ein Schweigen. Ihre Finger berührten kurz seinen Arm, kaum spürbar.
Dann wandte sie sich ab, bevor ihre Tränen sichtbar wurden. „Und Elowen?"

Er hob den Blick.

„Komm zurück."

Er nickte, wortlos. Und ging.

Der Strand des Gleitenden Wassers

Die Tage vergingen langsam, wie warme Tropfen auf Stein. Elowen
wanderte, über Hügel, durch karge Ebenen, durch Wälder, in denen das
Licht in moosigem Grün flackerte. Sein Weg führte ihn südlich, immer

weiter – vorbei an bekannten Pfaden, hin zu den Rändern der Karten. Schließlich stand er am Meer.

Der Strand war leer, das Wasser ruhig. Es lag vor ihm wie ein gläserner Schleier – das Meer von Sialae, in alten Liedern der träumende Spiegel genannt. Es war der Ozean, der Akkis von Nokkis trennte – dem dunklen, vergessenen Kontinent, wo der ewige Schatten lag.

Er errichtete sein Lager in einer Bucht, wo alte Baumstämme angespült worden waren. Dort arbeitete er mehrere Tage schnitzte, band, flocht. Schilf, Seile aus Fasern, Segel aus einfachem Tuch, eine Ruderhilfe aus geglättetem Holz. Stück für Stück wuchs aus seiner Hand ein Floß, nicht groß, aber fest, gebaut mit dem Wissen eines Kindes der Wildnis.

Und dann, an einem grauen Morgen, als die Sonne sich kaum über den Horizont traute, stieß er ab.

Das Meer nahm ihn auf, als wäre er nie von ihm getrennt gewesen. Die Strömung trug ihn hinaus, fort von Akkis, fort von allem, was war.

Mitten im Meer von Sialae:

Die Tage, die immer dunkler wurden, vergingen und mit ihnen auch seine Vorräte. Das Fladenbrot war längst aufgebraucht. Die Süßwurzeln dünnten sich aus. Nur noch ein Schluck Wasser im Kürbisgefäß. Der Wind war sein Gefährte geworden, mal stumm, mal singend. Elowen lag auf dem Floß, den Blick in die Wolken gerichtet, das Gesicht bleich, die Lippen trocken.

„Ihr acht Winde…", murmelte er, „wenn ich euch jemals vertraut habe… dann jetzt."

Kein Land war zu sehen. Nur kleine Wellen, endlos, tanzend. Und das Floß, das wie ein Blatt trieb – klein, aber ungebrochen.

Das Zwielicht der Nacht über Iok war klar und beinahe still. Der Himmel spannte sich endlos über das silberne Meer von Sialae, geprägt von den gleitenden Wolken, die über allem wachten. Lauer Wind wehte über das Wasser, leises Pfeifen und das dumpfe Wogen des Ozeans. Es war jene Art von Geräusch, die einem letzten Atemzug glich, bevor das Schicksal seine Stimme erhob.

Hoch oben, noch jenseits der zarten Hülle aus Luft und Dunst, näherte sich mit gnadenloser Geschwindigkeit ein Feuer.

Die Zai'Rem, einst das stolz geführte Handelsschiff aus Kuru, wurde nun zum stürzenden Stern.

Ein feines Glühen an der Bugspitze hatte begonnen, kaum sichtbar gegen das Schwarz des Raums. Doch dieses Glühen wuchs – und wuchs. Innerhalb von Herzschlägen wurde es zu einer sengenden Hülle aus Licht. Die Luft begann zu singen, lange bevor sie spürbar war. Die Schutzplatten der Außenhaut knisterten, bis sie sich wie Schuppen von der Hülle lösten und in den Himmel verglühten.

Im Inneren des Schiffes herrschte das Chaos.

Blinkende Lichter, sirrende Warnsignale, vibrierende Wände.

„Außenhaut bei sechzehn Prozent", krächzte die monotone Stimme des Schiffssystems, „Temperatur kritisch – Hüllenbruch wahrscheinlich."

Teres, der junge Pilot, saß fest in den Gurt geschnallt, seine Hände klammerten sich um die Steuereinheit, deren Anzeigen längst nur noch rot aufleuchteten. Der Schweiß rann in Strömen über seine Schläfen, seine Lippen bebten.

„Ich verliere die Trimmung! Wir sind instabil – wir taumeln!"

„Beruhig dich, Junge!" rief Voron, der an der gegenüberliegenden Konsole stand, sich mit aller Kraft gegen die Erschütterung stemmend. „Leite Energie auf die Rettungskapseln um. Du weißt, was zu tun ist!"

Ein Funkenregen sprühte von der Decke, als ein Paneel platzte. Das Schiff ächzte – es war kein technisches Geräusch mehr, es war ein Schrei. Metall, das seine Grenzen kannte. Der Tod eines stolzen Bauwerks, geboren im Sternenlicht.

„Wir stürzen!", rief Teres panisch. „Das Meer – wir sind direkt über Wasser! Ich kann es sehen!"

„Dann flieh!" brüllte Voron, die Augen voller Entschlossenheit. „Los, Teres – jetzt! Und nimm das hier! Es soll dir den Weg weisen." Er drückte ihm noch schnell einen Kompass in die Hand, der auf seiner Konsole lag.

Teres zögerte. Ein Wimpernschlag lang. Dann riss er sich los, hechtete durch den Gang, stolperte durch den Rauch. Die Tür zur Rettungskapsel war halb verklemmt – er rammte sie mit der Schulter, kletterte hinein, aktivierte das Notfallprotokoll.

„Kapsel eins – Startsequenz in fünf… vier…"

Ein letzter Blick zurück – dann Zündung.

Mit einem durchdringenden Zischen wurde er hinausgeschleudert, fort von dem Feuerleib, der das Schiff geworden war.

Voron sah es auf dem Monitor. Seine Finger ruhten nun auf seinem eigenen Startpanel. Noch ein Blick zur Bordkamera. Der Ozean war nahe. Die Uhr tickte nicht mehr – sie raste.

Dann eilte auch er zu den Rettungskapseln und katapultierte sich hinaus.

Weit über dem Meer von Sialae, jenem endlosen, träumenden Wasser, das in silbrigen Wellen zwischen Akkis und Nokkis lag, schien der Himmel zu reißen. Ein Riss aus Licht, ein zischendes, tobendes Grollen, das sich wie ein wütender Stern durch die Atmosphäre brannte.

Der glühende Korpus der Zai'Rem hatte alle Form verloren – war nur noch ein flammender Schatten des einst so stolzen Handelsschiffs. Die metallene Haut, von der Reibung entzündet, war ein zerfetzter Mantel aus Feuer. Rauchfahnen zogen sich hinter dem Schiff her wie schwarze Schleier, die die Sterne verschluckten.

Der Ozean, bis eben noch spiegelglatt, vibrierte.

Zuerst nur sanft, wie unter dem Hauch eines fernen Donners. Dann stärker. Dann unaufhaltsam.

Die Tiere unter den Wellen spürten es zuerst – Delfinartige, Tangkrabbler, Strömungsschwärme – sie verschwanden blitzschnell in die Tiefe, als hätte der Ozean ihnen den Befehl zum Rückzug gegeben.

Und dann – kam der Moment.

Der Moment, in dem Licht und Wasser aufeinanderprallten.

Die Zai'Rem schlug mit voller Gewalt auf.

Nicht in einem Winkel, nicht in einem Winkel der Gnade – sondern frontal, brachial, ein brennender Koloss, der sich in das Herz des Meeres rammte.

Ein einziger, allumfassender Donnerschlag zerriss die Welt.

Die Druckwelle raste über das Wasser wie eine galoppierende Wand aus Faust und Sturm. Ein gleißender Feuerball erhob sich über der Oberfläche, kurz und strahlend, dann folgte der Rauch – dicker, dichter als jede Wolke, die der Himmel je geboren hatte.

Wasser wurde in die Luft geschleudert wie Säulen aus flüssigem Glas.

Schwärze, Hitze, Zischen, Bersten.

Die Wucht des Aufpralls drückte eine gewaltige Kuppel in die See – und als diese kollabierte, folgte die Welle.

Nicht wie eine, die langsam heranrollt.

Nein.

Es war eine Wand. Eine zornige Mauer aus Wasser, geboren aus der Wunde, die der Sturz ins Meer gerissen hatte.

Die Zai'Rem zerbrach in diesem Augenblick.

Ein Klang, als würde ein ganzer Berg aus Eisen in Stücke gerissen.

Schotte platzten. Rümpfe spalteten sich. Ihre Innereien – Maschinen, Güter, Trägerkapseln – wurden aus den flammenden Gedärmen gerissen und in die Fluten geschleudert.

Die Druckwelle raste in alle Richtungen.

Frachttüren flogen wie Geschosse.

Flüssige Hitze schoss ins Wasser und ließ es brodeln wie ein aufgebrochener Vulkan.

Und als das letzte Segment der Zai'Rem, vom eigenen Gewicht zermalmt, in die Tiefe gerissen wurde – war da Stille.

Aber nur für einen Atemzug.

Dann türmte sich hinter dem Krater des Aufpralls jene gewaltige Welle, die nun alles mit sich riss, was zu nahe war. Eine Woge aus Gewicht, Chaos und Entladung. Sie raste davon, schneller als ein Windpfeil – auf alles zu, was nahe war.

Zeitgleich dort…

… trieb Elowen auf seinem kleinen, armseligen Floß. Aus seiner Perspektive ereignete sich alles so:

Er hatte die Augen halb geschlossen, die Lider schwer von Müdigkeit, als das erste Zittern durch das Wasser ging. Nicht mehr als ein Flüstern unter dem Floß, ein kaum wahrnehmbares Beben – wie ein Herzschlag, der nicht zu seinem eigenen gehörte.

Elowen richtete sich langsam auf, sein Körper schwach, doch sein Geist war wachsam. Die Sonne hatte längst die Nachtposition erreicht, das Meer rhythmisch wie ein lebendiges Wesen. Und doch... da war etwas.

Er sah zum Himmel.

Und was er dort erblickte, raubte ihm augenblicklich den Atem.

Absturz der Zai'Rem

Ein Licht – größer, greller, heißer als alles, was je über Iok gesehen wurde – fraß sich durch das Zwielicht. Es war kein Stern. Kein Komet. Kein Himmelsfeuer. Es war... ein brennender Koloss, der aus den Sternen gefallen war.
Die Luft knisterte. Das Wasser spannte sich unter ihm wie ein Muskel.

„Was... ist das?" flüsterte er.

Dann kam der Ton.

Nicht sofort. Zuerst war nur das Licht. Dann das Vibrieren. Und dann – ein Dröhnen, so tief, dass es ihm durch die Knochen fuhr. Es war, als würde der Himmel schreien. Die See antwortete mit einem Gurgeln, einem Aufstöhnen, als hätte sie Angst vor dem, was da kam.

Und dann schlug es ein.

Am Horizont, keine halbe Meile entfernt, explodierte der Ozean.

Ein Leuchten, das Elowen die Augen zusammenkneifen ließ. Eine Fontäne, höher als jeder Baum, zerriss das Wasser. Ein Donner, der die Winde von Iok verstummen ließ. Der Aufprall war nicht nur hörbar – er war fühlbar. Das Floß bebte unter seinen Füßen, das Holz knackte wie unter Rutenhieben.

Elowen stolperte zurück, klammerte sich an einen der Querbalken.

Die Hitze war da – als hätte der Himmel Feuer gespien.

Dann – die Stille.

Einen Moment lang glaubte er, es sei vorbei.

Doch da war sie – die Welle.

Sie kam nicht wie eine Woge, nicht wie eine Bewegung – sie kam wie ein Berg aus Wasser, der sich aus der Tiefe erhob, als sei der Ozean empört über das, was ihn verletzt hatte.

Elowens Augen weiteten sich.

„Nein... nein, nein..." hauchte er, seine Stimme wurde vom Wind verschluckt.

Er versuchte, das Floß zu wenden. Irgendwie. Mit bloßen Händen.

Doch es war zu spät.

Die Welle war über ihm.

Ein Schatten, ein Atem, eine alles zerschmetternde Wand.

Sie traf ihn nicht. Sie riss ihn.

Hob ihn in die Höhe – mit einer Geschwindigkeit, die keine Gnade kannte. Das Floß zersplitterte unter ihm. Holzteile flogen. Ein Balken schlug ihn an der Seite. Luft entwich aus seiner Brust wie Rauch aus einem Riss.

Dann kam der Fall.

Er stürzte ins Wasser. Wurde verschluckt.

Kein Oben. Kein Unten. Nur Dunkelheit und Druck und Stille.

Elowen schlug um sich. Spürte nichts. Sah nichts.

Dann – Licht. Ein Blitzen. Ein Aufleuchten.

Sein Kopf durchbrach die Oberfläche.

Er japste, hustete, rang nach Atem.

Er trieb. Allein.

Nur auf einem Bruchstück des Floßes. Um ihn herum: Wrackteile.

Kein Land in Sicht.

Kein Horizont, nur Chaos.

Und doch – er lebte.

Sein Blick glitt über die Wellen, schmerzverzerrt, keuchend.

„Ihr… acht Winde… seid ihr noch da?“

Der Wind antwortete nicht.

Doch er war da.

Und das Wasser… trug ihn.
Elowen trieb auf der silbrig gekräuselten Haut des Meeres, das ihn um-
fangen hielt wie ein kalter, zitternder Atem. Das Holzstück, an das er
sich klammerte, war ein kümmerlicher Rest seines Floßes – nicht größer
als zwei ausgestreckte Arme. Seine Lippen waren blau, die Haut gezeichnet von der Kälte, sein Atem flach und abgerissen. Doch seine Augen – seine Augen waren offen.

Er lebte.

Er spähte über das endlose Wasser, während ihm Salz in die Wimpern
brannte. Und dann sah er sie – zwei dunkle, halbrunde Körper, schwankend in den Wellen, nur ein gutes Stück entfernt. Ihre Form war fremd,
glatt, metallisch – keine Werke von Iok, das wusste er sofort.

„Was... bei den Winden ist das...?" keuchte er.

Er blinzelte, stieß sich mit letzter Kraft vom Holzrest ab. Da – ein größeres Stück seines alten Floßes trieb näher. Zerbrochen, aber noch tragfä-
hig. Er musste dorthin, bevor die Strömung es verschlang.

Die See war kalt wie flüssiger Stein. Jeder Armzug war ein Stich. Seine
Rippen schmerzten – dort, wo das Treibholz ihn getroffen hatte. Doch
er bewegte sich. Zentimeter um Zentimeter. Er trat das Wasser, schob
sich voran, die Zähne fest aufeinandergebissen.

Unter der Wasseroberfläche – ein Schimmer.

Sein Beutel.

Noch immer verschnürt, halb voll Wasser, doch greifbar.

Mit zitternder Hand griff er zu, zog ihn an sich. Der Stoff war schwer,
durchweicht, aber darin befand sich noch alles – das kleine Bündel mit
Kräutern, das von Miora stammte, der Feuerstein, das Seil, die Wurzeln.

Und sein Bogen?

Er hing noch immer über seiner Schulter.

Das Messer an der Hüfte – kalt wie der Ozean.

Endlich erreichte er das größere Wrackstück. Er hievte sich darauf, krümmte sich, keuchend, würgte Salzwasser aus der Kehle.

Dann – die Kapseln.

Er kroch, flach auf dem nassen Holz, zu der ersten. Der Riegel war schwergängig, der Mechanismus fremd. Doch mit dem Messer als Hebel sprang der Verschluss auf – und das Innere entließ einen kalten Hauch technischer Luft.

Darin – ein junger Mann, etwa in seinem Alter, bewusstlos, mit einer langen Schramme über dem rechten Auge. Seine Kleidung – fremd, aber zweckmäßig. Dunkles, glattgewebtes Material. Er atmete, flach, aber gleichmäßig.

„Du... lebst", flüsterte Elowen.

Er schüttelte ihn vorsichtig. Dann fester.

Der junge Mann stöhnte. Die Augen flatterten.

„Was… wo…?"

„Du bist auf Iok", sagte Elowen leise. „Du bist gestürzt. Ich bin... Elowen."

Der Fremde blinzelte, sein Blick irrte suchend.

„Ich... bin Teres… Pilot... Zai'Rem..." Dann: „Voron! Wo ist... Voron?"

„Die zweite Kapsel." Elowen zeigte hinüber. „Ich helfe dir. Aber... du musst mir helfen, ihn zu öffnen."

Teres schwankte, richtete sich mühsam auf. Gemeinsam robbten sie zur zweiten Kapsel. Der Verschluss war schwer beschädigt, aber mit vereinten Kräften – Teres zog, Elowen drückte mit dem Messer – sprang die Luke endlich auf.

Der Mann im Innern – kräftiger, älter, reglos – lag mit geschlossenen Augen da. Eine große Wunde an der Stirn, blutverkrustet. Auch er atmete.

„Voron...!" Teres rüttelte ihn. Keine Antwort.

Elowen holte das kleine Tuch aus seinem Beutel hervor, tränkte es mit salzigem Wasser, wischte vorsichtig die Wunde.

„Nicht zu stark", sagte er. „Er lebt. Er muss nur... zurückkommen."

Und tatsächlich – ein Zucken. Ein Stöhnen.

„Teres... Junge... hast du's geschafft?"

„Ich bin hier. Wir sind beide... wir leben."

Vorons Augen öffneten sich. Trüb, aber lebendig.

„Was... was ist mit der Zai'Rem...?"

Teres schüttelte den Kopf. „Sie ist fort, Meister. Tief im Meer."

Elowen sah sie beide an. Fremde. Gestürzt aus den Sternen. Und doch – jetzt waren sie verbunden.

Er band die Kapseln mit dem Seil aus seinem Beutel an das größere Floßteil, knotete sie fest, sicherte sie mit einem Knoten, den er von seinem Vater gelernt hatte.

„Ihr treibt nicht allein", sagte er.

Teres blickte ihn an, erschöpft, aber mit einem winzigen, aufkeimenden Lächeln.

„Du... hast uns gerettet. Ich... danke dir."

„Ich tat nur, was man tut, wenn man nicht zulässt, dass jemand stirbt."

Voron nickte schwach. „Mut, Junge… das ist seltener als Technik. Du hast mehr getan, als viele Männer in ihrer ganzen Lebenszeit."

Und so trieben sie – drei Gestalten auf dem zerschlagenen Rücken eines gefährlichen Ozeans, unter einem Himmel, der langsam wieder zu atmen begann.

Das Meer hatte sich etwas beruhigt. Die Wellen sangen nur noch leise, ein müdes Murmeln, als hätte der Ozean Mitleid mit den Verwundeten. Elowen saß zusammengesunken am Rand des Floßes, den Beutel auf den Knien, das Messer lose in der Hand. Die Sonne stand flach und blendete wie ein funkelndes Auge, das keine Gnade kannte.

Teres lag mit dem Rücken an seine Kapsel gelehnt, seine Haut fahl, ein Riss an seiner Schläfe hatte sich dunkel verfärbt. Voron saß in seiner treibenden Kapsel, der Kopf mit einem Streifen Stoff umwickelt, den Elowen aus seiner letzten Decke geschnitten hatte. Er atmete schwer, doch wachsam. Das Feuer in ihm war nicht erloschen – nur tief nach innen gerutscht.

Es war Teres, der zuerst sprach.

„Wie… heißt du nochmal?"

Elowen hob den Kopf, sein Blick war trüb vom Wasser und der salzigen Luft.

„Elowen. Von Akkis."

Teres nickte schwach. „Ich bin Teres. Von Kuru. Pilotenschule, zweiter Zyklusmond. Das war mein zweiter Flug. Eigentlich… hätte es ein einfacher Auftrag werden sollen. Routine."

Ein schwaches Lächeln, das sich in Schmerz verwandelte, als er versuchte, sich aufzurichten.

Voron stieß ein kehliges, trockenes Lachen aus. „Routine, ja… Wie leicht man dieses Wort sagt, bevor der Himmel beschließt, dich in Flammen zu tauchen."

Elowen sah ihn an. „Und du?"

Voron richtete sich ein wenig auf, so gut es seine geschundene Schulter erlaubte.

„Voron. Händler, seit dreißig Zyklen. Ich bringe Waren von Kuru nach Iok – Kunst, Technik, manchmal Wissen. Hatte nie geplant, ausgerechnet im Meer von Sialae zu sterben."

„Noch leben wir", sagte Elowen ruhig, obwohl seine Lippen bereits trocken und rissig waren.

Es folgte eine Stille, in der nur der Wind sprach – ein Flüstern über der Gischt, eine ferne Melodie aus Luft und Salz. Die Sonne wanderte, und mit ihr wuchs der Durst.

„Was hast du da im Beutel?", fragte Teres irgendwann.

Elowen öffnete ihn vorsichtig. Das Wasser war eingedrungen, vieles war durchnässt, unbrauchbar. Doch einige Wurzeln hatten überlebt – hart und bitter, aber nahrhaft. Das kleine Glasfläschchen mit Mioras Feueröl war noch verschlossen. Und ganz unten – ein halber Beutel getrockneter Süßwurz, noch umwickelt in Leder.

Er teilte es ohne zu zögern.

Drei Hände nahmen. Drei Münder kauten. Kein Wort wurde gesprochen. Nur das Knacken der Wurzeln begleitete den schwachen Atem der Geprüften.

Dann fragte Voron leise: „Und du, Junge? Was hast du getan, dass man dich ins Meer schickte?"

Elowen sah auf die Wellen. Für einen Moment schien es, als wollte er schweigen. Doch dann sprach er, rau und leise:

„Ich wurde geprüft. Vom Orakel. Ich soll einen Ort finden... auf Iok, den noch kein Iokaner je betreten hat Und ich soll einen Beweis erbringen!"

Teres blinzelte. „Ist das... überhaupt möglich?"

Elowen zuckte mit den Schultern. „Ich weiß es nicht. Aber das war meine Tikka-Aufgabe. Ich hatte keine Wahl."

Voron kniff die Augen zusammen. „Das klingt nicht nach einem Auftrag. Das klingt nach einer... Strafe."

„Es war eine Strafe." Elowens Stimme war nun härter. „Der Hohepriester hat mich vor allen gedemütigt. Weil meine Familie arm ist. Weil wir ihm nicht genug Edelgrün geben konnten."

Eine Stille senkte sich über sie, schwer und salzig wie der Ozean.

„Dann bist du mutiger als wir alle", sagte Teres schließlich.

Voron nickte langsam. „Vielleicht... vielle cht war es kein Unfall, dass wir gestürzt sind. Vielleicht hat der W nd uns zu dir gebracht."

„Oder mich zu euch", antwortete Elowen, und seine Stimme klang für einen Augenblick nicht wie die eines Jungen.

Die Tage vergingen ohne Maß. Es gab keinen Schatten, nur Dunkelheit, Kälte, Wind und Wasser. Die Haut spannte sich, die Lippen brannten. Gespräche wurden seltener, jedes Wort kostete Kraft. Doch die Augen der drei blieben offen.

Sie erzählten sich ihre Geschichten – vom Handelsleben auf Kuru, von der Pilotenakademie, von Elowens Kindheit in den Wäldern Akkis. Immer wieder fielen sie in Schweigen, starrten auf das unendliche düstere Blau. Der Durst wurde zu einem eigenen Wesen, das an ihnen zerrte.

Einmal sprach Elowen im Halbschlaf: „Ich höre die Winde reden... sie flüstern mir Richtungen. Ich glaube... wir sind nicht verloren."

Niemand widersprach.

An einem Tag, den keiner mehr zählen konnte, als die Kraft längst versiegte und der Glaube schwankte wie das Floß – geschah es.
Der Wind blies aus Nordosten – ein kalter, rauschender Geselle.

Und da... endlich... in der Ferne:

Land.

Ein schwarzer Streifen am Horizont, gezackt, scharf, von Eiskristallen gekrönt.

Nokkis.

Die eiskalte und vergessene, dunkle Schwester Akkis'.

Ein Ort, den sehr wenige Iokaner je betreten hatten.

05. Schatten

Kurz nach dem Aufbruch Elowens und schon die ersten Schatten auf dem Markt:

Der Morgen dämmerte bleiern über Akkis. Die dunstige Luft hing schwer zwischen den Lehmgassen Kobis, als wollte sie nicht weichen, als wollte sie sich weigern, einen neuen Tag zu beginnen. Über den Dächern flüsterten die Winde leise und zaghaft – nicht wie sonst, voll Wärme und Verheißung, sondern mit einem Ton, der an Mahnung erinnerte. Etwas lag in der Luft. Etwas Unsichtbares. Und doch spürte man es in den Blicken, in den Gesten, in den kaum ausgesprochenen Worten.

Elara hatte ihren Korb aus geflochtenem Faserholz wie jeden siebten Tag auf den Rücken genommen, den Leib mit einem alten Tuch umgürtet, den Blick entschlossen, doch müde. In ihrem Tragekorb lagen die Früchte ihrer Arbeit: glänzende Neraf-Knospen, heilkräftige Lunara-Beeren, seltene Rizz'Kel-Kräuter – allesamt mühsam gesammelt, in den schwer erreichbaren Schluchten der Nordhänge, wo der Wind schärfer war und die Schatten dunkler. Viele Stunden hatte sie gebraucht, um wieder einen solchen Korb zu füllen.

Doch heute war etwas anders.

Als sie den Markt von Kobi betrat, fielen die Stimmen ringsum wie schlagartig in sich zusammen. Wo sonst Händler lauthals priesen, Kinder lachten und Alte auf ihren Bänken nickten, entstand nun ein leises, unangenehmes Schweigen. Nicht offen, nicht feindlich – doch spürbar wie eine kalte Klinge an der Kehle der Würde.

Elara ging weiter, Schritt für Schritt. Sie stellte ihren Korb neben dem Stand aus Basaltplatten auf, breitete ein feines Tuch darüber, ordnete mit ruhiger Hand ihre Auslagen. Die Lunara-Beeren glänzten im dumpfen Morgenlicht wie flüssiges Rubin. Der Duft der Rizz'Kel-Kräuter war betörend und frisch.

Doch keiner kam.

Nicht einmal ein Blick wurde ihr geschenkt.

Ein Mann mit grober Weste aus geöltem Wassertierleder – ein alter Bekannter – trat an ihren Stand heran, betrachtete kurz die Ware. Elara hob hoffnungsvoll den Blick. „Drei Hand voll Lunara für zwei reine Grünlinge. Günstiger wirst du sie heute nicht finden, Davas."

Der Mann verzog das Gesicht. „Ich... ich habe schon gekauft", murmelte er, sah an ihr vorbei, als wäre sie Luft, und ging weiter.

Ein weiteres Paar – eine Frau mit kunstvoller Stirnbinde und ein junger Lehrling – kam heran. Die Frau beugte sich kurz über die Neraf-Knospen, atmete tief ein, lächelte beinahe. Doch dann flüsterte ihr Begleiter etwas ins Ohr. Zwei Worte – „Elowens Mutter". Die Frau erschrak, als hätte sie sich verbrannt, und zog ihn eilig fort.

Elara stand stumm da. Ihre Hände umklammerten das Tuch, das sie gerade noch zum Schutz über die Ware gelegt hatte. Die Kälte in ihrem Magen war nicht die des Morgens. Sie war aus Scham geboren, aus dem Gefühl des Alleinseins inmitten einer Menge.

Ein Junge aus der Nachbarschaft, den sie früher mit warmem Brot versorgt hatte, spuckte in den Staub vor ihrem Stand. „Dein Sohn bringt Unheil", zischte er, und seine Augen waren von einer Fremde erfüllt, die Elara erschreckte.

„Er ist mein Kind", flüsterte sie.

„Und das Orakel hat gesprochen", kam es zurück. „Vielleicht war er's, der es erzürnte."

Elara atmete tief durch. Die Luft schien schwer wie flüssiges Metall. Mit zitternden Fingern begann sie, die Waren wieder einzupacken.

Plötzlich stand eine ältere Frau neben ihr – still, schmal, mit gefurchtem Gesicht. Es war Irna, eine Seherin und Kräuterfrau, alt wie die Felsen des Nordpasses.

„Ich nehme deine Rizz'Kel", sagte sie, ohne die anderen zu beachten. „Sie sind von guter Hand gepflückt. Und deine Art... verdient Respekt, Elara."

Elara blickte sie an – ein Moment flackerte Dank auf. Sie reichte Irna drei Stängel der wertvollen Pflanze. „Nur einen unreinen Edelgrünling", flüsterte sie. „Du bist die Erste heute."

Irna gab ihr unfreiwillig zwei.

„Weil du standhältst. Und weil sie's nicht wissen."

Dann verschwand sie wieder, wie ein Schatten im Morgenlicht.

Als Elara wenig später mit fast vollem Korb heimwärts ging, hallten die Worte ihres Mannes Thorne von vor Tagen in ihrem Herzen nach: „Das war keine Prüfung – das war Rache. Und Mikmok... hat uns verkauft für das wenige Edelgrün."

Der Wind trug ihren Namen wie eine Klage über die Gassen Kobis.

Und doch – sie schritt weiter. Denn Mütter geben nicht auf.

Nicht für einen Markt. Nicht für eine Lüge. Nicht für einen Hohepriester.

Nicht einmal für das Orakel.

Zeitgleich auf Nokkis:

Der Strand war steinig und vereist, schneidend in seiner Kargheit. Kein Flugtier sang, kein Insekt summte. Der Ozean, der sie ausgespien hatte, war ein endloser dunkelgrauer Spiegel, dessen kalte Haut noch nachzitterte vom Zorn der Wellen. Der Himmel über Nokkis war ein gewölbter Schleier aus Rauch und Lichtfetzen, wie zerrissene Seide. Und mitten darin lagen sie – drei Überlebende, zerschlagen, ausgedörrt, auf der Schwelle zwischen Leben und Verlorensein.

Elowen kroch als Erster aus dem Wasser. Jeder Schritt durch die eiskalte Gischt brannte wie tausend Nadeln in der Haut. Die Kleidung klebte wie eine Rinde an seinem Leib, der Atem dampfte in kurzen, abgerissenen Zügen. Hinter ihm schleiften sich Teres und Voron an Land, ihre Bewegungen waren kraftlos, unkoordiniert, gezeichnet von Schmerz.

„D-die Kälte…", keuchte Teres, sein Gesicht kreideweiß.

„Willkommen…", stöhnte Voron, „…am Ende der Welt."

Elowen reagierte nicht. Seine Augen wanderten bereits über den frostverkrusteten Boden, über die kantigen Felsen, die verdorrten Ranken, die vom Wind getrieben wurden wie schlaffe Adern. Er suchte. Er dachte. Er handelte.

„Holt die Überreste vom Floß. Alles, was schwimmt, alles, was brennt", sagte er mit fester Stimme.

„Was...?" Teres sah ihn benommen an.

„Holz. Reste. Seile. Alles! Sonst erfrieren wir noch vor dem nächsten Windstoß."

Ohne weiter zu zögern, riss Elowen einen Balken los, schob ihn durch den schneidenden Sand. Aus gesplittertem Holz, trockenen Algen und einem Büschel von eingefrorenem Rindenfaser baute er eine kleine Mulde, bedeckte sie mit Steinen, die er in einer Senke fand. Dann schlug er mit dem Feuerstein an den Stahlring seines Messers. Funken sprangen.

Beim dritten Versuch – ein Glimmen. Beim sechsten – ein Flackern.

Beim zehnten – Feuer.

Die Flamme war noch klein, doch lebendig.

Später wurde sie größer und umfasste mit ihrer wohligen wärme langsam die Umgebung.

„Hierher!" rief Elowen.

Teres kroch näher, zitternd, seine Finger blau. Voron taumelte, ließ sich
nieder, legte die Hände über die Glut, als wollte er darin seine Seele
wärmen.

Mit seinem Messer, trennte Elowen eine schalenartige Metallverklei-
dung aus einer der Rettungskapseln.

„Wie…", flüsterte Teres, „wie kannst du das alles wissen?"

Elowen blickte nicht auf. Er war beschäftigt, das eingefrorene Wasser in
der zweckentfremdeten Schale zu schmelzen. Der Dampf stieg auf wie
ein Geist.

„Ich bin Versorger. Mein Vater hat mich gelehrt, mit der Wildnis zu
sprechen. Und Nokkis… ist eine sehr wütende Wildnis."

Sie tranken – langsam, schluckweise. Immer wieder, bis der brennende
Durst der Gestrandeten gelöscht war. Das kalte Schmelzwasser rann wie
Feuer durch ihre Kehlen, doch es war Leben.

Aus gesammelten Holzsplittern, Segeltuchfetzen und zwei geborgenen
Rettungskapselstücken bastelte Elowen einen notdürftigen Windschutz.
Er schichtete Steine als Rückwand, stopfte Lücken mit Seetang. Bald
lagen drei Schlafplätze da – unvollkommen, aber schützend.

Die Nacht brach herein.

Der Wind heulte zwischen den Felsen. Er war anders hier – nicht wie auf
Akkis. Er sang nicht. Er riss. Er biss.

Die drei saßen eng am Feuer. Die Stille war schwer, fast ehrfürchtig. Dann brach sie. Und auch hier traten Schatten ein und verdrängten das Gute. Es war so surreal, wie durch eine aus der Ferne gesteuerte Macht.

„Du hast den Kompass verloren", zischte Voron plötzlich.

Teres runzelte empört die Stirn. „Was?"

„Den Kompass. Ich hab ihn dir gegeben, als wir das Schiff verlassen haben. Wo ist er?"

„Er war in meiner Kapsel – du warst dabei, als ich sie schloss! Ich hatte keine freie Hand!"

„Du hast ihn vergessen!" knurrte Voron. „Er war unser einziger Weg, um zu navigieren, wenn wir hier wieder rausmüssen!"

„Wir leben noch, dank Elowen! Und du machst dir Sorgen um einen Kompass?"

„Ein Händler, der nicht weiß, wo er ist, ist ein toter Händler."

„Dann hätten wir alle sterben sollen, wenn du das Maß bist!"

Die Worte flogen wie Pfeile. Ihr Ton war roh, geschärft vom Hunger, vom Schmerz, vom Frost, der ihre Herzen langsam taub machte.

Elowen stand auf, stellte sich zwischen sie. Die Glut spiegelte sich in seinen Augen.

„Genug."

„Wir sind nicht hier, um uns zu zerfleischen."

„Wir sind hier, weil der Wind uns geworfen hat."

„Ob wir ihn hören – liegt bei uns."

Teres und Voron schwiegen. Ihre Schultern sanken. Die Kälte war stärker als der Zorn.

Langsam beruhigten sie sich wieder. Elowen warf weitere Reste ins Feuer. Es knackte, roch nach Salz und verkohltem Harz.

Ihre klamme Kleidung trocknete.

„Ich weiß nicht, wie lange wir hier sind", sagte er leise. „Ich weiß nicht, ob wir gefunden werden. Aber ich weiß – wenn wir uns gegenseitig verlieren… dann war alles umsonst."

Die Nacht senkte sich mit aller Härte über Nokkis.

Aber zwischen drei zitternden Körpern glühte eine Flamme. Und irgendwann drang die wohlige Wärme bis in die letzte Zelle ihrer Körper,

Und solange sie glühte, lebten sie. Und so schliefen alle ein.

Der Morgen kam nicht mit Licht, sondern mit einer Schwere, die sich über alles legte wie Frost über welkes Laub. Kein Sonnenstrahl drang durch das ewige Grau des Himmels über Nokkis. Die Luft roch nach altem Stein, nach bitterem Wind, nach dem Geschmack der Leere. Kein Tierruf, kein Summen, nicht einmal das Wispern von Blättern – nur das Knacken des gefrorenen Bodens unter Elowens Stiefeln.

Das Feuer war erloschen. Nur kalte Asche und glimmende Holzkanten lagen in der improvisierten Grube. Elowen rieb sich die Hände, spürte kaum noch seine Finger. Die Kälte war nicht nur um ihn, sondern in ihm. Doch er zögerte nicht.

Er durchsuchte das Lager. Die Tasche – geflickt, durchnässt, doch noch brauchbar. Darin: die Heilkräuter, die er mit letzter Kraft in Akkis gesammelt hatte – nun trocken, aber nicht wirkungslos. Das mit Tierhaar gefütterte Gewand, das ihm Murak auf dem Markt verkauft hatte – nun unbezahlbar. Seine Pfeile waren noch ganz, der Bogen leicht verzogen, aber noch zu retten. Die Axt war schwer von Salzkristallen, doch scharf, und der Feuerstein – das Herz ihres Überlebens – lag noch immer im Lederbeutel.

Nur eines fehlte: Nahrung.

Nicht ein Stück getrockneter Wurzel, kein Krümel Brot. Der Hunger war da – nicht scharf, sondern bohrend, wie ein Schatten, der an den Rippen zerrt.

Elowen sammelte Holz – ausgebleichte, verkrustete Äste, die das Meer ausgespien hatte. Die Borke war hart, das Mark trocken. Er baute das Feuer erneut, schichtete die Reste, schlug Funken. Zwei, drei Mal – nichts. Dann endlich: ein Flackern, ein Atem der Wärme in der endlosen Kälte.

Er zog sich das Tiergewand enger um die Schultern, als er die beiden anderen aufwachen hörte.

Teres richtete sich stöhnend auf, hielt sich die Seite. Voron öffnete die Augen langsam, als müsse er sich aus einem tiefen Traum befreien.

„Noch da?", fragte Elowen trocken, ohne sich umzudrehen.

„Wir leben... also ja", antwortete Voron mit belegter Stimme.

„Nur gerade so", murmelte Teres und kroch näher ans Feuer. „Wie spät ist es?"

„Es ist Nokkis", erwiderte Elowen knapp. „Zeit gibt es hier nicht. Nur Dunkel oder dunkler."

Er griff zu den Kräutern, zerkaute eine Portion leicht in der Hand, feuchtete sie mit dem letzten Rest aufgetauten Wassers an und legte sie vorsichtig auf Vorons geschwollene Schulter.

„Das brennt", knurrte er.

„Das soll es auch", entgegnete Elowen. „Das ist Kelra-Wurzel, sie zieht die Entzündung heraus."

Dann schiente er den Arm, wickelte ihn mit einem Riemen aus Seetuch ein, fixierte ihn. „Mehr kann ich nicht tun."

Teres hatte sich inzwischen seinen Raumanzug zurechtgelegt – der Stoff dampfte noch leicht vom Tau, aber er war heil. Die fremde Technik hielt die Kälte gut ab. Elowen musterte beide.

„Wenn ihr lebt, verdankt ihr das nicht der Technik, sondern dem Feuer. Vergesst das nicht."

Er sagte es nicht mit Stolz, sondern als Wahrheit.

Dann stand er auf, nahm den Bogen, die Pfeile, die Axt, das Messer, den Feuerstein – und verschwand im grauen Nebel.

Die Welt draußen war wie aus totem Stein gemeißelt. Keine Bewegung, kein Geräusch. Nur Schnee in grauer Haut, gefrorene Flechten, Felszähne, die aus der Erde ragten wie die Rippen eines verendeten Kolosses.

Elowen bewegte sich vorsichtig, suchte nach Spuren, nach Kratzern an den Steinen, nach Abdrücken. Doch nichts.

Er legte einen Pfeil auf, zog ihn halb – mehr aus Gewohnheit. Die Sehne klang matt in der feuchten Luft. Keine Tiere. Kein Atem außer dem eigenen.

Nach Stunden – nichts.

Er kehrte zurück ohne Beute und schweren Schritten.

Setzte sich ans Feuer.

Sie saßen schweigend. Jeder trank langsam von dem Wasser, das Elowen erneut aus Schnee geschmolzen hatte. Es dampfte über der Glut, schmeckte bitter, aber es war Leben.

Dann – wieder der Streit.

„Hättest du den Kompass richtig gesichert, wären wir längst wieder unterwegs!", fauchte Voron, als Teres einen falschen Richtungsstern erwähnte.

„Du hast ihn mir übergeben, Voron! Ich hatte nur einen Augenblick Zeit – ich musste meine Kapsel schließen! Was hättest du getan?"

„Ich hätte ihn behalten!"

„Dann wärst du jetzt tot, allein in einer zerborstenen Schale!"

„Und du… wärst nutzlos."

Die Worte knallten durch die Stille wie Peitschenhiebe. Elowen stand langsam auf, das Messer in der Hand – nicht gezogen, aber sichtbar.

„Ihr wollt sterben? Dann nur zu. Aber nicht in meinem Lager."

Die beiden verstummten.

„Ich habe euch nicht gerettet, damit ihr euch auffresst wie hungrige Knochenbeißer. Ihr habt noch eine Wahl – aber ich nicht. Ich muss diesen Ort finden. Ihr... entscheidet selbst, ob ihr mitkommt. Wenn nicht, will ich euch helfen und ein neues Floß bauen, damit ihr unversehrt nach Akkis kommt; von dort wird Hilfe aus Kuru kommen und euch nach Hause bringen."

Er setzte sich wieder. Langsam, beherrscht.

Der Wind blies durch die Schlucht – kalt, unbarmherzig. Doch das Feuer brannte.

Und keiner von ihnen sprach eine Weile mehr ein Wort.

Der Himmel über Nokkis blieb still – ein unbewegliches Zelt aus kaltem Grau, dass das Licht zu filtern schien. Der Schnee knirschte leise unter ihren Bewegungen, und der Atem gefror noch bevor er ganz entweichen konnte. Zwischen eingefrorenen Felsen, scharfen Eisschirmen und der Stille einer Welt ohne Sonne, war es Elowen, der als Erster sprach.

„Wir können hier nicht bleiben", murmelte er, während er ein letztes Stück verdorrtes Wurzelholz ins Feuer legte. Sein Blick glitt über das improvisierte Lager – ein notdürftiger Unterstand aus geborstenen Schiffsteilen und geflochtenem Eisgras. „Die Vorräte sind aufgebraucht. Und ohne Bewegung wird uns selbst das Feuer nicht lange retten."

Teres saß zusammengerollt unter einem Mantel aus Raumstoff, die Wange geschwollen, der Blick leer. Nur seine Hände – nervös, suchend – zeigten, dass er noch da war.

„Du meinst, wir müssen los?" fragte er schließlich. Seine Stimme klang, als hätte sie sich in einem Eisblock verirrt.

Elowen nickte.

„Du musst zurück. Mit dem Floß. Richtung Akkis. Es wird Tage oder Wochen dauern, vielleicht Monde. Doch der Strom, die Winde – sie werden dich tragen."

Voron, der bisher geschwiegen hatte, hob den Kopf. Eine frische, notdürftig geschiente Wunde zog sich über seine Stirn. „Und du? Was wirst du tun, Junge?"

Elowen sah auf. Da war kein Zweifel in seinem Blick, nur ein stilles Brennen.

„Ich muss ins Unbekannte. Es ist meine Aufgabe."

Ein Schweigen legte sich über die drei Männer. Das Feuer knackte. Über ihnen zogen schmale Eiswolken – unbewegt, wie eingefrorene Geister.

„Du willst wirklich... diese Aufgabe erfüllen?" fragte Teres leise, fast ungläubig.

Elowen nickte nur. Und obwohl sein Gesicht von Müdigkeit und Kälte gezeichnet war, lag eine Kraft in seiner Stimme, die den beiden Kuruanern einen Schauer über den Rücken jagte.

„Ich werde sie erfüllen. Für meine Familie. Für meinen Namen. Für den Wind, der mich gerufen hat."

Voron atmete tief durch und richtete sich auf. Trotz seiner Schmerzen erhob er sich, trat näher an das Feuer. Dann legte er Elowen die Hand auf die Schulter.

„Dann gehst du nicht allein."

Elowen sah ihn überrascht an.

„Was meinst du?"

„Ich komme mit dir", sagte Voron ruhig. „Du hast mir das Leben gerettet. Nun ist es an mir, dich zu begleiten. Vielleicht ist mein Weg auch noch nicht zu Ende."

„Aber das ist Wahnsinn", widersprach Teres. „Ihr seid verletzt. Die Kälte wird euch umbringen!"

Voron lächelte. „Und du? Was willst du tun – hier erfrieren?"

Teres senkte den Blick. Dann, nach einem langen Moment, murmelte er: „Ich... ich werde das Floß nehmen. Ich werde zurück nach Akkis fahren. Vielleicht kann ich Hilfe holen."

Es war entschieden. Keine Worte mehr, kein Zögern.

Der Bau begann.

Aus Trümmerteilen, Ästen, gefrorenem Seilgras und Metallteilen fertigten sie gemeinsam ein neues Floß. Elowen übernahm das Grobe: Zuschnitt, Knoten, Verbindung. Voron lenkte mit klarem Blick und ruhiger Hand. Teres, trotz seiner Erschöpfung, sammelte Splitterholz und sicherte das Gerüst mit Metallklammern aus der Schiffshülle.

Der Wind war schneidend. Ihre Finger bluteten. Aber das Floß wuchs – langsam, aber stetig. Ein Gefährt, das vielleicht Hoffnung tragen konnte.

Am nächsten Morgen – oder war es Abend? Auf Nokkis war die Zeit wie eingefroren – war es soweit.

Teres trat vorsichtig auf das Floß, das ruhig im seichten Randwasser lag. Elowen reichte ihm alles, was sie noch aufbringen konnten: etwas Wasser und den letzten Vorrat an Kräuterwurzel.

„Folge dem Strom. Bleib ruhig. Und wenn die Winde dich erreichen... dann flüstere ihnen, dass du ein Freund bist.“

Teres nickte. Seine Augen glänzten vor Kälte und Angst – und etwas anderem: Dankbarkeit.

„Ich werde kommen, Elowen. Wenn ich Hilfe finde, bringe ich sie dir.“

Dann umarmte er sie – erst Voron, dann Elowen. Die Umarmungen waren fest, wortlos, brüderlich.

Das Floß stieß ab. Langsam, wie ein verlorener Gedanke, glitt es in das eisige Wasser, das in der Ferne in Dunst und Nebel überging.

Elowen und Voron standen schweigend am Ufer, bis das letzte Leuchten des Flößchens im Grau verschwunden war.

Dann drehte sich Elowen um, sah ins Unbekannte. Eine fremde Landschaft lag vor ihm – bizarr, zerklüftet, von Raureif überzogen, durchzogen von silbernen Adern gefrorener Flüssigkeit.

„Bist du bereit?“ fragte Voron.

Elowen zog die Kapuze tiefer ins Gesicht, band sich einige Seile von den Resten des Floßes um die Hüfte, schulterte den Bogen, und den Beutel mit Axt, Pfeilen und Feuerstein und griff nach dem Messer. Damit riss er wieder, fast im Vorbeigehen, ein halbrundes Metallstück aus der Verkleidung einer der Rettungskapseln, um immer Trinkwasser für unterwegs einschmelzen zu können.

„Ich war nie mehr bereit.“

Und gemeinsam – der Junge mit dem Herz des Waldes, und der Händler mit den Augen eines ganzen Sternenreichs – traten sie den Weg an.

Hin zum Unbekannten.

Hin zur Wahrheit, die unter dem Eis verborgen lag.

Hin zur Stimme des Orakels, die irgendwo dort draußen noch auf Antwort wartete.

Sie gingen. Schritt für Schritt. Durch ein Land, das nur Nacht kannte. Nur dunkles Grau, nur Eis, nur Wind, der sich wie eine Klinge in die Glieder fraß. Elowen vorn, der Rücken gebeugt unter der Last der Verantwortung, Voron hinterher, hinkend, doch entschlossen, nicht zurückzubleiben.

Der Hunger war kein stechender Schmerz mehr – eher ein bleiernes Ziehen, ein Echo in den Knochen, das mit jedem Atemzug schwerer wurde. Ihre Mägen waren leer, die Gedanken träge. Aber ihre Augen blieben wach. Jedes Geräusch, jedes Flattern von Frostgras, jede Bewegung zwischen den bizarren Steinsäulen wurde von Elowen wahrgenommen – mit dem instinktiven Blick eines Kindes der Jagd.

„Dort – siehst du das?" murmelte er und deutete auf einen Strauch, halb verschneit, seine Äste knorrig, aber trocken.

Voron trat näher. „Totes Dornholz?"

„Brennt schnell. Hält nicht lange – aber es gibt uns Zeit." Elowen ging in die Knie, tastete den Schnee beiseite. Seine Finger waren rau, blutig, aber geschickt. Er riss die dürren Zweige ab, stapelte sie sorgfältig auf.

„Wir brauchen mehr davon. Jeden Schnipsel, den wir finden."

So zogen sie weiter, ihre Blicke stets schweifend. Zwischen den knöchernen Wurzeln der gefrorenen Landschaft sammelten sie dürres Moos, Windgras, Splitter von ungekannten Gehölz – alles, was ein Feuer entzünden konnte.

Nach und nach wuchs das Bündel in Elowens Armen.

Schließlich blieb er stehen. Die Schultern hoben und senkten sich schwer.

Langsam löste er eines der Seile, das ihn wie ein Gürtel umspannt hatte – ein geflochtenes Stück aus Bastfaser, haltbar und geschmeidig. Mit ruhigen Bewegungen band er das Sammelgut zu einem dichten Knäuel zusammen – eine improvisierte Lebenstaufe aus Ästen, Gras und Hoffnung.

„Nimm du es", sagte er zu Voron und reichte ihm das Bündel.

Voron sah ihn an – das Gesicht voller Eiskristalle, die Lippen rissig.

„Du bist der Junge – und ich der Alte. Und doch fühl ich mich, als wärst du mein Vater."

Elowen antwortete nicht, aber seine Augen zuckten kurz – ein Schatten von Rührung, kaum sichtbar.

Voron hängte sich das Bündel über die Schulter. Das Seil schnitt in seine wärmende Weltraumjacke, das Gewicht war gering – aber die Bedeutung schwer.

So gingen sie weiter.

Der Wind nahm zu. Eisnadeln flogen wie feine Dolche durch die Luft, klirrten an Steinen, wirbelten den Schnee zu kleinen Spiralen. Der Himmel war jetzt tiefer, fast berührbar, ein schleifendes Dach aus Blei und Träumen.

Die Welt um sie war kahl, unwirklich. Steinklippen wie zerborstene Türme ragten aus dem Grau. Kein Laut außer dem Heulen des Nordwinds, kein Leben außer ihrem eigenen Keuchen.

Dann – in der Ferne – eine Form.

Dunkel. Vertieft.

Eine Öffnung in der Flanke eines Felsmassivs, halb verborgen unter einem Überhang aus Eis.

Elowen blieb stehen, starrte. „Dort", sagte er mit rauer Stimme. „Siehst du das? Eine Höhle."

Voron trat neben ihn, schirmte die Augen mit der Hand.

„Du meinst… das könnte… Schutz sein?"

„Mehr als das hier", murmelte Elowen. „Wenn wir Feuer haben, können wir durchhalten."

Ihre letzten Schritte waren ein Schleppen, ein Kriechen. Die Beine zitterten, die Knie gaben nach. Doch sie erreichten die Öffnung.

Sie war eng, von der Natur geformt, feucht an den Wänden, aber tief genug, um den Wind draußen zu halten. Der Boden war hart, von alten Spuren durchzogen – nicht tierisch, eher… geologisch. Spalten, die wie Finger durch das Gestein tasteten.

Voron ließ sich schwer zu Boden sinken.

Elowen entzündete mit letzter Kraft das gesammelte Holz. Der Feuerstein klirrte, der Funke sprang – und das erste Licht seit Stunden flackerte auf, wie ein Puls inmitten des Eises.

Die Höhle atmete.

„Wir leben", murmelte Voron, als er sich an das Feuer kauerte.

„Noch", sagte Elowen. Und sah hinaus in das Grau, das sie verschluckt hatte.

Doch sein Blick war nicht leer.

Er suchte.

Und irgendwo in der Ferne – unter Schnee und Zeit – wartete der Ort, den noch kein Iokaner je betreten hatte.

Der Wind war erbarmungslos. Auch wenn die Höhle seinen schneidenden Zorn abschirmte, so war er dennoch spürbar – ein durchdringendes
Heulen, das in den Felsen sang, als würde der Kontinent alte Klagen
hinauswehen.

Elowen hockte noch einen Moment lang schweigend neben dem kleinen Feuer, das in der Höhlennische flackerte. Das Licht spielte auf den
Wänden wie geisterhafte Hände, sein Atem dampfte schwer in der kalten Luft. Voron hatte sich bereits zurückgelehnt, den Kopf an eine
Steinwand gelehnt, die Augen halb geschlossen – mehr wacher Däm-
merzustand als Schlaf.

Dann stand Elowen auf.

Langsam, steif in den Gliedern, aber entschlossen. Er nahm die Axt an
sich, schob das Messer in den Gürtel, warf sich das Fellgewand über die
Schultern und verließ die Höhle, ohne ein Wort zu sagen. Der Wind fuhr
ihm wie ein Schlag ins Gesicht. Doch er wich nicht zurück.

Draußen war es dunkler als zuvor. Die Welt war nur eine Silhouette aus
zackigen Steinen und verkrustetem Eis. Doch Elowens Augen hatten sich
längst an das Zwielicht gewöhnt. Wie ein Tier unter der Decke des
Sturms bewegte er sich zwischen den Felsen, suchte – und fand.

Mehrere große Brocken – klares, dickes Eis, das sich in einem eingefrorenen Riss wie eine Ader durch das Gestein zog. Mit geübten Hieben
trennte er die Stücke heraus. Sie splitterten, krachten, glitzerten im
grauen Licht wie Kristalle aus einer fernen Welt. Er hob erst einen, dann
einen zweiten Brocken, nahm sie mit bloßen Händen und schleppte sie
zurück zur Höhle.

Als er eintrat, sah Voron auf, schwach, aber mit einem schwachen Lächeln.

„Du hast Wasser gefunden", murmelte er.

Elowen nickte nur.

Er legte die Eisbrocken nahe an die Glut. Nicht zu nah – das Holz war knapp, jeder Funke kostbar. Doch er kannte das Spiel der Elemente. Über kleinen, flachen Steinen, die er an der Höhlenwand gefunden hatte, leitete er die Hitze, und stellte die umfunktionierte Metallschale, die er aus der Verkleidung der Rettungskapsel herausgenommen hatte, in die Nähe der Glut.

Darin ließ er das Eis langsam tauen. Tropfen für Tropfen rann das Wasser von den Eiskanten in die Schale – wie durch Zauberhand wurde die gefangene Dunkelheit des Frostes zu flüssigem Leben.

„Trink", sagte Elowen leise.

Voron nahm die Schale, hielt sie mit zitternden Händen. Das Wasser war eiskalt, aber rein. Es roch nach nichts – und schmeckte doch wie das Köstlichste, was je seinen Mund berührt hatte.

„Ich weiß nicht, was du bist", murmelte der Händler. „Aber du bist kein gewöhnlicher Junge."

Elowen antwortete nicht. Er war bereits beim nächsten Eisblock.

Nach einer Weile tranken sie beide. Schluckweise. Langsam. Der Hunger war noch da, brennend und beißend, aber das Wasser füllte zumindest den hohlen Magen, gab dem Körper etwas zurück, das er längst verloren geglaubt hatte.

Die Höhle war still. Das Feuer knisterte leise, das Schmelzwasser tropfte in unregelmäßigen Takten. Ein sanfter, beinahe beruhigender Rhythmus – wie das Herz eines sterbenden Riesen, das doch weiter schlug.

Voron legte sich nieder. Seine Atmung wurde ruhiger.

Auch Elowen – die Schultern schwer, die Lider schwerer – setzte sich ans Feuer. Er lehnte sich zurück, wickelte sich in das Fell, schloss die Augen.

Und der Schlaf nahm ihn.

Nicht abrupt. Nicht fordernd. Sondern wie ein altes Lied, das ihn sachte in die Arme nahm.

Draußen heulte der Wind. Drinnen brannte das Feuer.

Und zwei Seelen – fremd und doch verbunden – versanken in eine Nacht, die länger war als jede Nacht auf Akkis.

06. Begleiter

Die Winde auf Akkis sangen rauer als je zuvor.

Seit dem Tikka-Fest, seit der Schande, die Mikmok in die Welt gesprochen hatte, war das Leben für Elowens Familie zur täglichen Prüfung
geworden. Wo früher ein Lächeln, ein Tausch, ein freundliches Nicken
gewesen war, begegnete man Elara und Thorne nun mit Schweigen,
kaltem Blick, oder gar verstecktem Spott. Kein Marktstand nahm mehr
ihre Waren. Kein Nachbar reichte mehr ein Brot.

Die Spirale der Schande hatte sich um sie gelegt wie eine unsichtbare
Dornenranke – gesät von der Stimme eines Mannes, der das Orakel nur
noch als Vorwand nutzte, um seine Gier zu speisen.

Elara, die Mutter, und Thorne, der Jäger, standen eines Morgens still
beieinander am Rand der Lichtung, auf der sie oft Kräuter suchten. Die
Körbe waren nur halb gefüllt, doch es genügte. Nicht mehr für den
Markt – doch für sich.

„Wir brauchen niemanden", sagte Thorne mit belegter Stimme, während er die Rinde eines alten Felbaums abschabte. „Wir haben immer
alles aus dem Land geholt. Jetzt... holen wir nur für uns."

Elara nickte still. Sie war müde. Nicht vom Gehen, nicht vom Sammeln –
sondern vom Schweigen der anderen. Es war ein dumpfes, schmerzen-
des Schweigen. Wie ein Nebel aus Verachtung.

Plötzlich knisterte das Gebüsch am Pfad. Die beiden hielten inne.

Eine Gestalt trat hervor – hager, in eine weite Robe gehüllt, ein Netz aus
Amuletten um den Hals, das silbern klirrte wie zerbrechliches Eis.

Es war Wieder die Seherin Irna.

Die uralte Frau war einst eine Stimme des Rates gewesen – zurückgezogen nun, doch nicht vergessen. Ihre Augen waren milchig, fast blind –
doch ihre Worte blickten weiter als alle anderen.

„Elara", raunte sie, „ich sah deinen Sohn in einem Licht, das durch keinen Wind zu löschen ist."

Elara richtete sich auf. Ihre Stimme zitterte. „Was… was meinst du damit, Irna?"

Die Seherin lächelte sanft. „Er wandelt auf einem Pfad, den keiner kennt. In der Tiefe liegt sein Ziel. Und wenn der letzte Wind sich neigt, wird sein Name durch das Eis singen."

Elara schluckte. Tränen glitzerten in ihren Augen. „Lebt er noch?"

„Er lebt. Und er wird leben. Das Licht ist nicht erloschen. Der größte Seher unter den Sehern."

Dann drehte sich die Seherin um, verschwand lautlos zwischen Bäumen und Nebel – wie ein Traum, der den Tag nicht mehr kennt. Die Worte hallten noch lange in den Ohren der besorgten Eltern Elowens nach. Und sie gaben Ihnen Hoffnung und Trost.

Später am Abend. Der Himmel war ein blaugraues Tuch, aus dem langsam kühler Nebel sickerte. Elara und Thorne hatten sich in ihre Hütte zurückgezogen, das wenige Mahl auf zwei flachen Steinen angerichtet: Wurzelgrütze, etwas getrocknetes Wild, ein wenig Wasser.

Da klopfte es.

Nur zweimal. Leise.

Elara öffnete vorsichtig.

Draußen stand Miora.

Der Schleier über ihrem Haar war tief ins Gesicht gezogen, ihr Gewand ein einfaches, das keiner Hohepriesterstochter glich. In den Armen trug sie ein Bündel, aus dem der Duft von frisch gebackenen Tarok-Broten und getrockneter Süßwurzel stieg.

„Miora…!" flüsterte Elara. „Was tust du hier? Dein Vater…"

„Er weiß nichts", unterbrach sie rasch. „Und wenn doch – soll er mich bestrafen. Ich… ich kann nicht zusehen."

Sie trat ein, schloss die Tür hinter sich.

Thorne nickte ihr ernst zu, ohne Worte. Miora reichte das Bündel Elara. Darin: Brot, Wurzeln, ein kleiner Beutel mit gerösteten Felba-Kernen, sogar zwei getrocknete Früchte aus Kuru.

„Das war alles, was ich aus dem Vorrat nehmen konnte, ohne dass es auffällt."

Elara schlug die Hände vors Gesicht. Thorne legte ihr eine Hand auf die Schulter.

„Warum?", fragte er leise. „Warum riskierst du das, Kind?"

Miora senkte den Blick. Dann sprach sie leise, fast kaum hörbar:

„Weil ich ihn sehr mag."

Ein Zittern durchlief ihre Stimme. „Und weil ich glaube… dass er uns retten könnte."

Niemand widersprach.

Der Raum war still, erfüllt von der Glut der Wahrheit, die nicht laut, aber brennend war.

Dann setzte sich Miora, das Brot wurde geteilt, und für einen kurzen Moment – zwischen Kerzenlicht und Hoffnung – war das Haus der Versorger kein Ort der Schande, sondern der Aufrichtigkeit.

Miora saß still bei ihnen, die Hände in den Schoß gefaltet, als würde sie sich an den Moment klammern. Der Duft des Brotes hing noch in der Luft, vermischt mit dem leisen Knistern der Flamme in der alten Ölschale. Elara betrachtete das junge Mädchen lange. Es war ein Blick, der nicht nur Mioras Gestalt sah, sondern ihre Verletzlichkeit. Die Zartheit ihrer Seele.

„Du hast gesagt... du glaubst an Elowen. Dass er uns retten könnte. Warum?", fragte sie leise.

Miora senkte den Kopf. Ihre Stimme war kaum mehr als ein Hauch

„Weil ich weiß, was es heißt, ungerecht geprüft zu werden."

Sie schwieg einen Moment. Draußen rauschte der Wind durch die Äste wie ein ferner Chor. Dann hob sie langsam den Blick.

„Ich hatte gehofft, nach meiner Tikka würde sich etwas ändern. Ich war immer das Kind im Schatten meiner Schwester. Loyana, Papas Licht. Ich war... der Staub in seinem Lichtkegel. Immer still, immer gefällig."

Thorne runzelte die Stirn. „Du bist seine Tochter."

„Ja", sagte Miora bitter, „aber nur die Zweite."

Sie atmete tief durch, dann fuhr sie fort: „Ich hatte gehofft, das Orakel würde mir etwas schenken, das mich sichtbar macht. Eine Prüfung, die mir zeigen würde: Ich zähle. Ich bin mehr als eine Tochter, die den Boden fegt. Mehr als das Mädchen, das das Gewand wäscht, während die Schwester beim Rat der Acht sitzen darf.'

Ihre Augen glänzten nun. Doch sie blieben offen.

„Stattdessen bekam ich eine Blume."

Elara runzelte sanft die Stirn. „Eine... Blume?"

„Ja. Ich sollte eine gelbe Hartblattrose pflanzen. Mich um sie kümmern. Warten, bis sie blüht. Geduld beweisen." Sie lächelte bitter. „Geduld – als wäre ich nicht seit fünfzehn Monden das Sinnbild von Geduld gewesen."

Ein kurzer Moment Stille. Dann, fast trotzig:

„Tage später hörte ich von Loyana, wie Keyan bejubelt und gefeiert wurde. Für eine Frage über Windnamen. Eine Frage, die jedes Kind beantworten kann. Und ich? Ich wurde nach Hause geschickt. Ohne Antwort, ohne Freude, ohne Augen, die mich sahen."

Thorne ballte die Faust. „Es ist wie bei Elowen. Die einen bekommen ein Fest – die anderen eine Prüfung fürs Herz."

„Ja", sagte Miora. „Aber ich bin noch hier. Und Elowen ist allein."

Sie blickte Elara tief in die Augen. „Ich habe große Hoffnung in ihn gesetzt. Nicht, weil ich ihn retten will. Sondern weil ich glaube, dass er uns alle retten kann. Auch mich."

Zum Abschied erhoben sich Thorne und Elara zeitgleich und umarmten Miora fest. Als sie wieder ungesehen ging, gab sie sich selbstbewusst das Versprechen, wiederzukommen. Sie musste los, und zwar schnell. Sie durfte keine Zeit verschwenden, denn sie durfte nicht an diesem Ort gesehen werden.

Die Nacht auf Nokkis war ein stilles Tier, das um die Höhle kroch – lautlos, wachsam, fremd. Das Feuer war zur Glut geschrumpft, ein träger Atem zwischen schwarzen Steinen. Der Frost hatte sich wie eine zweite Haut über alles gelegt: über ihre Kleidung, ihre Waffen, sogar über die Gedanken.

Elowen lag auf seiner Seite, in das Fell gewickelt, das kaum noch wärmte. Hunger schabte in seinem Innern wie ein rostiges Messer. Der Körper war müde, aber der Geist – wach. Zu wach.

Neben ihm bewegte sich etwas. Voron, ebenfalls schlaflos, hatte sich aufgerichtet und starrte ins flackernde Licht.

„Kannst du auch nicht schlafen?", fragte er leise.

Elowen schüttelte kaum merklich den Kopf. „Der Hunger schläft nicht."

Voron lächelte matt. „Er ist ein schlechter Begleiter. Und ein noch schlechterer Ratgeber."

Eine Weile schwiegen sie. Das Feuer knackte. In der Ferne heulte der Wind, als würde er durch ein Labyrinth aus Echos irren.

Dann sprach Elowen. Seine Stimme war fern, als gehöre sie jemand anderem.

„Ich denke oft an sie."

„An wen?"

„Meine Eltern", flüsterte Elowen. „Wie sie jetzt wohl leben. Ob sie durchhalten. Ob sie… immer noch an mich glauben."

Voron schwieg, ließ ihm Raum.

„Sie haben nichts getan", fuhr Elowen fort. „Und doch werden sie nun behandelt, als hätten sie das Orakel selbst beleidigt. Mikmok hat uns das angetan. Nur wegen ein paar Edelgrün-Stücken."

Der Name hallte durch die Höhle wie ein Stein, der in dunkles Wasser fällt.

„Er hat mich verflucht", sagte Elowen. „Vor allen. Mich… und meinen Namen. Und dann hat er gelächelt. Als wäre ich ein Insekt unter seinem Gewand."

Voron rückte näher ans Feuer, legte einen trockenen Ast nach. Die Flamme flackerte höher, tanzte über die Höhlenwände.

Die Welt ist voll von Männern wie Mikmok", sagte er schließlich. „Die glauben, sie seien das Gesetz, nur weil sie den Schlüssel zur Tür halten."

Elowen blickte ins Feuer. „Ich frage mich, ob es sich lohnt."

„Was?"

„Weiterzugehen.“

Ein Schweigen. Schwer. Voller Gewicht.

Dann: „Ja. Es lohnt sich“, sagte Voron. „Denn wenn du stehen bleibst, bleibst du in seinem Schatten. Und dort wächst nichts.“

Elowen schloss kurz die Augen. In seinem Inneren flackerte ein Bild auf – weich, warm, fast leuchtend im Grau seines Denkens.

Miora.

Wie sie ihn angesehen hatte. Wie sie ihm ohne Worte sagte, dass er mehr sei als das, was andere in ihm sahen. Ihre Wärme hatte sich wie eine Spur in sein Herz gelegt, zart, aber unvergesslich.

„Und du?“, fragte Elowen leise. „Warum hast du dich so mit deinem Piloten gestritten? Wegen einem Kompass?“

Voron atmete tief ein. Seine Hände zitterten leicht. Dann sprach er, erst zögernd, dann wie ein aufbrechender Strom.

„Der Kompass... war nicht nur ein Gerät. Es war ein Geschenk meines Sohnes. Vor vielen Monden. Er war Navigator auf einem Forschungs-schiff. Starb bei einem Unfall. Der Kompass war das Letzte, was ich von ihm hatte.“

Elowen sah ihn überrascht an.

„Ich habe ihn Teres gegeben, weil ich dachte, er sei bereit. Und dann... war er weg.“

„Du hast nicht den Kompass verloren“, sagte Elowen leise. „Du hast die Erinnerung verloren.“

Voron nickte, Tränen glitzerten ungewollt in seinen Augen.

In diesem Moment, inmitten dieser Offenheit, bewegte sich etwas im Dunkel.

Elowen blinzelte. Hinter Voron, in der Tiefe der Höhle – ein Schatten.
Kein Geräusch. Kein Zug. Nur ein dunkler Schleier, kaum sichtbar. Er
kam und verschwand in einem Atemzug, wie ein Blick, den niemand
sehen sollte.

Elowens Körper spannte sich, doch er sagte nichts. Der Moment war zu
kurz. Vielleicht war es nur die Müdigkeit. Vielleicht der Wind.

Oder etwas anderes.

Etwas, das ihnen folgte.

Voron bemerkte nichts. Er war noch in Gedanken versunken, sein Blick
ging ins Nichts.

Elowen legte sich langsam wieder zurück. Der Hunger brannte weiter,
doch das Feuer war gewachsen – nicht nur das aus Holz, sondern jenes
zwischen zwei Seelen, die einander gefunden hatten.

Und über ihnen weinte der Wind sein altes Lied.

Der Morgen kam nicht in Licht. Er kam in Dunkel.

Ein bleierner, dumpfer Nebel legte sich über die Welt. Selbst das schwache Flackern der Restglut war erloschen. Die Höhle, in der Elowen und
Voron Zuflucht gefunden hatten, war kalt – nicht nur an den Wänden,
sondern in der Luft, als würde sie jede Wärme aus den Körpern saugen,
wie ein unsichtbares Tier, das von Leben zehrt.

Elowen erwachte zuerst. Seine Glieder fühlten sich an wie aus Stein
gehauen. Der Atem war kurz, der Magen leer – zu leer, um noch zu
schmerzen. Nur das Knacken der Gelenke beim Aufstehen sagte ihm:
Ich bin noch hier.

„Voron...", murmelte er.

Der Händler bewegte sich langsam, sein Gesicht fahl, die Lippen aufgesprungen. Ein Blick genügte: auch er wusste, was Elowen sagen wollte.

„Kein Feuer…", krächzte Voron. „Keine Glut mehr."

„Kein Zunder. Kein Holz." Elowens Stimme war heiser, aber gefasst. „Wir müssen raus. Sonst erfrieren wir beim nächsten Windstoß."

Schweigend sammelten sie ihre wenigen Besitztümer. Die Axt, den Bogen, das Messer. Ihre Schultern hingen.

Sie verließen die Höhle.

Der Tag war nicht heller als die Nacht. Nebel wogte über gefrorene Felsen, dichte Schleier, die die Sicht auf wenige Schritte beschränkten. Der Boden war hart, doch bald senkte sich das Gelände ab, führte in ein feuchteres Tal, das von schwarzen Rinnen durchzogen war – sumpfige Erde, gefroren, aber nicht tot.

„Hier…", sagte Elowen plötzlich und kniete nieder. Seine Finger gruben in der Erde, fanden ein weiches, dunkles Material: Torf.

„Wenn wir's trocknen können… brennt es. Lange."

Sie sammelten, so viel ihre zitternden Hände tragen konnten. Elowen band das geschnittene Torfgras mit einem seiner Seilstücke zusammen, schleppte es mit Voron gemeinsam über die Schulter.

Dann, an einem Felsrücken – erste Flechten. Grau, ledrig, angetrocknet von Wind und Kälte. Dazwischen wuchs an einem alten Stamm ein runder Pilz mit hellem Rand.

„Ein Zunderpilz", flüsterte Voron. „Ich habe davon gelesen. Mein Großvater… trug so einen im Gürtel."

Sie schnitten ihn vorsichtig ab, wickelten ihn in ein Stück Stoff und schoben ihn zwischen das Torfbündel. Später, auf einem windgeschützten Vorsprung, fanden sie auch trockenes Moos – weich und krümelig, ideal für den Funken.

Doch keine Beeren. Keine Tiere. Keine Wurzeln.

Kein Essen.

Stunden später – der Tag war nicht vergangen, nur schwerer geworden – fanden sie eine neue Höhle. Höher gelegen, mit schrägem Zugang, halb verborgen hinter einem gestürzten Eisbaum. Der Eingang war eng, aber innen wölbte sich ein natürlicher Raum, groß genug für zwei Körper, trocken, geschützt.

Elowen breitete den Zunder auf einem flachen Stein aus. Mit dem letzten Funken seines Feuersteins, einem Tropfen aus eigener Hoffnung, sprang die Flamme. Erst klein, dann hungrig – bald fraß sie sich durch den getrockneten Torf.

Das Feuer lebte. Wieder.

Sie tauten Eis in der Metallschale, tranken schweigend, langsam. Das Wasser war kalt wie Silber, aber es füllte die Leere wenigstens für eine Stunde.

Der Hunger aber…

Der Hunger war ein Tier geworden.

Voron kauerte sich nahe ans Feuer. Seine Wangen eingefallen, die Fingerknochen wie dünne Stäbe. Elowen, kaum besser, spürte, wie sein Gürtel sich lockerte – nicht, weil er ihn gelöst hatte, sondern weil sein Leib dahinschwand.

„Wir… verlieren Gewicht", flüsterte Voron mit trockenem Humor. „Ich hoffe, wenigstens sehen wir dabei edel aus."

Elowen antwortete nicht. Seine Augen ruhten auf der Flamme. Dort, wo Glut auf Asche traf, sah er nicht nur Wärme – er sah Zeit. Zeit, die ihnen

davonlief. Zeit, die nun in kleinen, roten Pulsen gegen die Kälte anflackerte.

„Wenn wir morgen nichts finden…", sagte er. Und ließ den Satz un-
beendet.

Voron nickte nur. Worte waren zu wertvoll geworden.

Sie lagen nahe am Feuer, beide eingehüllt in das spärliche, was von
ihren Gewändern und Kräften noch übrig war. Die Glut glomm schwach,
und das letzte aufgetaute Eis tropfte aus der Metallschale in ihre ausge-
dörrten Münder – glasklar, fast süß, wie flüssiger Kristall.

Elowen hatte kaum noch Kraft zu sprechen. Seine Lippen bewegten sich
nur träge, als wären sie schon zu Stein geworden. Doch seine Stimme
kam – leise, rau wie der Hauch über Frostgras.

„Voron…", flüsterte er, „du hast einmal gesagt, der Kompass war ein
Geschenk. Von deinem Sohn."

Voron hob mühsam den Blick. Die Falten in seinem Gesicht waren tiefer
geworden, gezeichnet von Hunger, Kälte und Trauer.

„Ja…", sagte er. „Mein Sohn… Yamir."

Elowen nickte kaum merklich. „Wenn du noch Kraft hast… erzähl mir
von ihm. Bitte."

Voron schloss für einen Moment die Augen, als müsse er in eine Erinnerung hinabsteigen, tief wie in einen vergessenen Brunnen. Dann begann
er, mit jener Stimme, die nur jene haben, die das Unaussprechliche
einmal ausgesprochen haben:

„Er war Navigator auf dem Fernfrachter Nura Del. Noch jung – zu jung,
sagen viele. Aber präzise. Sein Herz schlug im Takt der Sterne. Er konnte
Routen lesen wie andere Poesie. Einmal… einmal sagte er zu mir: „Vater, wir brauchen keine Götter – wir haben den Kurs. Ich lachte damals.
Heute…"

Er hielt inne. Schluckte. Tränen glitzerten in seinen Augen.

„Der Antrieb versagte in einer Umlaufbahn. Sie versuchten, das Schiff manuell zu stabilisieren. Yamir war der Letzte, der eine Kapsel hätte nehmen dürfen. Aber er blieb. Er wollte die anderen retten."

Vorons Stimme brach kurz.

„Er hat's nicht geschafft."

Dann wurde es still. Elowen starrte ihn an – bewegt, doch zu schwach, um Worte zu finden. Seine Augen, halb geöffnet, begannen vor Erschöpfung zu flackern. Die Muskeln seines Gesichts zuckten leicht. Sein Blick... verschob sich.

Ein Nebel zog sich vor seine Wahrnehmung, als würde er nicht mehr nur mit den Augen sehen, sondern durch sie hindurch – mit einer anderen Art von Blick.

Und da geschah es.

Hinter Voron – kaum mehr als ein Flimmern im Schatten der Höhlenwand – bewegte sich wieder etwas.

Ein dunkler Schemen. Rauchig, pulsierend, wie aus zerfaserter Dunkelheit geformt. Elowen blinzelte. Er war sich sicher, dass es nicht dort war, sondern zwischen hier und dort. Zwischen Sichtbarem und Unsichtbarem.

Er schielte leicht – nicht absichtlich, sondern weil seine geschwächten Augen ihm keinen Halt mehr gaben.

Und im Moment dieses unabsichtlichen Schauens öffnete sich ihm ein neuer Blick.

Was er sah, ließ sein Herz gefrieren.

Schattenwesen

Hinter Voron stand ein Wesen. Hoch, dürr, aus Schatten geformt. Keine richtig klare Gestalt, aber greifbare Präsenz. Und in seinen Nebelhänden führten zwei Fäden – nein, Ketten aus Licht – die sich in Vorons Schulterblättern verankerten. Die Stelle zuckte leicht, dort, wo die Ketten endeten, als spürte er die Last.

Und das Wesen… labte sich. Nicht gierig, nicht schnell – sondern mit kalter, methodischer Geduld. Immer dann, wenn Vorons Stimme bebte, wenn seine Erinnerung schmerzte, wenn seine Trauer die Wände füllte – dann pulsierte das Wesen. Wuchs. Atmete.

Es war Kummer, das Elixier dieser Kreatur.
Elowen keuchte leise. Reflexartig schlug er die Augen zu, schüttelte den Kopf, richtete den Blick wieder gerade.

Und augenblicklich war alles verschwunden.

Nur Voron saß noch dort, blass, erschöpft, über dem Feuer gebeugt. Nichts an ihm schien sich verändert zu haben.

Doch Elowens Herz schlug wie wild. Und in seiner Brust war nun eine neue Angst – nicht vor der Kälte, nicht vor dem Hunger. Sondern vor dem, was unter den Schichten der Welt lauerte. Aber er schwieg. Beide schliefen entkräftet ein.

07. Unbehagen

Elowens Schlaf war flach, zerrissen von Bildern, die sich wie Rauch-
schleier um sein Bewusstsein legten. Er zitterte trotz der notdürftig
zusammengelegten Felle, die ihn vor der eisigen Dunkelheit Nokkis'
schützten. Der Atem der Nacht war kalt, und das Feuer, das in der Nähe
schwach glomm, reichte nicht bis zu seinen Träumen.

Dort, in jenem unruhigen Traum, sah er es wieder – das Schattenwesen.
Es stand nicht mehr nur hinter Voron, es formte sich nun klarer, defi-
nierter: eine Silhouette aus Nichts, ein Schemen aus Kälte, dessen bloße
Gegenwart die Luft um ihn herum gefrieren ließ. Die Ketten aus Licht,
die es in seinen Händen hielt, wirkten lebendig, als würden sie pulsieren, wenn Schmerz oder Trauer durch Vorons Körper fluteten. Und das
Wesen... es nährte sich daran. Nicht wie ein Raubtier, das frisst – sondern wie ein Parasit, der sich in die Seele einnistet.

Elowen wimmerte im Schlaf, wand sich, bis Voron, der selbst unruhig
auf seiner Seite gelegen hatte, schließlich aufwachte. Er richtete sich
stöhnend auf, tastete nach dem Jungen und legte eine schwere, schützende Hand auf seine Schulter.

„Elowen... Junge... wach auf. Du träumst", murmelte er rau, seine
Stimme voller Sorge.

Elowen schlug die Augen auf – weit, starr, als suche er noch immer etwas im Dunkel der Höhlendecke. Er atmete schwer, seine Haut war
feucht vom kalten Schweiß.

„Ich... ich hab es wieder gesehen", flüsterte er nach einer langen Pause.
Seine Stimme klang belegt, wie von einem inneren Sturm.

„Was hast du gesehen?" fragte Voron mit vorsichtiger Ernsthaftigkeit.

Elowen zögerte. Dann setzte er sich auf, zog das Fell um sich und sah
den älteren Mann mit flackerndem Blick an. Das Feuer war nur noch

eine Glut. Ein Hauch von Schwefel hing in der Luft, vermischt mit dem bitterkalten Atem der Nacht.

„Ein Schattenwesen... Es war da. Hinter dir. Zum zweiten Mal habe ich es gesehen." Seine Stimme war kaum mehr als ein Hauch. „Es war wie... aus einer anderen Welt. Es war an dich gebunden. Mit Ketten – aus Licht... Und es war da, als du von deinem Sohn gesprochen hast. Als ob es sich genährt hätte... von deinem Kummer."

Voron schwieg lange. Seine Miene wurde starr, sein Blick ging an Elowen vorbei, hinaus ins Dunkel, als könne er das Wesen, von dem der Junge sprach, dort draußen sehen.

„Du... hast etwas gesehen, das kein anderer je beschrieben hat", sagte er schließlich. Seine Stimme war rau, fast ehrfürchtig. „Ich weiß nicht, ob es echt ist... aber mein Schmerz, Elowen, ist tief. Vielleicht... vielleicht hast du etwas gespürt, das ich nie selbst zu fassen bekam."

„Ich glaube, es lebt von Leid", flüsterte Elowen. „Es lebt... in den Momenten, wenn man am verletzlichsten ist. Es verbirgt sich hinter Tränen, hinter der Erinnerung. Es war schrecklich."

„Vielleicht...", murmelte Voron, „ist es mehr als nur ein Schatten. Vielleicht ist es Teil dessen, was die Seher auf Kuru die ‘Unsichtbare Last' nennen – jene Schuld, die sich nicht in Worten ausdrückt."

Ein Schweigen legte sich über sie. Draußen heulte der Wind über das gefrorene Land wie ein hungriger Geist.

Elowen legte sich langsam wieder hin. Die Erschöpfung war stärker als die Angst. „Ich wollte nur wissen, ob es Wahn war... oder Wahrheit."

„Vielleicht beides", sagte Voron leise und ließ sich zurücksinken. „Aber wenn du es wieder siehst... dann sag mir Bescheid."

„Ich werde es tun", flüsterte Elowen.

Und so glitten beide zurück in einen unruhigen Schlaf, während draußen in der Finsternis das Eis splitterte.

Auf Akkis war der Abend schwer und kühl. Der Himmel hing wie eine verhangene Glocke über Iok, und die Windgreifer, die manchmal durch die graue Luft flatterten, schienen heute zu schweigen.

Miora kniete im stillen Garten hinter dem Tempel, wo der heilige Boden eigens für die Prüfungen gepflegt wurde. Vor ihr, auf einem Beet aus dunkler, fester Erde, stand der kleine Schössling ihrer gelben Hartblatt-rose.

Oder vielmehr: er stand kaum.

Ein kümmerlicher, kränklicher Trieb, kaum mehr als ein Hauch von Le-ben, schob sich aus dem Boden, als würde jede Faser widerwillig wach-sen. Seine Blätter waren blass, fast durchsichtig, und sein Stiel dünn wie ein Flüstern im Wind.

Miora streckte zögernd die Hand aus, berührte die Erde um den Spröss-ling. Trocken. Zu wenig Kraft. Zu wenig Leben.

Ein ungutes Gefühl durchfuhr sie.

Was, wenn ihre Prüfung scheiterte?

Was, wenn sie – die ohnehin nie wirklich als gleichwertig betrachtet worden war – nun auch noch vor aller Augen versagte?

Ein Kloß bildete sich in ihrer Kehle. Tränen stiegen auf, doch sie blinzelte sie fort. Hier, an diesem Ort, durfte niemand ihre Schwäche sehen.

„Ich muss etwas tun."

Ein Entschluss reifte in ihr.

Schnell und gefährlich wie ein Funke.

Sie würde die Versorgerfamilie aufsuchen – die Einzigen, die noch wahres Wissen über Pflanzen bewahrten. Niemand sonst verstand so viel von Wurzeln, Wasser und stiller Pflege wie sie. Keine Lehrmeister der Geistlichen, keine Gelehrten aus Kuru – nur die Versorger, jene, die man ins Abseits gedrängt hatte.

Miora wusste, dass sie großes Risiko einging. Mikmok durfte nichts davon erfahren. Nicht Loyana. Niemand.

Mit entschlossener Hast schlich sie in die Vorratskammer des Tempels. Die Tür knarrte leise, als sie sie öffnete. In der kühlen Dunkelheit lagen Vorräte: getrocknete Wurzeln, Körbe voller Süßkerne, ein paar harte Brote.

Sie nahm nur wenig – gerade genug, um nicht aufzufallen: ein kleiner Beutel mit getrockneten Faldra-Samen, etwas Nirwassel-Blätter für Tee, und ein Laib Schattenbrot.

Sie versteckte alles unter ihrem Umhang, presste das Bündel an ihre Brust, als trüge sie ein Geheimnis so zart, dass ein Atemstoß es zerreißen könnte.

Auf dem Pfad aus dem Tempelviertel hinaus hastete sie geduckt zwischen Mauern und Nebelbüschen hindurch. Der Nordwind zerrte an ihrem Mantel, als wolle er ihr Versteckspiel verraten.

Dann – Schritte.

Eine Silhouette vor ihr, die den Pfad versperrte.

Loyana.

Ihre Schwester stand da, aufrecht wie ein Wachposten, die Arme verschränkt, das Kinn leicht erhoben.

„Wohin so eilig, kleine Schwester?“ Ihre Stimme war süßlich, doch die Kälte in ihren Augen war unverkennbar.

Miora erstarrte. Ihr Herz raste. Sie zwang sich zu einem Lächeln, das ihr selbst fremd erschien.

„Ich wollte nur...“, begann sie, doch Loyana hob skeptisch eine Braue.

„Du bist nicht auf dem Weg zur Grotte. Und schon gar nicht zu den Unterrichtsstunden.“

Ein scharfes Funkeln in ihren Augen. „Was hast du bei dir?“

Miora tastete nach einer Lüge. Schnell, leicht und glaubwürdig musste sie sein.

„Ich bringe etwas zu den alten Witwen am Südhang“, sagte sie, die Worte wie Perlen auf eine Kette reihend. „Sie baten um Kräutertee gegen die kalten Nächte. Ich wollte nicht, dass Vater gestört wird... du weißt ja, wie sehr er sich auf seine Gebete konzentriert.“

Ein kurzer Moment des Schweigens.

Loyana ließ den Blick an Miora hinabgleiten, blieb an dem leichten Wölben ihres Umhangs hängen.

„Vater muss nichts davon erfahren“, sagte Miora leise.

Loyana nickte langsam, doch das Misstrauen blieb.

„Sei nicht zu lang unterwegs“, sagte sie schließlich. „Und mach keinen Unsinn.“

Mit einem letzten abschätzenden Blick drehte sie sich ab und schritt davon.

Miora blieb stehen, bis ihre Schwester hinter der nächsten Biegung verschwunden war, dann atmete sie zitternd aus. Ihre Knie fühlten sich weich an, doch sie zwang sich vorwärts.

„Für Elowen. Für die Versorger. Für mich."

Sie verschwand in den schmalen Gassen und trat hinaus ins freie Land, wo die kalte Luft klarer war und der Boden unter ihren Füßen wieder der Erde gehörte – nicht den Intrigen der Tempelmauern.

Die Hütte der Versorger lag nicht weit.

Und Miora, Tochter des Hohepriesters, trug heimlich Brot, Hoffnung – und eine unsichtbare Flamme im Herzen.

Der Weg zu den Hügeln, wo die Versorgerfamilie ihre bescheidene Zuflucht gefunden hatte, führte Miora durch flache Mulden, vorbei an kargen Feldern und vereinzelten knorrigen Windbäumen. Der Himmel über ihr spannte sich bleiern, schwanger mit den Winden der Unruhe. Jeder Schritt auf dem unebenen Boden ließ das Bündel unter ihrem Mantel gegen ihr Herz schlagen, als erinnere es sie an das Risiko, das sie trug.

Doch Miora dachte nicht umzukehren.

Mit klopfendem Herzen erreichte sie schließlich die kleine Lichtung am Rande des alten Waldes. Dort, zwischen verkrüppelten Felba-Büschen und knorrigem Windholz, stand die schlichte Hütte der Versorger – mehr ein aufgeschichtetes Heim aus Lehm, Holz und liebevoll gepflegtem Flechtenwerk, als ein prunkvolles Haus.

Sie atmete tief durch, trat an die Tür und klopfte leise – drei kurze, dann zwei längere Schläge, wie es die Versorgerfamilien einst als geheimes Zeichen vereinbart hatten, lange bevor Mikmoks Schatten sie traf.

Es dauerte einen Moment, dann öffnete sich die Tür einen Spalt.

Elaras Gesicht erschien in der Öffnung – von Sorge gezeichnet, aber voller Leben. Ihre Augen weiteten sich, als sie Miora erkannte.

„Miora?" flüsterte sie erstaunt. „Bei den acht Winden, was..."

Miora hob beschwichtigend die Hand, trat schnell ein und zog die Tür hinter sich zu. Die Wärme der Feuerstelle umfing sie sofort – nicht viel, aber genug, um die klamme Kälte aus den Knochen zu vertreiben.

„Ich... ich musste kommen", sagte Miora leise. Sie öffnete ihren Mantel und offenbarte das kleine Bündel.

Elara schüttelte langsam den Kopf, Unglaube in ihren Zügen. „Du bringst uns... Vorräte?"

Thorne, der am Feuer saß und einen beschädigten Bogen flickte, sah auf. Sein Blick war vorsichtig, doch auch ein Funken von Dankbarkeit blitzte darin auf.

„Ihr habt mehr Verständnis für das Leben der Pflanzen als jeder andere", fuhr Miora hastig fort, ihre Stimme wurde dringlicher. „Meine Blume... die Hartblattrose... sie wächst nicht. Sie verkümmert. Und wenn sie eingeht..."

Sie brach ab. Scham stieg in ihr auf, doch sie zwang sich, standhaft zu bleiben.

Elara trat näher, legte ihr eine warme, schwielige Hand auf die Schulter.

„Komm", sagte sie sanft. „Setz dich. Du hast den Mut gehabt, herzukommen. Das verdient mehr als Dank – es verdient unser Wissen."

Miora ließ sich auf das niedrige Sitzkissen am Feuer sinken. Die Flammen spiegelten sich in ihren Augen, während Elara neben ihr Platz nahm, das Bündel entgegennahm und sorgsam öffnete.

„Faldra-Samen... Nirwassel-Blätter... Schattenbrot", murmelte Elara und nickte anerkennend. „Klug gewählt. Nicht zu auffällig, aber nahrhaft."

Thorne trat hinzu, rieb sich das Kinn und sagte: „Nicht viele würden dieses Risiko eingehen. Besonders nicht eine Hohepriesterstochter."

Miora errötete leicht. „Vielleicht bin ich mehr Tochter der Acht Winde als Tochter Mikmoks", sagte sie, und in ihren Worten lag mehr Wahrheit, als sie selbst verstand.

Elara lächelte weich. Dann holte sie aus einer Nische einen kleinen, verzierten Holzbehälter hervor. Darin lagen Samen verschiedenster Pflanzen, sorgsam sortiert und beschriftet.

„Pflanzen", sagte sie leise, „sind wie Kinder. Sie brauchen nicht nur Wasser und Licht – sie brauchen Liebe. Vertrauen. Geduld. Und manchmal... Hilfe."

Miora lauschte andächtig, als Elara ihr erklärte, wie die Erde vorbereitet werden musste. Wie der Boden belüftet werden musste, wie die Wurzeln einer Rose nicht einfach Wasser, sondern einen Atem des Bodens brauchten. Dass die gelbe Hartblattrose besonders empfindlich war – sie reagierte auf die Unsichtbaren: auf Hoffnung, auf Trauer, auf den Willen ihrer Hüterin.

„Wenn dein Herz zittert", sagte Elara, „zittert auch die Pflanze."

„Was... was soll ich tun?" fragte Miora, ihre Stimme bebte.

„Beruhige dein Herz. Und gib ihr neue Erde – angereichert mit gemahlenem Moos und einem Hauch von Sonnensteinpulver. Du wirst es mischen müssen, mit deinen eigenen Händen. Und dann musst du warten. Nicht zwingen. Nur hoffen."

Miora sog die Worte auf wie durstige Erde den ersten Regen.

„Ich werde es tun", sagte sie leise. „Danke... Danke euch beiden."

Thorne nickte nur. Er war ein Mann weniger Worte – doch seine knappen Gesten sprachen Bände.

Elara nahm Miora sanft in die Arme, eine Geste von solcher mütterlicher Wärme, dass Miora unwillkürlich die Augen schloss und sich für einen Moment einfach nur tragen ließ.

Dann – viel zu schnell – löste sie sich wieder, denn die Zeit drängte. Jeder Moment länger bedeutete Gefahr.

„Geh nun", sagte Elara. „Und geh schnell. Lass keinen Schatten deinen Weg kreuzen."

Miora nickte. Sie nahm die wenigen getrockneten Kräuter, die ihr Elara noch mitgegeben hatte, verbarg sie sorgfältig unter ihrem Mantel und huschte hinaus in die kalte Dämmerung.

Der Wind griff nach ihr – doch in ihrem Inneren wuchs nun eine kleine Flamme. Eine Flamme, die, wenn sie genährt wurde, stärker brennen konnte als alle Dunkelheit, die Mikmok über ihr Leben gelegt hatte. Miora hastete zurück.

Ihre Füße flogen vor Eile. Ihr Herz pochte bis zum Hals, die kühle Luft brannte in ihrer Lunge, und der kleine Beutel mit den geheimen Gaben der Versorger schien zu glühen unter ihrem Mantel.

Die Umrisse des Tempelbezirks tauchten vor ihr auf, scharfkantig im trüben Licht. Hohe Mauern, deren Steine das Flüstern der Acht Winde aufnahmen, als spürten sie die Unruhe, die Miora im Leib trug.

Sie bog um die letzte Ecke – und erstarrte.

Mikmok.

Und neben ihm, mit verschränkten Armen und einem selbstgefälligen Lächeln auf den Lippen: Loyana.

Sie standen direkt vor dem Torbogen, als hätten sie auf sie gewartet.

Mioras Magen krampfte sich zusammen.

„Miora", begann Mikmok mit ölglatter Stimme. „Welch... seltsame Stunde für einen Spaziergang."

Loyana trat einen Schritt vor, ihre Stimme schneidend süß.

„Die Witwen vom Südhang", sagte sie mit spitzer Zunge, „sagten, sie hätten dich heute nicht gesehen. Keine Spur von einem Besuch. Keiner von ihnen."

Miora spürte, wie ihr der Boden unter den Füßen schwankte. Ihr Kopf raste.

Den Wind belügen heißt den Wind herausfordern, hörte sie in sich – doch es gab keinen anderen Weg.

Sie zwang ein unschuldiges Lächeln auf ihr Gesicht und neigte leicht den Kopf.

„Ich…", begann sie mit zittriger Stimme, „ich bin auf dem Weg zu ihnen gewesen. Aber unterwegs… bin ich der Seherin Irna begegnet." Sie senkte demütig den Blick. „Sie hat mich aufgehalten. Sie sagte, es wäre eine böse Stunde, um zu den Witwen zu gehen. Die Zeichen stünden schlecht. Also... bin ich umgekehrt "

Ein kurzer Moment bedrückender Stille.

Mikmok musterte sie scharf, als könnte sein Blick Lügen aus der Haut brennen. Loyana schnaubte verächtlich, doch sie sagte nichts.

Endlich nickte Mikmok langsam, wenn auch sichtlich unzufrieden.

„Die Seherin also", brummte er. „Nun, ihr Wort hat Gewicht. Aber täusche dich nicht, Tochter. Noch einmal eine solche... Unklarheit, und selbst dein Stand wird dich nicht retten."

Miora verneigte sich tief, verbarg ihr zitterndes Kinn.

„Ja, Vater", hauchte sie.

Er machte eine abweisende Geste. Loyana warf ihr noch einen letzten scharfen Blick zu, ehe beide sich abwandten und im Schatten der Mauern verschwanden.

Erst als ihre Schritte verklungen waren, wagte Miora es, aufzusehen. Schweiß rann ihr kalt den Rücken hinunter. Ihr Herz pochte gegen die Rippen wie ein gefangener Windgreifer.

Das war zu knapp, dachte sie.

Noch einmal – und sie wäre verloren gewesen.

Sie wartete, bis der Weg wirklich frei war, dann schlüpfte sie durch einen kleinen Seitengang, der nur den Dienern und Novizen bekannt war. Schnell wie der Wind, den sie heimlich in sich rief.

Endlich, in der Abgeschiedenheit ihres kleinen Gartens hinter den Kammern der Novizinnen, sank sie auf die Knie.

Dort – in der schwachen, trüben Dämmerung – wartete der kümmerliche Schössling ihrer Hartblattrose auf sie, kränklich und blass.

Miora holte zitternd das Säckchen hervor, das Elara ihr gegeben hatte.

Sie arbeitete, wie es ihr gelehrt worden war:

Zuerst lockerte sie vorsichtig die Erde um den Schössling, nahm die alte, kraftlose Krume zur Seite.

Dann mischte sie das neue Erdreich, angereichert mit zerstoßenem Sonnenstein und gemahlenem Moos.

Ihre Finger, klamm und rau von der Kälte, gruben behutsam, formten ein neues Nest aus Leben.

Mit der gleichen Vorsicht, mit der man ein verletztes Küken eines Windgreifers in die Hände nimmt, setzte sie den Schössling in die neue Erde.

Sie sprach dabei kein lautes Gebet – nur ein Flüstern in ihrem Herzen, ein stilles Flehen an die Acht Winde, die alles sehen, alles hören.

„Wachse", murmelte sie, während sie mit sanften Bewegungen den Boden um den Schössling presste. „Wachse, kleiner Bruder. Wachse mit mir."

Dann goss sie einen Tropfen aufgetauten Nirwassel-Tee auf die Wurzeln – eine Gabe, die Leben schenken sollte.

Sie blieb noch lange kniend, die Hände gefaltet, während über ihr der Wind flüsterte und das schwache Licht des Abends auf das dunkle Grün der neuen Erde fiel.

In dieser Nacht schlief Miora mit ruhigem Herzen ein – nicht sicher, ob sie Erfolg haben würde, aber gewiss, dass sie alles getan hatte, was in ihrer Macht stand.

Und manchmal, im Zwielicht der Nacht, glaubte sie, ein leises, kaum hörbares Summen aus dem Boden aufsteigen zu hören.

Wie ein Herzschlag.

In der Zwischenzeit: Der Ozean – jenes endlose, finstere Meer, das auf Iok den Kontinent Akkis von der eisigen Ödnis Nokkis trennte – war kein sanfter Begleiter.

Er war eine alte, unerbittliche Macht, die alles prüfte, was sich auf seine Rücken wagte.

Und mitten auf dieser endlosen, wogenden Fläche trieb ein einzelnes, notdürftig geflicktes Floß – kaum mehr als ein schwankender Haufen aus verknoteten Ästen, Seilen und Hoffnung. Darauf lag, gekrümmt vor Kälte und Verzweiflung, Teres.

Der junge Pilot klammerte sich an die klammen Stricke, sein Körper zitterte unkontrolliert unter den nassen Schichten seines Raumanzugs. Die Salzkristalle hatten sich auf seinen Lippen festgesetzt, und seine Haut war aufgesprungen unter der unerbittlichen Peitsche des Windes.

Die Nacht war erbarmungslos.

Und der Tag – wenn er überhaupt kam – war nur ein blasses, sterbendes Grau.

Teres schlug die Augen auf, als eine besonders hohe Welle sein Floß schräg stellte. Er hustete, schmeckte das Salz auf seiner Zunge, und eine Stimme, rau und müde, erhob sich in seinem Inneren.

„Was hast du getan, Teres...?"

Er schloss die Augen, doch die Stimmen in seinem Kopf blieben.

„Du hast sie im Stich gelassen. Voron... Elowen... Sie sind in die Wildnis gegangen. Und du... bist auf dieses Floß gestiegen. In der Hoffnung, davonzukommen."

Eine Welle krachte gegen das Floß, ließ es gefährlich kippen. Teres schrie – nicht aus Wut, sondern aus nackter, kindlicher Angst. Er klammerte sich an die morschen Planken, spürte, wie seine Kräfte schwanden.

„Ich wollte doch nur leben", murmelte er heiser, als könne ihn jemand hören. „Ich wollte... nur nach Hause..."

Tränen rannen über seine von Wind und Salz gegerbten Wangen, vermischten sich mit dem Wasser des Meeres, als wären sie immer schon eins gewesen.

Er rollte sich zusammen, zog die Knie an die Brust, versuchte sich gegen die eisige Kälte zu stemmen. Jeder Atemzug war eine Prüfung. Jeder Herzschlag ein Wunder.

Wieder erhob sich die Stimme in ihm.

„Vielleicht... vielleicht hast du den falschen Weg gewählt.“

Und dann, zwischen der Wut auf sich selbst und der klirrenden Angst, wuchs etwas anderes. Eine Erinnerung. Nicht an die Heimat. Nicht an Kuru.

Sondern an Elowen.

Den schmächtigen Jungen, der trotz Hunger und Kälte die Kraft gefunden hatte, ihn aus der zerstörten Kapsel zu retten. Der nichts verlangte und alles gab.

Teres öffnete die Augen.

Er blickte in das endlose Grau über sich.

„Wenn ich das hier überlebe...“ dachte er, seine Finger gruben sich in die nassen Stricke, „dann werde ich die Wahrheit erzählen. Über ihn. Über das, was er getan hat.“

Er würde nicht länger schweigen, nicht länger fliehen. Er würde den Namen Elowen hinaustragen in die Städte, in die Tempel, in die Herzen derer, die ihn jetzt vergessen hatten.

„Elowen ist kein Ausgestoßener. Er ist ein Held.“

Der Wind schrie ihm ins Gesicht, als wolle er ihn auslachen. Doch Teres schrie zurück, mit heiserer, gebrochener Stimme:

„Du bekommst mich nicht, du alter Gott des Meeres! Ich werde leben! Für ihn!“

Er band die Reste des Floßes fester zusammen, kämpfte gegen die Kälte, gegen die Erschöpfung, gegen sich selbst. Jeder Knoten, den er schlug, war ein Schwur.

Ein Schwur, dass er, sollte er Akkis je wieder erreichen, die Wahrheit hinausrufen würde – selbst wenn niemand sie hören wollte.

Und irgendwo, weit über ihm, brach für einen Augenblick der graue Himmel auf.

Ein einzelner Lichtstrahl – blass, doch ungebrochen – fiel herab auf das kleine, tapfere Floß.

Und Teres, Sohn der weiten Himmel von Kuru, schlug die Augen auf und sah ihn.

08. Für die Ewigkeit

Der Himmel über Nokkis war ein einziges, schmutziges Grau – schwer und unbeweglich, als lastete eine endlose Ewigkeit auf der Welt. Keine Sonne, kein Mond – nur das diffuse Flimmern einer Welt, die weder Licht noch Wärme kannte. Die Kälte biss sich in die Glieder, und der Hunger brannte in den Eingeweiden wie ein schleichendes Gift.

Elowen, in seine mit Fell gefütterte Kleidung gehüllt, stand am Eingang der kleinen Höhle, die ihnen vorübergehend Schutz gewährte. Die eisige Luft schnitt ihm ins Gesicht, während sein Blick prüfend die unwirtliche Weite absuchte. Der Hunger trieb ihn an, stärker als die Furcht vor dem, was draußen lauern mochte.

Sein Bogen, mit mühsam bewahrter Sorgfalt gepflegt, lag bereit. Die letzten brauchbaren Pfeile hatte er sorgsam überprüft. An seiner Seite hing das alte Messer – ein stiller, eiserner Gefährte.

Er atmete tief durch, ließ den bitterkalten Atem durch die gefrorene Luft tanzen, und stapfte hinaus. Jeder Schritt knirschte leise im gefrorenen Schnee, und unter der Schneeschicht knackte der vereiste Boden.

Der Wind spielte leise mit den zerzausten Sträuchern. Und da – ein kaum hörbares Rascheln. Elowens Herz setzte einen Schlag aus. Er ließ sich auf die Knie sinken, verschmolz beinahe mit der kargen Landschaft, sein Blick wurde scharf wie der eines Windgreifers.

Zwischen den grauen Felsen schlich ein winziges Wesen dahin – ein Nagetier, kaum größer als seine Hand, eingehüllt in ein schneeweißes Fell. Es schnupperte nervös in der Luft, völlig ahnungslos gegenüber der Gefahr.

Elowen zog einen Pfeil aus dem Köcher. Seine Finger, steif vor Kälte, legten ihn vorsichtig an. Er atmete flach, sein Herzschlag war das einzige, was noch in ihm lärmte.

"Ruhig", flüsterte er nur zu sich selbst.

Ein Augenblick der Stille. Dann – das Surren der Sehne. Der Pfeil schoss durch die Luft, traf sein Ziel präzise. Das kleine Tier sackte zuckend lautlos zusammen.

Elowen ließ den Bogen sinken, kniete sich neben seine Beute. Ein schmerzlicher Triumph zog durch seine Brust – er hatte es geschafft. Es war nicht viel. Ein winziges Leben, ein Tropfen auf dem glühenden Stein ihres Hungers. Doch es war etwas. Ein Anfang.

Mit zittrigen Fingern nahm er das Tier an sich, das Fell noch warm, das Leben gerade erst verloschen.

Als er zur Höhle zurückkehrte, sah er, wie Voron ebenfalls zurückkam, die Arme voll beladen mit trockenem Gestrüpp, das er unterwegs gesammelt hatte. Seine Bewegungen waren schwer und mühsam, doch in seinen Augen lag eine stille Entschlossenheit.

„Ich habe etwas gefunden", keuchte Elowen, stolz und zugleich mit einer leisen Bitterkeit in der Stimme.

Voron lächelte. „Dank dem Schöpfer, Junge. Dank dem Jäger!"

In der Höhle entfachte Elowen behutsam ein neues Feuer. Der Zunder aus Flechten und Moosen, den sie mühsam gesammelt hatten, fing schließlich Flammen. Kleine Funken, geboren aus eisiger Hoffnung.

Elowen häutete das Nagetier mit geschickten Händen. Sein Messer glitt über das weiche Fell, während Voron still dabei saß und das brennende Feuer bewachte, als wäre es ein heiliger Schatz.

Das Fleisch, mager und kaum genug, um den großen Hunger zu stillen, brieten sie auf einem improvisierten Spieß über den Flammen. Der Duft – rauchig und schlicht – ließ ihnen das Wasser im Mund zusammenlaufen, obwohl der Magen unaufhörlich schmerzte.

„Hier, iss zuerst", sagte Elowen und reichte Voron ein kleines Stück.

„Wir teilen, Elowen", widersprach der Händler mit rauer Stimme. „Brüder teilen alles."

Und so aßen sie gierig, die Reste eines kleinen Nagetiers, das für einen kurzen Moment mehr bedeutete als jede reiche Tafel in Kobi.

Anschließend schmolzen sie das gesammelte Eis in der Metallschale der Rettungskapsel, um daraus kostbares Trinkwasser zu gewinnen. Die Flammen warfen flackernde Schatten an die rauen Wände der Höhle, als wollten sie Geschichten erzählen von Überleben, Hoffnung und stummer Entschlossenheit.

Die beiden waren erschöpft, abgemagert, ihre Gesichter eingefallen. Aber sie waren am Leben.

Als der Hunger für einen flüchtigen Moment gestillt war und das Wasser ihre trockenen Kehlen erfrischt hatte, lehnte sich Voron zurück, sein Blick flackerte in das zitternde Licht des Feuers.

„Wir sind ein gutes Team, Junge", murmelte er, mehr zu sich selbst als zu Elowen.

Elowen lächelte schwach, die Augen schwer vor Müdigkeit, doch in ihnen glomm ein kleines, trotziges Feuer.

„Solange wir atmen, Voron, gibt es Hoffnung."

Und über ihnen flüsterte der eisige Wind von Nokkis uralte Lieder – von Kampf, von Mut, und von jenen, die in der tiefsten Dunkelheit noch Licht bewahrten.

Das Feuer in der Höhle knisterte matt, warf müde Lichtkegel an die rauen Steinwände, die wie die stillen Zeugen eines uralten Gerichts wirkten. Der Odem der Kälte kroch unbarmherzig durch jede Ritze, umschlang Elowen und Voron mit unsichtbaren Klauen.

Elowen saß auf einem groben Steinblock, das Kinn in die Hände gestützt. Sein Bogen lag ungenutzt neben ihm, die Pfeile längst stumpf geworden von Eis und Frost. Voron hockte gegenüber, den Rücken an die Wand gelehnt, die Knie angezogen, die Augen halb geschlossen – nicht aus Müdigkeit, sondern aus einer Erschöpfung, die tiefer ging als der Körper.

Die letzte Mahlzeit, das kleine Nagetier, hatte kaum ihre Kräfte erneuert. Und schlimmer noch – die Hoffnung, die letzte kostbare Flamme ihrer Herzen, flackerte schwach.

„Wie...", begann Voron, seine Stimme ein raues Flüstern, „wie willst du... beweisen, dass du einen Ort betreten hast, den nie zuvor ein anderer betreten hatte?"

Elowen antwortete nicht sofort. Er starrte in die Glut, als könnte er dort Antworten finden, wo selbst die Acht Winde schwiegen.

„Vielleicht…", sagte er schließlich, „haben wir es längst getan. Vielleicht war schon die letzte Höhle unberührt." Er presste die Lippen zusammen, die Worte schmeckten bitter. „Aber wie sollen wir das je beweisen? Wer wird uns glauben?"

Voron schüttelte müde den Kopf.

„Mikmok? Die Geistlichen? Die Novizen?" Er lachte leise, bitter. „Sie glauben, was ihnen nützt. Nicht, was wahr ist."

Die Stille zwischen ihnen war schwer wie gefrorenes Blei.

Elowen spürte, wie sich etwas in ihm regte – nicht Wut, nicht Mut – sondern eine tiefe, nagende Hoffnungslosigkeit. Eine Stimme, die ihm zuflüsterte: Gib auf. Es ist sinnlos. Du bist nur ein Kind gegen den Wind.

Seine Lider senkten sich halb, erschöpft. Seine Augen, müde vom Kampf, begannen erneut leicht zu schielen, unwillkürlich, schwach. Und in diesem kurzen, flirrenden Moment öffnete sich ihm wieder jener verborgene Blick.

Da war es.

Wieder.

Das Schattenwesen.

Dunkel, zäh und flüsternd, stand es hinter Voron, seine langen, gespenstischen Finger ausgestreckt, die Lichtketten straff gespannt.

Voron, der in seiner Verzweiflung versank, gab dem Wesen Nahrung – gab ihm, ohne es zu wissen, seine Lebenskraft.

Elowen riss die Augen auf, schrie fast auf.

„Voron! Hinter dir! Es ist wieder da!"

Voron fuhr auf, drehte sich hektisch um – doch natürlich sah er nichts. Nur Dunkelheit, nur die kalte Höhlenwand.

Elowen sprang auf, wich zurück, sein Herz pochte bis zum Hals. Als er den Blick schärfte, die Augen erzwungen normal ausrichtete, verschwand der Schatten wieder wie Nebel im Sonnenaufgang.

Voron sah ihn an, verwirrt und besorgt.

„Was hast du gesehen, Junge? Was quält dich?"

Elowen zitterte am ganzen Leib. Er rang um Worte.

„Ein Wesen", stammelte er. „Ein Schatten, der sich von deinem Kummer nährt. Ketten aus Licht… es bindet dich… saugt an deinem Leid…"

Voron schwieg. Lange. Dann setzte er sich schwer auf den Boden, als wäre ihm die letzte Kraft entzogen worden.

„Vielleicht", murmelte er, „sind wir schon längst verloren."

Diese Worte trafen Elowen härter als jeder Windstoß. Verloren.

Das Echo dieses Wortes hallte in der Höhle wider, pochte in seinen Ohren, grub sich in seine Gedanken.

Ein Teil von ihm – der Teil, der noch Kind war – wollte einfach umkehren. Zurück nach Akkis, zurück in die Arme seiner Eltern. Schande wäre besser als dieses Sterben in der namenlosen Weite.

„Vielleicht sollten wir es aufgeben", flüsterte er. „Vielleicht... kehren wir zurück."

Voron hob langsam den Kopf, sein Blick alt und voller stiller Trauer.

„Vielleicht."

Ein einfaches Wort. Und doch war darin die ganze Schwere der Entscheidung.

Sie saßen lange so da. Schweigend. Zwei verlorene Gestalten in einer Welt aus Stein und Eis.

Dann, leise, fast unhörbar, sprach Elowen:

„Einen letzten Versuch."

Voron hob eine Augenbraue.

„Nur noch einen. Morgen. Wir ziehen tiefer in die Eiswüste. Nur ein Stück weiter. Und wenn wir nichts finden... dann kehren wir um."

Voron schloss für einen Moment die Augen. Und als er sie wieder öffnete, lag ein leiser Funken von Zustimmung darin.

„Ein letzter Versuch", wiederholte er heiser.

Sie schlugen ein – die Hände kalt und rau, doch der Schwur war stark.

Morgen würden sie aufbrechen. Noch einmal würde sich ihr Mut gegen die Kälte stemmen. Noch einmal gegen den endlosen Zweifel. Gegen das Wesen aus Schatten.

Und vielleicht... vielleicht würde das Schicksal ein Zeichen senden.

Draußen in der Finsternis wehte der Wind leiser – als hielte er für einen Moment den Atem an.

Später:
Der Wind schlich wie ein geisterhafter Flötist durch die leere Weite Nokkis, und die eisigen Böen strichen über die kargen, zerborstenen Ebenen.

Elowen saß wach am Rand des kleinen Feuers, das mühsam gegen das Dunkel der Nacht anflackerte, sein Bogen auf den Knien, der Blick verloren in der endlosen Schwärze, die die Welt zu verschlingen drohte.

Voron schlief unruhig in der schützenden Tiefe der Höhle, doch Elowen fand keine Ruhe.

Etwas nagte in ihm.

Etwas, das er nicht länger ignorieren konnte.

Wieder und wieder musste er an die Schatten denken, die er bei Voron gesehen hatte. Schatten, die nicht nur Bilder seiner Müdigkeit gewesen sein konnten. Nein – sie waren real. Er hatte sie gespürt.

Gefühlt.

Langsam, zögerlich, ließ er seine Lider halb sinken.

Er entspannte seinen Blick, erlaubte den Bildern, ineinanderzufließen.

Er schielte – nur leicht – so, wie es ihm in Momenten größter Erschöpfung unwillkürlich geschehen war.

Und da war es wieder.

Vor ihm, jenseits der glimmenden Lichtgrenze des Feuers, bewegte sich etwas.

Nicht fest umrissen, nicht greifbar wie ein Tier – sondern wie Schatten, die sich selbst gebaren.

Formen, träge und fließend, schwärzer als die finsterste Nacht.

Elowen hielt den Atem an.

Das Feuer knackte leise.

Die Schattenwesen waren da.

Unsichtbar für das normale Auge.

Doch er sah sie nun.

Sie hatten keine festen Körper, sondern waberten, veränderten ihre Gestalt wie Rauch in einem unsichtbaren Wind. Einige waren klein und huschten flink dahin, andere groß und schwer, ihre Bewegungen träge und schwerfällig.

Und an jedem haftete etwas — ein Hunger, der nicht nach Fleisch oder Blut verlangte.

Sondern nach Kummer.

Nach Angst.

Nach der Verzweiflung, die in gebrochenen Seelen wuchs wie giftiges Moos.

Elowens Herz pochte in seiner Brust wie eine Trommel aus Angst und Erkenntnis.

Er verstand.

Diese Wesen ernährten sich nicht von Fleisch, sondern von Gefühlen.

Von den dunklen Strömen, die aus den Gedanken der Verzweifelten emporstiegen wie Rauch aus einer erlöschenden Flamme.

Sie waren immer da gewesen.

Immer.

Doch niemand hatte sie gesehen. Niemand, der in der starren Ordnung der Welt gefangen war.

Nur er —

nur in diesem besonderen Blickwinkel, wenn die Welt in sich zu kippen schien — konnte sie wahrnehmen.

Er schluckte schwer.

Sein Kopf dröhnte vor der Wahrheit, die sich ihm aufdrängte.

„Es gibt zwei Welten", dachte er erschüttert. „Die eine, die wir sehen. Und die andere, die uns sieht."

Elowen rieb sich die Augen, ließ den Blick wieder klar werden.

Sofort verschwanden die Schatten.

Kein Laut verriet ihre Gegenwart, kein Geräusch kündete von ihrem stillen Mahl.

Doch er wusste es nun.

Sie waren hier.

Und sie hatten sich schon immer genährt – von jedem gebrochenen Traum, jedem verzweifelten Schrei, der ungehört in den Winden verhallte.

Er schloss die Augen, drückte die Stirn in seine Hände.

Ein Gefühl der Ohnmacht durchströmte ihn, doch zugleich auch eine seltsame Klarheit.

Er war nicht mehr nur ein Jäger, nicht mehr nur ein Kind, das in die Weite hinausgeschickt worden war.

Er war ein Seher geworden.

Ein Wanderer zwischen den Schleiern der Welten.

Und in dieser Nacht, während die Acht Winde über die kahle Ebene von Nokkis jagten, schwor Elowen sich still:

Er würde sich nicht von Verzweiflung verzehren lassen.

Nicht für sich.

Nicht für Voron.

Nicht für jene, die an ihn glaubten.

Denn jetzt wusste er:

Wer in der Dunkelheit sein Herz bewahrte, raubte den Schatten ihr Mahl.

Und das war vielleicht die einzige wirkliche Waffe, die er je besitzen würde.

Die Stunden auf Akkis glitten dahin wie der Schleier eines vergessenen Traumes. Und Miora, zart wie eine junge Pflanze im ersten Licht des Tages, wanderte in Gedanken fernab der kalten Mauern, die sie umgaben. Ihr Herz war schwer.

Schwer von Sorge um Elowen, von der Last der Ungerechtigkeit, die seine Familie tragen musste, und von der leisen Hoffnung, dass irgendwo da draußen, in der eisigen Weite, noch Licht für ihn brannte.

Langsam schritt sie über den schmalen Pfad, der sich zwischen den Tempelbeeten wand – vorbei an duftlosen Blüten, an kargen Sträuchern, die dem rauen Atem des Planeten trotzten.

Dort, unter einem windschiefen Baldachin aus geschnitztem Holz, stand sie still.

Vor ihr erhob sich die kleine, zarte Hartblattrose.

Und Miora lächelte, ein kleines, aufrichtiges Lächeln, das in der tristen Luft leuchtete.

Der Sprössling hatte sich verändert.

Seine Blätter, einst fahl und durchscheinend, waren nun kräftiger, grüner geworden. Der Stiel hatte sich aufgerichtet, schwang leicht im Atem des Nordwinds. Die Wurzeln hatten sich offenbar tief in die neu gemischte Erde gegraben, genährt von Elaras Weisheit und Mioras unermüdlicher Pflege.

„Du bist stark", flüsterte Miora und strich sanft mit den Fingerspitzen über das junge Blatt.

In ihren Augen glomm Dankbarkeit – und eine neue Entschlossenheit.

Als der Nachmittag sich in den endlosen Zwielichtabend senkte, als Mikmok und Loyana den Tempel verließen – der eine zu einer Sitzung der Geistlichen, die andere zu einer hochmütigen Zusammenkunft der Novizinnen – nutzte Miora den kostbaren Moment.

Mit vorsichtigen Schritten schlüpfte sie durch die Seitenpassage in die heiligen Hallen.

Der große Tempel, das Herzstück von Kobi, lag still da. Nur das sanfte Zischen des Geysirs unter dem Hörstein war zu hören – ein beständiges Flüstern aus der Tiefe der Welt.

Die Wände aus poliertem Stein warfen das schwache Licht der Laternen zurück. Die Decke spannte sich hoch über ihr, bemalt mit den alten Symbolen der Acht Winde, die sich umeinander wanden wie tanzende Drachen aus Licht.

Miora trat barfuß an den heiligen Stein, ihre Schritte kaum hörbar.

Sie kniete nieder, die Hände gefaltet, das Haupt geneigt.

Und begann zu beten.

Nicht laut, nicht für andere Ohren bestimmt – sondern leise, von Herz zu Herz, von Seele zu Wind.

„Große Winde, heilige Acht…"

Ihre Stimme war ein Hauch, kaum mehr als das Rascheln eines Blattes.

„Ihr, die ihr das Leben atmet und die Pfade der Sterne lenkt… hört mich."

Sie schloss die Augen, spürte die warme Gischt des Geysirs auf ihrem Gesicht, als wäre es der Atem der loks.

„Ich bitte nicht für mich", flüsterte sie.

„Nicht um Ruhm, nicht um Macht, nicht um Anerkennung."

Ihre Finger krallten sich leicht in das kühle Gestein.

„Ich bitte für jene, die Unrecht erleiden. Für Elowen, der hinausging, als Kind, und zu einem Helden wachsen muss.

Für Elara und Thorne, die Würde bewahrten, als man ihnen alles nahm.

Für jene, die die Sprache der Erde sprechen, wenn andere sie verhöhnen."

Eine Träne löste sich, rann über ihre Wange und tropfte auf den Stein.

„Gebt Elowen die Kraft, seinen Weg zu finden.

Gebt seiner Familie Gerechtigkeit.

Und gebt mir… die Demut, den rechten Pfad zu erkennen, selbst wenn er verborgen liegt."

Der Geysir zischte stärker auf, als hätte er ihr Flehen gehört. Der warme Dampf umhüllte sie, strich sanft über ihre Haut, während die Muster auf der Decke über ihr zu leben begannen – als tanzten die Acht Winde einen stummem Segen.

Miora verharrte lange so, kniend, das Herz geöffnet, nackt vor den Kräften, die größer waren als alles, was ein Iokaner begreifen konnte.

Erst als der Wind leiser wurde, als die Flammen der Laternen zu flackern begannen, stand sie auf.

Sie wusste, dass ihr Gebet in die Weiten der Winde getragen worden war.

Ob die Antwort kommen würde – das wusste sie nicht.

Aber sie hatte gesprochen.

Und manchmal, so glaubte sie fest, reichte es aus, dass ein reines Herz sich in die Hände der Götter legte.

Leise verließ sie den Tempel, wie ein Schatten, leicht wie das Versprechen eines besseren Morgens.

Und über Akkis rauschten die Winde.

Nicht wild.

Nicht zornig.

Sondern sanft – als streichelten sie eine Blüte, die bald erblühen würde.

Der Ozean, dieses endlose, lebendige Wesen aus Wasser und Wind, war niemals wirklich still.

Er war ein Flüstern, ein Toben, ein uralter Gesang, der die Geschichten der Verlorenen in seine schwarzen Tiefen schrieb.

Teres war lange unterwegs gewesen.

Wie ein winziger Punkt auf der unerbittlichen Haut des Meeres trieb sein klappriges Floß dahin – eine verlorene Feder auf einem Ozean, dessen Atem älter war als jede Erinnerung der Sterne.

Die Tage und Nächte hatten sich zu einem einzigen, grauen Schleier vermischt. Der Himmel war schwer, der Horizont ein Versprechen, das sich ständig zurückzog. Die Vorräte waren längst erschöpft. Die Lippen aufgerissen, die Hände blutig von den rauen Seilen, und der Blick halb blind von Salz und Kälte – so trieb Teres dahin.

Er sprach kaum mehr.

Nur manchmal, wenn die Sterne schüchtern durch die Wolken spähten, murmelte er leise Elowens Namen.

„Ich werde deine Geschichte erzählen.“

Doch der Ozean lauschte ohne Erbarmen.

An diesem Morgen – oder war es Abend? – als Hoffnung nur noch ein fernes Echo war, regte sich das Meer anders.

Ein Wispern in den Wellen, ein Summen in der Tiefe.

Teres, geschwächt und kaum mehr Teil dieser Welt, hob matt den Kopf.

Eine plötzliche Strömung erfasste das Floß, stärker als alles, was er bisher gespürt hatte.

Er versuchte, sich aufzurichten, zu kämpfen – doch sein Körper gehorchte kaum mehr.

Das Wasser brach über ihn herein, eine einzige kalte Faust, die ihn von seinem Floß riss.

Kein Schrei.

Kein Widerstand.

Nur ein leises Platschen, wie das Fallen eines Blattes auf eine stille Wasserfläche.

Teres verschwand in den dunklen Armen des Ozeans.

Und der Ozean, gleichmütig wie eh und je, schloss sich über ihm, als wäre nie etwas geschehen.

Kein Zeuge sah es. Kein Lied wurde in dieser Stunde gesungen. Kein letzter Blick auf eine Heimat, die er nie wieder erreichen würde.

Nur die Winde trugen, vielleicht, seinen letzten stillen Gedanken hinweg:

„Elowen... Verzeih mir."

Das Floß, entleert seiner Hoffnung, trieb noch eine Weile weiter – ein leeres Gefäß auf einer endlosen Reise.

Und so wurde Teres eine weitere Geschichte im Lied der Winde und Wellen, eingewoben in den uralten Gesang des Planeten Iok.

Ein junger, verlorener Mut, still entrissen und fortgetragen.

Für jene, die ihn kannten, würde er fehlen wie eine leise Saite, die nie wieder klingen würde.

Und für den Ozean...

war er nur eine weitere Erinnerung in der Tiefe.

09. Unterwelten

Die Finsternis war wie ein drückendes Tuch über die gefrorene Weite Nokkis gebreitet, als Elowen und Voron, gebeugt unter der Last ihrer Habe, den Unterschlupf verließen. Die Kälte schnitt in ihre Gesichter wie scharfe Klingen. Jeder Atemzug wurde sofort zu glitzerndem Reif auf ihren Wimpern, und selbst die dicksten Stoffe keinen Schutz mehr boten.

Der Wind klagte wie ein verlorenes Kind über die endlosen Ebenen, und doch gingen sie – gingen weiter, einem Schimmer Hoffnung folgend, der so schwach war wie ein letzter Funke in einer verglimmenden Glut.

Sie stapften mühsam durch knirschenden Schnee und sprödes Eis, ihre Bewegungen schwer und zäh, als kämpften sie gegen eine unsichtbare Macht, die sie zu Boden drücken wollte. In der Ferne ragten zerklüftete Formationen auf, schroffe Eiswände, deren Konturen im grauen Dämmerlicht wie die vernarbten Rippen eines toten Riesen wirkten. Dorthin zog es sie – einem instinktiven Gefühl folgend, dass dort vielleicht noch ein Ort existierte, den nie ein Iokaner zuvor betreten hatte.

„Nur noch ein wenig, Voron… Nur noch diese eine Erhebung…“ keuchte Elowen, seine Stimme kaum mehr als ein Hauch im aufheulenden Wind.

Voron nickte stumm. Er sprach wenig in diesen Stunden. Die Erschöpfung hatte seine sonst so ruhelose Zunge gebändigt. Schritt um Schritt arbeiteten sie sich höher, ihre Füße gruben sich mühsam in das eisverkrustete Geröll, jede Bewegung ein Kampf gegen das Erfrieren, gegen die Erschöpfung, gegen das Aufgeben.

Die Steigung wurde steiler. Der Boden unter ihren Füßen schien zunächst fest, doch plötzlich, mit einem hässlichen, hohlen Knacken, brach er ein. Voron, der vorausging, rutschte aus, schrie auf – ein rauer Laut der Überraschung und Panik. Er ruderte mit den Armen, versuchte Halt zu finden, doch das Eis war glatt wie polierter Kristall.

„Voron!" rief Elowen und stürmte vor, doch zu spät – die dünne Kruste gab auch unter ihm nach.

Sie stürzten.

Der Fall war kein freier Sturz in gähnende Tiefe – vielmehr ein wildes Schlittern, ein unkontrollierbares Rutschen über eine schräge Eisfläche, die sie immer tiefer in die Eingeweide Nokkis führte. Funken aus Eisstaub sprühten auf, ihre Kleider rissen an scharfen Kanten, Haut wurde aufgeschürft, Hände blutig geschlagen beim vergeblichen Versuch, sich irgendwo festzukrallen.

Voron rutschte voran, sein Körper drehte sich hilflos, schlug gegen Eisvorsprünge. Elowen folgte, sein Herz raste, seine Gedanken taumelten wie Blätter im Sturm.

Endlich – nach einer Ewigkeit des stummen Schreis – fanden sie Halt.

Mit einem dumpfen Aufprall kamen sie auf einem Absatz zum Liegen, der aus gefrorenem, rissigem Boden bestand. Keuchend, zitternd, voller kleiner Prellungen und blutiger Schrammen lagen sie da, das Herz donnernd in den Ohren.

Elowen rollte sich auf den Rücken und starrte nach oben. Der Eingang, durch den sie gekommen waren, war nur noch ein winziger, ferner Schlitz im Felsen – viel zu steil, zu glatt, als dass sie je ohne Hilfsmittel zurückklettern könnten. Die eisige Wand glänzte im schwachen Licht, und feine Schneeflocken rieselten wie gläserner Staub auf sie herab.

„Bei den Winden…" murmelte Voron heiser und setzte sich auf. Er fuhr sich mit zitternder Hand über das Gesicht, hinterließ Spuren aus Eis und Blut auf seiner Haut. „Was… bei allen Göttern… war das?"

Elowen setzte sich langsam auf. Die Gelenke schmerzten, sein Kopf dröhnte. Er betrachtete die Umgebung – sie waren in einer Höhle gelandet. Oder eher in einem gewaltigen Spalt, einer verborgenen Kammer im Inneren des gefrorenen Gebirges.

Es war ein Ort, roh und unberührt. Die Wände bestanden aus uraltem Eis, durchzogen von seltsamen Einschlüssen, in denen sich fremdartige Muster abzeichneten – wie Schatten längst vergessener Pflanzen oder Tiere. Stille herrschte hier unten. Eine solche Stille, dass ihr keuchender Atem wie Trommelschläge wirkte.

„Ich weiß es nicht…" antwortete Elowen endlich leise. „Aber ich glaube, wir sind… nicht mehr in der Welt, die wir kannten."

Voron lachte trocken, ein Laut voller Verzweiflung. „Das kannst du laut sagen." Er sah sich um, die Angst in seinen Augen nur mühsam gebändigt.

Die Kälte hier war noch schärfer, noch feuchter, kroch in die Knochen wie ein lebendiges Wesen. Ihre Kleider klebten klamm an ihren Körpern, der Atem stand ihnen wie dichte Schwaden vor den Lippen.

Ein Moment lang saßen sie nur da, unfähig, einen klaren Gedanken zu fassen. Nur die dumpfe Gewissheit, dass sie gestürzt waren – tief gefallen – und dass es keinen einfachen Weg zurück gab.

Elowen ballte die Fäuste.

Noch nicht.

Noch würde er nicht aufgeben.

„Wir müssen uns bewegen", sagte er heiser. „Sonst erfrieren wir hier unten."

Voron nickte stumm. Schmerz verzerrte seine Züge, aber er erhob sich mühsam. Auch Elowen stand auf, wankte einen Moment, fing sich dann.

Gemeinsam, sammelten sie ihr Hab und Gut, begannen sie sich vorsichtig tiefer in die Höhle vorzutasten, immer auf der Suche nach einem Ausgang, einem Wunder – oder wenigstens nach einer Erklärung.

Und während der Frost an ihren Gliedern nagte und die Dunkelheit sie verschlang, ahnten sie nicht, dass sie einen Ort betreten hatten, den seit Anbeginn der Zeit kein Lebewesen loks je betreten hatte. Schwer atmend, mit zerschlagenen Knien und brennenden Muskeln, schleppten sich Elowen und Voron durch die klaustrophobischen Windungen der unterirdischen Höhle.

Der schmale Gang, kaum breiter als zwei ausgestreckte Arme, zwang sie, sich an den rauen Eiswänden entlangzutasten. Ihre Schritte hallten dumpf wider, während ihre Atemwolken gespenstisch in der frostigen Luft schwebten.

Manchmal knirschte der Boden unter ihren Stiefeln gefährlich. Ein falscher Schritt, und sie wären noch tiefer gefallen – verschlungen von den unergründlichen Tiefen dieses eisigen Labyrinths.

Doch dann – nach einer gefühlten Ewigkeit der tastenden Dunkelheit – weitete sich der schmale Spalt vor ihnen.

Mit einem Mal standen sie in einem Raum, der so atemberaubend anders war, dass beide unwillkürlich innehielten.

Vor ihnen öffnete sich eine weite, natürliche Halle, gebildet aus Stein und Eis, deren Wände in surrealen Schleiern von Frost und Kristall glänzten. Über ihnen spannte sich eine fast makellos glatte Decke aus klarem, poliertem Eis – wie das Auge eines schlafenden Riesen, das das Geheimnis der Oberfläche bewahrte.

Und aus dieser Eisdecke drang Licht.

Nur ein matter Hauch, das blasse Leuchten des ewigen Zwielichts von Nokkis, doch hier, tief unter der Erde, war es ein Wunder. Das Licht brach sich im klaren Eis, tanzte in tausendfachen Reflexionen über die gewölbten Wände, ließ die Eiskristalle an den Rändern glimmen wie gefrorene Sterne.

Elowen starrte mit offenem Mund hinauf, ein Hauch von Ehrfurcht in seinem Blick.

„Es ist… schön", flüsterte er, die Stimme kaum mehr als ein Hauch.

Voron nickte stumm.

Sein Gesicht, von Erschöpfung gezeichnet, wurde in diesem silbernen Licht für einen Moment weich, beinahe friedlich.

Hier, inmitten dieser grausamen, unbarmherzigen Welt, hatte sich ein Ort bewahrt, der nicht aus Schmerz oder Tod gemacht war, sondern aus Stille, aus Licht und uraltem Geheimnis.

Sie wussten, dass sie nicht weiter konnten, nicht jetzt.

Elowen nahm den schweren Beutel von der Schulter, in dem sie ihre wenigen Habseligkeiten bewahrt hatten. Voron breitete den gesammelten Torf auf dem Boden aus. Ganz nah an der Wand. Und schaute hoffnungsvoll Elowen an.

Mit halb erfrorenen Fingern holte Elowen den Feuerstein hervor, den kleinen Zunderbeutel, der wie ein letzter Schatz wirkte, und begann dort, ein Feuer zu schlagen.

Voron, der sich kaum noch auf den Beinen halten konnte, kroch zur nächsten Eiswand, nahm Elowens Messer und begann vorsichtig, Stücke herauszubrechen.

Mit klirrenden Schlägen schlug er Brocken aus dem Eis, sammelte sie in der Metallschale, die Elowen einst aus der Rettungskapsel geborgen hatte.

Das Feuer erwachte – zunächst zaghaft, dann mit einem kleinen, triumphierenden Fauchen.

Die Flammen warfen tanzende Schatten über die Wände, tauchten die Halle in ein warmes, flackerndes Licht, das inmitten des blassen Schimmers der Eisdecke schwebte wie ein Herzschlag in einer riesigen Brust.

Langsam, Tropfen für Tropfen, begann das Eis in der Metallschale zu schmelzen.

Klares Wasser rann in zarten Rinnsalen herab, sammelte sich – so kostbar wie flüssiges Leben.

Sie tranken gierig, doch behutsam, bedachten jeden Tropfen als das, was er war: ein Geschenk in dieser Welt der Entbehrung.

Dann ließen sie sich nieder, eingerollt in ihre Felle und zerfetzten Mäntel, die Gesichter dem Feuer zugewandt.

Voron rieb sich die klammen Hände, sah zu Elowen hinüber, der schweigend das Feuer bewachte.

„Hättest du gedacht, Junge", murmelte er rau, „dass wir noch einen Ort wie diesen finden würden?"

Elowen schüttelte langsam den Kopf.

„Es fühlt sich… anders an", sagte er leise.

Nicht wie die anderen Höhlen.

Nicht wie die anderen Orte.

Etwas hier berührte eine tiefe Saite in ihm – eine Saite aus längst vergessener Hoffnung.

Elowen saß am schwächer werdenden Feuer, die Knie angezogen, die Stirn auf die Arme gestützt.

Die Wärme der Flammen reichte kaum noch über eine Armlänge hinaus, und in den Ritzen des Bodens kroch die Kälte unaufhaltsam heran – ein stiller, lauernder Tod.

Voron schob sich schwerfällig näher ans Feuer, seine Bewegungen waren langsam, so als kämpfe er gegen ein unsichtbares Gewicht, das ihn zu Boden zog.

Seine Haut war fahl, seine Lippen spröde, und doch lag in seinen Augen noch immer jener trotzige Glanz, der ihn bisher am Leben gehalten hatte.

Eine Weile saßen sie schweigend da, lauschten dem Flüstern der Wände und dem kaum hörbaren Knistern der letzten Zunderreste.

Dann brach Voron die Stille.

„Wir können nicht bleiben, Junge", sagte er rau. „Nicht hier. Nicht lange."

Elowen hob den Kopf, seine Augen müde, aber wachsam.

„Ich weiß", erwiderte er leise. „Das Feuer wird erlöschen. Und dann..."

Er beendete den Satz nicht. Die Dunkelheit würde den Rest übernehmen.

„Wir brauchen einen Ausweg", murmelte Voron. Er warf einen Blick in die Weite der Höhle, wo der helle Schimmer des Eises die Konturen von Gängen und Kammern in die Schatten zeichnete. „Irgendwo muss es einen anderen Weg geben. Ein Riss, eine Öffnung, irgendetwas."

Elowen nickte.

Sein Blick wanderte über die gläsernen Wände, als könnte er mit bloßem Willen einen verborgenen Pfad heraufbeschwören.

„Vielleicht...", sagte er zögernd, „... müssen wir tiefer gehen. Manchmal führt ein Weg erst abwärts, bevor er wieder emporsteigt."

Voron verzog das Gesicht zu einem schiefen Lächeln.

„Wie im Leben, was, Junge? Erst stürzt man ab... und dann kämpft man sich wieder hoch."

Sie lachten – ein heiseres, gebrochenes Lachen, das in der Höhle verhallte wie der Ruf eines Geisterwesens.

Aber es war Lachen.

Und solange sie noch lachen konnten, waren sie nicht verloren.

Sie begannen Pläne zu schmieden.

Spärliche Pläne, geboren aus Notwendigkeit.

Elowen schlug vor, das Feuer so lange wie möglich zu hüten, die letzten Vorräte an brennbarem Material sorgfältig zu rationieren. Vielleicht würde ein einzelnes, kleines Licht sie auf dem Weg durch die Finsternis begleiten können.

Voron suchte derweil mit den Augen nach Anzeichen von Spalten oder natürlichen Tunneln – dort, wo die Eiswände aufrissen oder wo das Gestein unruhig brach.

„Wenn wir den nächsten Durchbruch finden", sagte Voron, „dann nehmen wir alles, was wir tragen können, und gehen sofort."

Elowen nickte erneut. Seine Finger strichen geistesabwesend über den Griff seines Messers, als würde das vertraute Gewicht ihn beruhigen.

„Nur noch ein Feuer", sagte er tonlos. „Vielleicht weniger."

Sie wussten es beide:

Wenn sie nicht bald einen Weg fanden, würden sie erfrieren, bevor sie überhaupt die Chance hätten zu verhungern.

Hier, im Bauch des Berges, wo der Atem der Welt kaum noch zu spüren war, würde der Tod leise kommen – in der Stille, in der Dunkelheit, in der Kälte.

Nach einer Weile des Schweigens, während die Flammen immer tiefer schrumpften, sprach Elowen leise, fast als würde er das Geheimnis erst in Worte fassen:

„Ich fühle, dass wir hier sind, weil wir es sollen."

Voron sah ihn an, das Gesicht von Furchen der Müdigkeit durchzogen.

„Weil wir es sollen?" wiederholte er mit rauer Stimme.

Elowen nickte langsam.

„Vielleicht…", flüsterte er, „… hat uns der Wind hierher getragen. Vielleicht war es nie der Plan, zurückzukehren, bevor wir gefunden haben, was wir suchen."

Voron sah lange auf ihn.

„Manchmal ist das Suchen selbst die Antwort.", antwortete Voron, seine Stimme brüchig wie dünnes Eis.

Wieder nickte Elowen zustimmend.

Ein schweigender Moment spannte sich zwischen ihnen, nur unterbrochen vom fernen Wispern des Windes, der irgendwo durch verborgene Ritzen der Höhle schlich.

Da, tief in diesem stillen Blick, kam es über Elowen wie eine Welle:

Die Erkenntnis.

Sie hatten es gefunden.

Oder vielmehr:

Der Ort hatte sie gefunden.

Hier, in dieser verborgenen, vom Feuer lichtdurchfluteten Halle, unter dem polierten Schild aus ewigem Eis – ein Platz, an dem niemals ein lokaner zuvor gestanden hatte.

Er riss die Augen auf, die Gedanken tobten wirr.

„Voron…", murmelte er mit rauer Stimme, „wir haben es getan. Wir… wir stehen an einem Ort, den noch nie ein Bewohner loks betreten hatte."

Kurz flackerte Zweifel in seinen Augen, ein Funken alter Gewohnheit, der ihm vorsichtiges Denken auferlegte.

„Aber…" Er stockte. „Du bist vor mir in die Höhle gefallen."

Sein Blick suchte den des Älteren, forschend, fast flehend.

Voron, der die Anspannung spürte, hob beruhigend die Hand.

„Ich bin nicht von Iok, Junge", sagte er sanft.

„Meine Füße sind fremd auf dieser Erde. Ich bin ein Kind von Kuru, geboren unter anderen Sternen. Diese Welt war nie meine Heimat." Er lächelte traurig.

„Das Gesetz deiner Tikka prüft die Söhne und Töchter Ioks. Nicht Gäste aus anderen Welten."

Elowen sog scharf die kalte Luft ein.

Sein Herz schlug wild, zwischen Hoffnung und Verzweiflung zerrissen.

Also ja – es war wirklich geschehen.

Er hatte den Auftrag des Orakels erfüllt.

Aber sofort legte sich ein neuer Schatten auf seine Gedanken.

Er ballte die Fäuste, sein Blick wurde dunkel.

„Und wie…", flüsterte er heiser, „… soll ich das beweisen?"

Voron trat näher, legte ihm schwer die Hand auf die Schulter, eine Geste der Brüderlichkeit, der Verbundenheit, wie Elowen sie selten empfunden hatte.

„Ich werde reinen Herzens mit dir vor das Orakel treten", sagte Voron ernst. „Ich werde die Wahrheit sprechen. Ich werde bezeugen, dass du den Ort gefunden hast, den nie ein Iokaner zuvor betreten hatte.

Vielleicht reicht es. Vielleicht wird dein Herz gesehen."

Elowen schüttelte bitter den Kopf.

„Ganz bestimmt nicht", sagte er rau. „Nicht in einer Welt, in der Edelgrün mehr wiegt als Wahrheit. Nicht, solange Mikmok dort das Wort führt."

Er trat einen Schritt zurück, starrte auf die funkelnden Eiswände, auf die leuchtende Decke aus Licht und Frost.

„Aber weißt du was, Voron?"

Seine Stimme war ruhig, getragen von einer neuen, rauen Kraft.

„Es ist mir egal."

Er drehte sich wieder zu ihm um, das Kinn erhoben.

„Ich weiß es.

Du weißt es.

Und vielleicht... genügt das."

Ein stilles Lächeln, voller Schmerz und Stolz zugleich, huschte über Vorons Gesicht.

Er nickte.

„Vielleicht genügt es wirklich."

Für einen Moment standen sie da – zwei Gestalten, klein und zerbrechlich im Bauch einer Welt, die älter war als jede Erinnerung – und schlossen still ein Bündnis, das stärker war als jedes Gesetz:

Ein Bündnis aus Wahrheit, Mut und dem unerschütterlichen Wissen um das eigene Herz.

Dann, fast gleichzeitig, sprachen sie dieselben Worte:

„Wenn wir hier überhaupt rauskommen."

Sie lachten – ein kurzes, raues Lachen, voller Trotz, voller Leben.

Elowen trat ans Feuer. Vorsichtig, wie ein Priester an einem Altar, begann er die Flammen zu löschen.

Er erstickte sie langsam, bedachte jeden Funken, begrub die Glut unter einer dicken Schicht aus feuchtem Eisstaub.

Voron sammelte die Reste ihres Lagers – die Metallschale, die Seile, die letzten Vorräte, die sie noch irgendwie tragen konnten.

Alles wurde verstaut, nichts zurückgelassen.

Denn sie wussten:

Vielleicht würde niemand je diesen Ort wiedersehen.

Vielleicht würde niemand je ihre Geschichte glauben.

Aber sie wollten ihn in Ehren verlassen – als Wächter eines Geheimnisses, das größer war als ihre Not.

Die letzte Glut verlosch.

Die Halle wurde still.

Nur das matte Licht der Eisdecke flackerte noch leise, wie ein ferner Traum.

Schulter an Schulter, mit pochenden Herzen und zittrigen Gliedern, machten sich Elowen und Voron auf den Weg – tiefer in die unbekannten Schatten der Höhle, suchend nach einem Ausgang, einem Wunder, einem neuen Morgen.

Jeder Schritt hallte wider wie der Schlag eines mutigen Herzens in der Brust des Berges.
Sie hatten längst aufgehört, die Zeit zu zählen.

Minuten zogen sich wie Stunden, Stunden dehnten sich zu Ewigkeit.

In der Tiefe unter dem gefrorenen Leib Nokkis, dort wo der Atem der Acht Winde kaum zu spüren war, tasteten sich Elowen und Voron weiter – kriechend, stolpernd, rutschend. Jeder Schritt war ein Triumph gegen die Kälte, gegen die Erschöpfung, gegen das aufkeimende Gefühl, dass sie vielleicht niemals wieder das Licht des Tages sehen würden.

Die Dunkelheit war hier kein Mangel an Licht, sie war ein Wesen, ein atmender Schatten, der sich um ihre Glieder legte und leise an ihren Gedanken nagte.

Ihr Feuer war längst verglommen, ihr letzter Funke Hoffnung war das Glühen ihrer eigenen Entschlossenheit.

„Wenn wir es nicht schaffen…“, begann Voron atemlos, doch Elowen unterbrach ihn mit einem Blick.

„Dann schweigen wir bis zum letzten Atemzug. Und gehen weiter.“

So krochen sie weiter, durch enge Felsspalten, über glatte Steilflächen, durch frostverkrustete Gänge, deren Wände von Mondtausenden gezeichnet waren.

Dann – in einem kurzen Moment der Rast, als Voron die Wand entlangfuhr, auf der Suche nach einem möglichen Tritt oder Griff – stoppte er plötzlich.

„Was ist das?“, murmelte er.

Seine Finger tasteten über eine Stelle im Fels, die nicht wie der Rest war – kein Gestein, kein Eis. Es war schwarz. Tiefschwarz. Als hätte jemand ein Stück Himmel aus der finstersten Nacht in die Wand eingelassen.

Er zückte Elowens Messer, kratzte vorsichtig daran. Die Klinge schabte über die Oberfläche, ohne großen Erfolg.

„Hilf mir mal mit der Axt“, sagte er flach atmend.

Elowen reichte ihm das Werkzeug. Voron schlug zweimal, dann sprang ein Stück heraus – faustgroß, kantig, kalt wie das Herz der Höhle. Es glänzte schwarz, als würde es Licht schlucken. Kein Funke Spiegelung, kein Schimmer. Nur Dunkel.

„Seltsam", murmelte er und steckte es ein. „Einfach... irgendwie falsch. Und gerade deshalb nehme ich es mit."

Nur wenige Schritte weiter hielt nun Elowen inne. Auch seine Augen entdeckten etwas Ungewöhnliches – zwei Steine, eingebettet in die Wand, wie vergessen von Zeit und Raum. Einer war leicht heller als der andere, dennoch von ähnlicher Textur. Sie schimmerten seltsam – als sei etwas Lebendiges darin eingeschlossen.

Er tastete vorsichtig, klopfte mit dem Griff seines Messers gegen das Gestein. Der Klang war dumpf, aber eindeutig nicht wie der Rest des Berges. Mit großer Mühe und unter körperlicher Anstrengung schlug er beide Brocken aus der Wand, wickelte sie sorgfältig in Tuch und verstaute sie an seinem Gürtel.

„Wenn wir jemals hier rauskommen...", flüsterte er, „... will ich wissen, was ihr seid." Er vermutete Feuersteine.

Und dann, wie von einem unsichtbaren Willen gelenkt, weiteten sich die Gänge. Der Wind kam ihnen entgegen – kaum mehr als ein Hauch, doch ein Versprechen: Es gibt einen Weg.

Mit letzter Kraft, taumelnd, die Knie zitternd, das Herz schwer wie Blei, stiegen sie auf – folgten dem leichten Gefälle, dem langsam heller werdenden Gestein, bis plötzlich...

...der Himmel sich öffnete.

Ein Loch, kaum größer als ein Körper, ließ kaltes, kaum helleres Licht von Nokkis' blassem Horizont in die Tiefe fallen.

Sie kämpften sich hinaus.

Schneeblind und schneeverbrannt zugleich, fielen sie keuchend auf den gefrorenen Boden.

Sie waren frei.

Der Himmel war ein dumpfer Ozean aus dunklem Grau, der Wind wehte scharf über das weite, verschneite Nichts.

Doch es war Luft. Es war Weite. Es war das Ende der Höhle.

Elowen hob den Blick, Tränen in den Augen, die sofort zu Kristallen wurden.

„Wir leben", hauchte er.

„Noch", ergänzte Voron und lächelte matt. „Aber nicht lang, wenn wir nicht schnell ein neues Lager finden."

Sie zogen weiter – kaum eine Stunde –, bis sie Torf fanden: in einem halb gefrorenen, sumpfigen Abschnitt, verborgen unter einer dünnen Kruste aus Eis.

Voron sprang ein paar Schritte voraus und brach mit einem Knirschen die Oberfläche auf.

„Torf!", rief er, so erleichtert wie ein Mann, der Edelgrün gefunden hatte.

Sie gruben, schichteten, sammelten, und schleppten das klamme, doch brennbare Material mit sich.

Ein Stück weiter fanden sie eine kleine Grotte – eng, aber geschützt. Der Eingang war halb verdeckt von schneebedecktem Gestrüpp, doch innen war es trocken.

Mit zitternden Händen bauten sie ihr Lager.

Entfachten Feuer. Und die Dunkelheit wich.

Dann – inmitten der Wärme und des Feuers, nach dem ersten klaren
Schluck Wasser – griff Voron in seine Tasche.

Er zog das schwarze Stück heraus – und betrachtete es. Doch es war
nicht mehr schwarz.

Unter dem Licht der Flammen begann es zu glühen.

Tiefrot. Wie flüssiges Herzblut.

„Elowen… sieh."

Elowen trat näher.

Sein Mund öffnete sich.

„Das ist…"

„Eine Träne der Schöpfung", flüsterte er.
„Es hieß dieses edle Stein ist nicht von dieser Welt. Nur die Hohepriester haben in ihren Stirnbändern einen solchen Stein. Alle sagen nirgendwo auf Iok und auf Kuru gibt es solche Steine. Es hieß, dass der
Schöpferwind so glücklich über seine Schöpfung war, dass er vor Freude
eine Träne vergoss"

Unfassbar rein. Unfassbar wertvoll. Ein Relikt, das nur in den Tiefen der
Welt geboren wurde, wo die Winde nie hinkommen.

Elowen holte seine beiden Brocken hervor. Der erste – ebenfalls rot,
aber mit einer feurigen Klarheit. Auch eine Träne. Und der andere…

…schimmerte blau. Nicht wie Wasser. Sondern wie Eis, das zum Stern
wurde. Blau mit silbernen Adern, kristallklar – ein Edelblauling, in einer
Reinheit, wie sie kein Auge je gesehen hatte. Edelgrün sehr wertvoll -
Träne der Schöpfung unbezahlbar - aber jetzt ein wunderschöner blauer
Stein, ein noch nie gesehenes Unikat. Sie starrten einander an. Spra-
chen nicht. Denn die Welt hatte geantwortet.

Der Beweis war gefunden.

Seit jenem verhängnisvollen Tag, an dem Miora beinahe enttarnt worden war, wandelte sie auf unsichtbarem Eis. Jeder Schritt musste bedacht sein, jeder Blick kontrolliert, jedes Wort von jener kühlen Vorsicht getragen, die sie sich auferlegt hatte wie einen unsichtbaren Schleier. Besonders gegenüber ihrer Schwester Loyana, deren misstrauische Augen schärfer waren als je zuvor. Doch es war ihr Vater, Mikmok, dem ihre wachsende Aufmerksamkeit galt – oder besser gesagt, seine seltsamen Gewohnheiten.

Mehrmals täglich verschwand er in die unteren Gewölbe des Tempels – jene dunklen Kammern unterhalb der heiligen Hallen, deren Zutritt allen, selbst den Priestern, untersagt war. Und mit besonderer Strenge hatte er Miora verboten, auch nur die Schwelle zu betreten. Seine Worte hallten noch immer in ihr nach, wie ein eisiger Windstoß:

„Nie, hörst du, NIE wirst du diese Tür öffnen. Nicht solange du atmest."

Doch gerade das Verbot nährte die Flamme der Neugier.

An diesem Tag, als das Licht wie dünner Schleier über Kobi lag und die Brisen der Winde seltsam still blieben, bot sich ihr die Gelegenheit. Mikmok hatte gemeinsam mit Loyana den Tempel verlassen – ein Treffen der Hohepriesterschaft in den Himmelsgärten von Akkis verlangte seine Anwesenheit. Er hatte die Tür zu den Gewölben wie immer sorgfältig verschlossen, doch Miora kannte seine Bewegungen, hatte sie studiert, heimlich – wie ein Schatten im eigenen Heim.

Sie wartete geduldig in der inneren Kammer, bis das letzte Echo ihrer Schritte verklang. Dann, mit pochendem Herzen und zitternden Fingern, näherte sie sich der verbotenen Tür.

Ein warmer Luftzug strich ihr entgegen, als sie sie öffnete. Stille umfing sie. Keine geweihten Gesänge, kein Orakelrauschen. Nur Dunkelheit. Und ein zarter Geruch nach Metall, Stein – und Reichtum.

Die Stufen führten sie hinab in ein Reich, das so gar nichts Heiliges hatte. Die Luft war schwer und süß, wie von Gier durchtränkt. Dann, hinter einer Biegung des Ganges, offenbarte sich ihr ein Anblick, der ihr den Atem raubte:

Ein riesiger Raum, von leuchtenden Kristallen in den Wänden erhellt. Und in der Mitte – ein Altar. Doch nicht für Opfergaben oder Gebete. Nein. Ein Monument der Gier.

Darauf, sorgfältig aufgebahrt, lagen Hunderte – nein, wohl Tausende – Edelgrünlinge. In allen Formen. Rund geschliffen, kantig, unbearbeitet, manche so groß wie ihre Faust, andere fein wie Tränen. Sie lagen in geordneten Reihen, auf schwarzem Samt, der wie Nacht wirkte. Es war eine heilige Sammlung – aber nicht dem Orakel geweiht, sondern einzig Mikmoks unersättlichem Verlangen.

„Bei den Winden..." flüsterte Miora, nicht als Gebet, sondern als Fluch.

Jeder dieser Steine war ein Schweigen. Ein Verrat. Ein Akt der Korrumpierung des Glaubens. Jetzt verstand sie. Warum er Elowen so bestraft hatte. Warum die Reichen einfache Aufgaben bekamen. Warum ihre eigene Tikka so ungerecht war. Hier lag das wahre Orakel ihres Vaters: die Sprache der Gier.

Sie trat näher, befühlte mit vorsichtigen Fingern einen der größeren Steine. Er pulsierte beinahe. Und in seinem grünen Leuchten erkannte sie die Wahrheit: Mikmok hatte sich selbst zu seinem eigenen Gott erhoben.

Ein Geräusch ließ sie zusammenzucken – ein Klirren oben, eine Tür?

Mit einem Schlag kehrte die Furcht zurück. Hastig wandte sie sich um, schloss die Tür zur Schatzkammer wieder und stürmte die Treppen empor, das Herz in wildem Trommelschlag.

Doch niemand kam.

Als sie oben ankam, rang sie nach Atem, ihre Knie weich wie Flachs im Sturm. Der Tempel war still. Die Tür noch verschlossen. Sie war nicht entdeckt worden.

Aber etwas hatte sich in ihr verändert. Etwas, das nie wieder so sein würde wie zuvor.
Noch bebten ihre Schritte nach, als Miora – das Herz voller Entsetzen über das, was sie in den verborgenen Tiefen des Tempels gesehen hatte – in den stillen Innenhof trat. Die Luft dort war kühl und mild zugleich, vom Abendlicht in pastellene Töne getaucht. Die Mauern des heiligen Gartens warfen lange Schatten, und aus der Ferne trug der Wind das leise Rauschen der Lorithenbäume mit sich, wie das Flüstern alter Götter.

Sie ging, als würde sie schweben, die Finger noch immer feucht vom kalten Stein, das Herz wund von der Entdeckung der Schattenseiten ihres eigenen Blutes. Jeder Atemzug war ein Ringen, jeder Gedanke eine Wunde.

Doch da – mitten im Kreis aus heiligen Pflanzkästen, eingefasst mit Steinen aus dem Geysirgrund – stand ihre Blume.

Ihre Prüfung.

Ihr Trost.

Ihr leises Versprechen an eine bessere Welt.

Die gelbe Hartblattrose.

Einst so zart, so schwach, dem Tode näher als dem Licht, stand sie nun aufrecht.

Noch klein, doch kräftig. Ihre Blätter – ledrig, aber lebendig. Die Knospe – geschlossen, doch von einer Spannung durchzogen, als würde sie bald erwachen.

Miora kniete nieder. Ihre Hände berührten die lockere Erde, als streichelten sie ein schlafendes Kind. Ihre Augen füllten sich mit Tränen – nicht aus Trauer, sondern aus einer Liebe, die über die Worte hinausging.

Sie beugte sich zu ihr, ihre Stirn fast auf der Höhe des Blütenansatzes.

Und dann, leise, voller Sehnsucht, begann sie zu sprechen.

Nicht mit der Stimme eines Mädchens, sondern mit der einer Seele.

„Kleiner Bruder im Grün... du bist so stark.

Du trägst das Licht in dir, obwohl dich niemand nährt – außer mir. Und ich bin nur eine kleine Flamme im Sturm.

Du wurdest mir als Prüfung gegeben. Doch ich sehe mehr in dir. Ich sehe Trost. Hoffnung. Das, was aus der Erde wächst, obwohl irgendwie alles von Schatten durchdrungen ist."

Ein leiser Windhauch glitt durch den Hof, ließ ein Blatt tanzen – und ihre Worte flossen weiter.

„Weißt du, kleine Blume... heute habe ich gesehen, wie tief der Abgrund reicht.

Wie die Gier sich einen Altar baut.

Wie ein Vater seine Kinder belügt.

Wie Glaube sich in Edelgrün verwandelt und Liebe zu Schweigen."

Ihre Finger umschlossen sanft den Stiel. Sie spürte das Leben der Pflanze, so fremd in einer Welt aus Stein und Kälte.

„Aber du, du wagst es, zu wachsen.

Trotz allem.

Du streckst dich dem Himmel entgegen, während ringsum alles fällt."

Ihre Stimme wurde ein Flüstern, fast ein Gebet:

„Werde stark.

Nicht für mich – sondern für die Wahrheit.

Werde zur Blüte, nicht weil es das Orakel verlangt, sondern weil dein Dasein ein Nein ist gegen alles, was mein Vater geworden ist."

Dann, als ihre Tränen still zu Boden tropften, legte sie ihre Stirn an das Beet, atmete tief den Duft der Erde und des Lebens ein.

Der Moment war still – heilig.

Und für einen Hauch eines Augenblicks glaubte sie, dass die Acht Winde innehielten, um zu lauschen.

10. Ich kann euch sehen

Ein fahles, kaum greifbares Licht flimmerte durch die Eisdecke über der Höhle auf Nokkis. Es war kalt. Bitterkalt. So kalt, dass selbst die Gedanken froren, ehe sie den Mund erreichen konnten.

Elowen saß still, den Rücken an die glatte Felswand gelehnt, seine Finger schmerzend gekrümmt.

„Wir... wir müssen etwas finden", sagte Voron heiser, der mit rissigen Lippen und gesenktem Blick neben dem sterbenden Feuer hockte.

Elowen nickte schwach. „Wenn wir hierbleiben, sterben wir. Wenn wir gehen... vielleicht auch. Aber wenigstens tun wir etwas."

Sie sprachen nicht lange. Ihre Körper waren zu schwach für Diskussionen, ihre Seelen zu leer für Hoffnung. Doch irgendwo tief in Elowens Herz flackerte noch ein winziger, sturer Funke. Der Wille des Jägers – überliefert von seinem Vater, seinem Großvater, seinen Ahnen.

„Ich werde versuchen, etwas zu finden", flüsterte er und richtete sich langsam auf, jeder Muskel ein Aufschrei. „Bleib du hier, Voron. Ruh dich aus."

„Nein", knurrte der Kuruaner und stemmte sich ebenfalls mit Mühe auf die Beine. „Wir machen das zusammen. Oder gar nicht."

Sie verließen die Höhle. Schritt für Schritt, tastend über gefrorenen Boden, vorbei an erstarrten Steinbrocken und stechenden Windfahnen, die durch das Eis schnitten wie Nadeln durch Stoff. Ihre Augen durchsuchten die graue Ödnis. Nichts regte sich. Kein Laut. Kein Leben.

Bis Voron plötzlich innehielt.

„Warte... was ist das da vorne?"

In der Ferne schimmerte etwas unter dem blassen Licht. Ein silbriger Spiegel zwischen den Gesteinen. Elowen blinzelte. Es war... Wasser?

„Ein See?" hauchte er ungläubig.

Sie stolperten näher. Und tatsächlich: Ein kleiner, von Salzkristallen gesäumter See lag eingebettet in eine Senke zwischen den Felsen. Und dort, kaum fassbar, unter der Oberfläche – Bewegung. Schatten.

„Sieh doch! Flosser! Riesige Flosser!", keuchte Voron.

Elowen starrte ungläubig. Jeder einzelne dieser Kreaturen war so groß wie zwei zusammengelegte Körper. Ihre Flanken schimmerten in dunklem Violett, ihre Rücken trugen Muster wie gemalte Spiralen. Sie schienen träge zu treiben – ein ganzer Schwarm von ihnen, fast wie eine Vision.

„Ein Wunder…" flüsterte Elowen.

„Nein… eine letzte Chance", sagte Voron.

Sie hasteten zurück. So schnell es ihre müden Glieder erlaubten. In der Höhle griff Elowen zitternd zu seinem Pfeil und Seil. Er befestigte die Leine, prüfte die Spitze, schulterte den Bogen und folgte Voron zurück zum See.

Zehn Schüsse. Zwölf. Verloren.

Jeder verfehlte Pfeil war ein weiterer Schlag in die Rippen ihrer Hoffnung.

„Noch einmal…", flüsterte Elowen, hob den Bogen mit letzter Kraft, zielte…

Pffffft.

Ein dumpfes Sirren.

Der Pfeil traf. Das Tier zuckte. Drehte sich – und trieb dann auf den Rücken. Elowens Knie gaben nach. Voron stieß einen heiseren Jubel aus.

„Zieh!", brüllte er.

Sie griffen das Seil mit beiden Händen, zogen, keuchten, rutschten –
aber gaben nicht auf. Zentimeter für Zentimeter zerrten sie den leblosen Flosser über das salzige Ufer, dann über die vereiste Fläche bis zur
Höhle. Der Schweiß gefror ihnen auf der Stirn, das Blut brannte in ihren
Lungen.

Drinnen, endlich, brachen sie keuchend zusammen. Voron lachte. Elowen weinte still.

„Ihr Winde…", flüsterte er. „Den Winden sei Dank."

Ohne zu zögern zog er sein Messer, schnitt den Leib des Tieres auf. Das
Fleisch war dunkel und fettig, aber weich. Elowen nahm gierig einen
Bissen – roh, zäh, aber Leben. Voron tat es ihm gleich.

„Wir brauchen Feuer…", murmelte der Kuruaner.

Elowen nickte. Der Körper funktionierte wieder. Der Geist kehrte zurück. Wie in Trance schichtete er das Torfholz auf, entzündete es,
schnitt Fleisch in dicke Scheiben und legte sie über die Flamme. Der
Geruch von heißem Fett erfüllte die Höhle. Der Duft des Überlebens.

„Wir haben es geschafft…", murmelte Voron.

Elowen schloss die Augen.

Eine gefühlte Ewigkeit später:

Satt. Endlich satt.

Und Vorräte für mehrere Tage.

Vielleicht würde ihnen nun Zeit bleiben. Zeit, um Kraft zu schöpfen. Zeit,
um zu verstehen, was sie dort im Gestein gefunden hatten.

Die Tränen der Schöpfung. Der Edelblauling.

Aber das würde erst einmal warten.

Jetzt war da nur Wärme und Müdigkeit.

Die Flammen tanzten träge. Wie müde Wellen an einem leblosen Ufer flackerten sie an den glatten Höhlenwänden, warfen Schatten, die sich streckten, wanden und wieder verkrochen. Draußen wütete die Stille. Kein Laut. Kein Wind. Nur das leise Knistern des Torfs, das letzte Lied des Überlebens.

Elowen und Voron lagen nebeneinander auf notdürftig errichteten Lagerstätten aus Fellen, trockenem Geäst und Moos, das Voron zuvor mit gefrorenen Fingern zusammengetragen hatte. Der Rauch stieg in Spiralen empor, vermischte sich mit der eisigen Luft und formte seltsame Gestalten, die in der Dunkelheit verschwanden.

Der Körper, noch vor Stunden gezeichnet vom drohenden Tod, begann sich zu erholen.

Elowens Glieder kribbelten. Die Wärme des Feuers und die Energie des erlegten Flossers zogen wie heilende Geister durch seine Adern. In seiner Brust pochte das Herz wieder im Rhythmus der Lebenden.

Neben ihm schnaufte Voron tief, die Arme ausgestreckt, der Bauch angenehm schwer von Nahrung. Sein sonst so angespannter Gesichtsausdruck war weich geworden. Fast kindlich. Er träumte. Und vielleicht, nur vielleicht, war dieser Traum endlich keiner von Schmerz oder Verlust.

Elowen war der erste, der die Augen wieder öffnete.

Sein Blick irrte zur Höhlendecke, wo das flackernde Licht geheimnisvolle Zeichen an den Stein malte. Sein Atem ging ruhig, der Brustkorb hob und senkte sich wie in tiefer Meditation.

Und in dieser Ruhe, in diesem geschützten Moment zwischen Schlaf und Erwachen, geschah etwas Entscheidendes.

Sein Geist klärte sich.

Der Nebel wich. Die Gedanken wurden scharf wie Pfeilspitzen.

„Wir haben es gefunden…", flüsterte er in die Stille. Seine Stimme war brüchig, aber getragen von Gewissheit.

Er setzte sich langsam auf. Die Wärme des Feuers schützte ihn, als er in die Taschen griff und die beiden Steine herauszog. Die Träne der Schöpfung – blutrot, wie geschmolzene Glut. Und der Edelblauling – hell und klar, als hätte sich ein Stern darin verfangen.

Er betrachtete sie lange. In seinen Händen ruhten keine bloßen Mineralien. Es waren Beweise. Zeugen.

Stumme Hüter einer Wahrheit, die ihnen keiner nehmen konnte.

„Wir haben den Ort betreten… den kein Iokaner je zuvor gesehen hat", murmelte er.

Ein Geräusch ließ ihn aufblicken. Voron hatte sich regt. Gähnte, blinzelte.

„Elowen?"

„Ich… ich glaube, wir haben es wirklich getan", sagte der junge Jäger, fast ungläubig. „Das ist der Ort. Die Höhle. Der Schwur. Wir sind die Ersten."

Voron setzte sich auf, rieb sich die Augen. Dann sah er die Steine in Elowens Händen.

Er lächelte matt. „Das sind nicht bloß Fundstücke. Sie tragen das Echo dieses Ortes. Das Orakel kann sich dem nicht verschließen."

„Wenn wir es zurück schaffen", entgegnete Elowen bitter.

Beide schwiegen.

Dann war es Voron, der leise sagte: „Vielleicht hat Teres schon Hilfe geholt. Vielleicht ist er längst zurück auf Akkis. Vielleicht kommen sie uns bald entgegen."

Elowen nickte, doch sein Blick war leer. In seinem Innersten hoffte er, dass es so war – dass der junge Pilot mit dem zu schmal geratenen Mut endlich Rettung organisiert hatte. Dass bald ein Licht am Horizont flackern würde. Doch er wusste es nicht. Konnte es nicht wissen.

Sie wussten nicht, dass Teres nie ankommen würde.

Dass der Ozean ihn geschluckt hatte, wie so viele andere, die zu schwach waren, der Kälte zu trotzen.

Aber in diesem Moment lebte der Glaube. Und manchmal – so hatte Elowen es gelernt – ist Glaube das Einzige, was den Unterschied macht zwischen Aufgeben und Gehen.

„Morgen…", sagte er leise, „…werden wir den Rückweg antreten. Wenn wir genug Kraft gesammelt haben. Wir müssen es versuchen. Es geht nicht nur um mich. Es geht darum, dass Wahrheit gesagt wird. Dass einer das System durchbricht."

„Dass Mikmok sieht, dass nicht jeder von Edelgrün geblendet wird", sagte Voron.

Elowen legte sich zurück, die Steine nah an seinem Herzen.

Sein Blick wanderte zur Decke der Höhle.

Er dachte an seine Eltern. Er dachte auch an Miora.

An ihre Güte. Ihre aufrichtige Sorge.

An ihre leisen Worte. Ihre Blicke.

Und plötzlich war sein Herz nicht mehr ganz so schwer.

Er wusste nicht, was ihn erwartete.

Aber er wusste: Solange sein Herz schlug, würde er kämpfen.

Einer, der überlebt hatte.

Einer, der zurückkehren würde.

Einer, der den Wandel bringen könnte.

Das Feuer flackerte schwach, ein mattes Herz aus Glut inmitten einer
Welt aus Stein und Frost. Der Atem des Windes kroch durch die Ritzen
der Höhle, seufzend wie ein uraltes Tier, das in Träumen ruht. Voron
und Elowen saßen eng beieinander, umgeben von schweigenden Wänden, die Geschichten von Entbehrung, Hoffnung und innerem Wandel in
sich trugen.

Voron sprach leise, seine Stimme gebrochen, müde. Die Worte kamen
zögernd, so wie Wasser in gefrorenen Quellen tastend seinen Weg
sucht.

„Ich weiß nicht mehr, warum ich geglaubt habe, dass wir zurückkehren
könnten", sagte er. „Vielleicht war es nur der letzte Funke Stolz. Oder
die Vorstellung, meinem Sohn damit gerecht zu werden."

Elowen hob langsam den Blick. Die Dunkelheit unter seinen Augen war
tiefer geworden, doch darin glomm eine neue Klarheit. Etwas hatte sich
in ihm verändert. Etwas Entscheidendes. Die Welt hatte sich verschoben – und mit ihr sein Blick darauf.

„Du bist in letzter Zeit so anders, Voron", flüsterte er. „Du sprichst von
Hoffnung… und doch spüre ich, wie deine Gedanken dich fortziehen.
Hinab."

Voron schwieg. Ein Zittern fuhr durch seine Schultern, nicht nur vom
Frost.

Und genau da tat Elowen es bewusst.

Er ließ seinen Blick sinken, lockerte die Spannung in seinem Gesicht,
entließ jede gewohnte Fokussierung. Sein Blick verschob sich, ver-
schwamm – nicht aus Müdigkeit, sondern mit Absicht. So wie er es gelernt hatte. So wie es nur er konnte.

Und dann sah er es.

Wieder.

Das Schattenwesen.

Das hohe, dürre Schemen aus pulsierender Schwärze, seine langen Gliedmaßen von Lichtketten durchzogen, die in Vorons Schultern mündeten. Doch diesmal war es nicht heimlich, nicht schleichend. Es war präsent, spürbar, nährend – mit kalter Gier sog es an der Schwermut seines Gefährten.

Doch Elowen blickte nicht weg.

Er erhob sich, trat einen Schritt vor, seine Stimme klar, aber von einem inneren Beben getragen.

„Ich sehe dich", sagte er.

Die Kreatur fror in ihrer Bewegung. Die Ketten zuckten, ein lautloses Zucken durchfuhr das Licht.

„Ich sehe, was du tust. Ich weiß, wovon du lebst."

Voron blickte überrascht auf. „Elowen? Mit wem sprichst du?"

Doch Elowens Blick war unverrückbar auf das Wesen gerichtet, das zwischen den Welten stand.

„Er hat genug gelitten. Lass ihn los."

Die Schatten zitterten. Ein unhörbarer Klang vibrierte durch den Raum – nicht für die Ohren bestimmt, sondern für das Bewusstsein.

„Ich weiß, dass du Schmerz brauchst. Aber dieser gehört dir nicht."

Dann, mit einer Mischung aus Mitgefühl und unerschütterlicher Entschlossenheit, schloss Elowen die Augen. „Geh", sagte er nur.

Und das Wesen – als hätte es begriffen, dass es erkannt worden war, dass sein Futterquell versiegt war – zog sich zurück. Langsam lösten sich die Lichtketten. Sie zogen sich wie Nebelfäden zurück in den Schatten, bis nur noch die leere Dunkelheit blieb.

Voron japste. Er hielt sich an der Brust, als wäre ihm plötzlich eine Last genommen worden. Ein Stöhnen verließ seine Lippen – nicht vor Schmerz, sondern vor Erleichterung.

„Was… war das?", hauchte er.

Elowen setzte sich wieder zu ihm. „Etwas, das dich seit Monden begleitet hat. Und du hast es nicht gesehen."

Voron legte eine zitternde Hand auf Elowens Schulter. „Ich fühle mich… frei. Zum ersten Mal… seit Yamir. Du hast es verjagt."

„Ich habe ihm nur gesagt, dass ich es sehe", entgegnete Elowen leise. „Und manchmal… ist das alles, was sie brauchen. Gesehen werden."

Sie saßen lange still. Die Glut war nun fast erloschen, doch die Kälte schien weniger zu beißen. In der Dunkelheit der Höhle war ein anderer Ton zu spüren – nicht Wärme, aber ein Hauch von Licht. Von innerem Frieden.

Und als Voron später eingeschlafen war, sprach Elowen in die Nacht:

„Ich weiß jetzt, dass es nicht nur um mich geht. Nicht nur um meine Prüfung. Es geht um das, was in uns allen wohnt. Die Schatten. Und das Licht."

Und draußen, jenseits der Höhle, drehte sich der Wind. Nur ein wenig. Aber es war genug, um Hoffnung mit sich zu tragen.

Unter der frostbedeckten Decke der Nacht, im letzten Licht des zuckenden Lagerfeuers, saß Elowen aufrecht und wach, während Voron in einen unruhigen Schlaf geglitten war. Der Junge spürte, dass etwas im Raum vibrierte – nicht die Kälte allein, sondern etwas Tieferes, Dunkleres. Seine Augen waren schwer, doch in ihm loderte eine Unruhe, ein inneres Beben, das ihn zum Handeln drängte.

Er ließ die Lider halb sinken, der Blick wurde weich, sein Fokus löste sich von der greifbaren Welt. Mit bewusster Absicht schielte er leicht – eine Geste, die ihm in den letzten Tagen das Tor zu einer verborgenen Dimension geöffnet hatte. Und wie Nebel aus dem Nichts, begannen sich Schemen zu formen.

Die Schattenwelt offenbarte sich.

Ein Wesen war dort. Nein – ein anderes Wesen. Größer. Massiver. Und seltsam würdevoll in seiner Grausamkeit. Es stand hinter Voron, nicht wie das vorherige, das mit Lichtketten aus Kummer sog, sondern mit ausladenden Gliedmaßen aus Rauch, die sich wie Tentakel um Vorons schlafendes Haupt wanden. Dieses neue Wesen hatte keine Ketten, es hatte Fäden – feiner, subtiler – und sie führten direkt in Vorons Stirn. Es war kein Fresser des Leids mehr. Es war ein Lenker des Denkens.

Elowens Herz raste, doch diesmal wich er nicht zurück. Mit bebender Stimme, aber aufrechtem Geist sprach er.

„Ich sehe dich."

Das Wesen erstarrte. Kein Zucken, kein Knurren. Doch eine Veränderung ging von ihm aus – wie das Innehalten eines Schattens, dem man einen Namen gegeben hat.

„Du saugst nicht mehr nur Kummer. Du pflanzt ihn. Du säst Zweifel in seine Träume, manipulierst seine Gedanken. Du bist nicht willkommen."

Es antwortete nicht mit Worten – es bebte. Die Luft um Elowens Schläfen vibrierte, als hätte das Wesen versucht, seine Präsenz zu verstärken, sich aufzublähen mit jener Mischung aus Furcht und Ohnmacht, die es in anderen hervorzurufen wusste.

Doch Elowen wich nicht. „Ich weiß, was du bist. Und ich weiß, dass du nur stark bist, wenn wir schwach denken."

Ein Zucken ging durch das Wesen. Dann, langsam, ließ es von Vorons Stirn ab. Es wand sich, wie Rauch im Rückzug vor Wind, und verzog sich rückwärts in die Dunkelheit. Kein Laut, kein Echo blieb zurück – nur die schlagartige Entspannung in Vorons Gesicht.

Der Mann stöhnte leise, drehte sich im Schlaf zur Seite, als hätte man eine bleierne Last von ihm genommen.

Erleichterung erfüllte Elowens Brust – doch nur für einen Moment. Denn kaum hatte er sich aus seiner Konzentration gelöst, fiel sein Blick zufällig auf die Wand zu seiner Linken – und dort... ein drittes Wesen.

Nicht hinter Voron. Hinter ihm selbst.

Elowen stockte der Atem. Diesmal war es kein großer Schatten, sondern klein, flink, fast unsichtbar. Es hing in der Nähe seiner Schulter, wie ein schleimiger Rest dunkler Gedanken, eine Silhouette, kaum mehr als ein Schemen, der sich an seiner eigenen Erschöpfung nährte. An seinen Zweifeln. An seinen Ängsten.

Und Elowen verstand. In tiefer Klarheit.

Die Schattenwesen lebten nicht nur in der Nähe anderer. Sie suchten Resonanz. Wo Kummer war, fanden sie ein Nest. Wo Angst herrschte, legten sie ihre Eier. Sie waren keine Dämonen von außen – sondern Spiegel des Innersten.

Er drehte sich, konfrontierte es. Und allein durch die bewusste Erkenntnis seiner Existenz – durch das Licht des Bewusstseins, das auf es fiel – löste sich das Wesen auf. Kein Schrei, kein Widerstand. Nur ein letztes Flackern... und Stille.

Er atmete lange aus.

Dann sprach er leise, fast flüsternd zu sich selbst:

„Die Schatten sind nicht unsere Feinde. Sie sind Warnungen. Spiegel dessen, was wir zu lange versteckt hielten.“

Er legte sich nieder, schloss langsam die Augen – doch seine Gedanken waren wach. Nicht voller Furcht, sondern wachsam. Es war, als hätte er ein Stück der unsichtbaren Wahrheit der Welt berührt – und einen Teil seiner inneren Kraft zurückgewonnen.

Der Schlaf, der ihn schließlich fand, war nicht traumlos. Aber er war bewusst – und frei.

In jenem sanften Übergang zwischen dem leblosen Grau der Akkiser Dämmerung und dem Hauch eines neuen Tages schritt Miora mit leisen Schritten durch die Gänge des Tempelbezirks. Ihre Hände verborgen im Gewand, das Herz beladen mit Fragen, die keine Stimme laut zu stellen wagte. Die Luft war durchdrungen vom Duft der Myrrhenkrüge, und über allem lag jenes leise Raunen des Geysirsteins, das nie ganz verstummte.

Wie von einer unsichtbaren Kraft gelenkt, fand sie sich erneut vor ihrem kleinen Beet, tief verborgen im hinteren Garten des Orakelhauses. Dort, in der zitternden Erde, die sie mit ihren eigenen Händen vorbereitet hatte, reckte sich nun die zarte Hartblattrose empor – noch ohne Blüte, aber nicht mehr schwach. Ihre Blätter waren kräftiger geworden, das Grün ein Hauch von Hoffnung inmitten der Trostlosigkeit der Welt.

Miora kniete sich nieder, strich mit einer Fingerspitze über das samtige Blattwerk und schloss die Augen. Ihre Stimme war nur ein Flüstern, kaum hörbar für irdische Ohren – aber bestimmt für die, die zwischen den Welten lauschten:

„Du wächst… langsam, aber du wächst. Wie mein Herz, das lernen musste, still zu bleiben, während es brennt.“

Sie senkte den Kopf tiefer, berührte fast die Erde mit ihrer Stirn.

„Ich weiß, dass du mehr bist als eine Pflanze. Du bist mein Spiegel, mein Prüfstein. Vielleicht auch mein letztes Licht. Ich habe dich gepflegt mit Händen, die nie für das Gebet gesalbt wurden, und mit Tränen, die niemand je sehen sollte. Doch du... du hast all das aufgenommen. Und du antwortest.“

Ein Windhauch zog durch die Ritzen des steinernen Laubengangs. Die Blätter der Hartblattrose bebten leicht – als lauschten sie, als antworteten sie.

„Ich habe gesehen, was Vater im Verborgenen hütet“, fuhr sie fort, leise, aber mit wachsendem Mut. „Ich habe verstanden, dass die wahren Prüfungen nicht aus Ruhm und Applaus bestehen. Sie liegen im Dienen, im Glauben, im Widerstehen. Und du, kleiner Pflanzenwuchs, bist mein Mitwisser geworden. Du wächst nicht, um zu gefallen. Du wächst, weil du es kannst.“

Sie hob den Blick zum Himmel, wo die Zwielichtwolken sich kräuselten wie das Haar einer alten Seherin. Und mit diesem Blick sandte sie ein stilles Gebet hinaus – nicht mit Worten, sondern mit einem inneren Strahlen:

Elowen... Wo auch immer du bist – spür mich. Fühl meine Hoffnung. Ich bin bei dir, auch wenn uns Welten trennen. Meine Liebe ist dein Wind, mein Mut dein Schild.

Dann stand sie auf – erhob sich nicht nur körperlich, sondern innerlich wie ein Stern, der langsam wieder zu leuchten begann. Die kalte Erde glitt von ihren Knien, das Herz aber trug eine neue Glut.

Mit sicherem Schritt, den Rücken aufrecht, durchquerte sie die Säulengänge des Tempels. Mikmok war anwesend. Er stand wie zufällig in einer Nische, halb verborgen im Schatten der inneren Säulenhalle, seine verschränkten Arme an die Brust gepresst. Seine Augen aber ruhten auf ihr.

Er beobachtete sie. Mit jenem Blick, den ein Hohepriester nur dann aufsetzt, wenn der Zweifel sich bereits in Gewissheit verwandelt hat – doch ohne Beweis. Er vermutete, dass Miora in seiner Schatzkammer gewesen war. Er hatte ihr Verhalten beobachtet, das Zögern, den Abstand, das neue Licht in ihren Augen. Aber er konnte es nicht beweisen.

Miora wusste es. Sie spürte seine Blicke auf ihrer Haut wie das Streifen kalten Rauchs. Doch sie schritt unbeirrt weiter. Was sie nun tat, war größer als Furcht.

Sie trat direkt vor den Hörstein – den uralten, runenbedeckten Altar, auf dem seit Generationen die Stimme der Tiefe sprach – und verbeugte sich tief. Kein Laut kam über ihre Lippen, aber ihr Inneres loderte.

Miora legte beide Hände auf das kühle Gestein und ließ ihr Herz sprechen:

„Große Winde, die ihr die Pfade unserer Seelen lenkt. Seht mich. Ich bin nicht hier, um zu bitten, sondern um zu dienen. Nicht für mich – sondern für die, die von euch geprüft werden ohne Gnade. Ich bringe euch mein reines Herz, in Demut, in Stille. Für Elowen – der hinausging, nicht für Ruhm, sondern weil ihr es ihm auferlegt habt. Für die, die unten wohnen, verstoßen, vergessen, verfolgt. Für die, deren Licht nicht glänzen darf, weil andere es verdunkeln. Lasst meine Blume blühen. Lasst seine Rückkehr geschehen. Und wenn ihr das nicht könnt – dann gebt mir die Kraft, selbst ein Licht zu sein."

Sie verharrte einen Augenblick. Kein Ton, kein Zeichen. Und doch... die Luft schien zu flirren. Ein Hauch von Wärme durchzog den steinernen Raum – wie eine Antwort, nicht aus Worten, sondern aus Gewissheit.

Mikmok stand noch immer im Halbdunkel. Starr. Unbeweglich.

Doch Miora verließ die Halle still – und ihr Herz war voller Glanz.

11. Rückweg

Die Flammen nagten träge an den Torfbrocken, während ein letzter Hauch von Riesenflosserfleisch in der Luft lag – würzig, fast süßlich und doch kräftig genug, um die Erinnerung an vergangene Hungersqualen zu überdecken. Die beiden Männer saßen beisammen wie Brüder im Geiste, einander durch die Hölle der Eiswüste nähergekommen, als Worte es je hätten vollbringen können.

Elowen lehnte sich mit geschlossenen Augen zurück. Der Bauch war gefüllt, nicht übervoll, aber genug, um ihn an das Leben zu erinnern. Und das Leben war zurückgekehrt – langsam, zögerlich, wie ein scheues Tier.

„Ich hätte nie gedacht, dass ich mich einmal so sehr über den Geschmack von Wassertier freuen würde", murmelte Voron und rieb sich das Kinn, der inzwischen rau und von Kristallsplittern durchzogen war.

Elowen grinste schwach. „Kein Wassertier, ein Riesenflosser. Ich glaube, die Iokaner würden uns für verrückt halten, wenn sie wüssten, was wir gegessen haben."

„Oder für Helden."

Beide schwiegen für einen Moment. Dann richtete Elowen sich auf, fuhr mit dem Daumen die Klinge seines einzigen Messers entlang. Eine feine, treue Klinge – von seinem Vater geschärft, getragen bei jeder Jagd, Symbol seiner Herkunft.

„Dieses Messer…", begann er leise, „hat mehr überlebt als ich je für möglich hielt. Es ist das Einzige, das ich noch habe. Wenn es bricht, haben wir ein Problem."

„Dann darf es nicht brechen", sagte Voron bestimmt.

Gemeinsam begannen sie, das Fleisch in Streifen zu schneiden, legten es auf flache Steine, um es langsam im Rauch zu garen. Es war reichlich – weit mehr, als sie in einer Nacht hätten essen können. Der Riesenflosser, ein Geschenk der Winde, war nicht nur Rettung, sondern auch Hoffnung auf Dauer. Bei guter Rationierung würde das Fleisch für mehr als zwei Wochen reichen. Vielleicht sogar länger, wenn sie die Portionen diszipliniert einteilten.

„Wenn wir es schaffen", begann Voron und brach den Satz ab.

Elowen hob den Blick. „Wenn wir was schaffen?"

„Zurückzukehren. Den Weg durch Eis und Sturm zu überleben. Und das, was danach kommt."

Elowen nickte langsam. „Wir müssen es schaffen. Es gibt kein Wenn."

„Du glaubst, Mikmok lässt dich vor das Orakel treten? Mit Beweisen oder nicht?"

Ein dunkler Schatten huschte über Elowens Gesicht. „Nein. Aber das ist mir inzwischen gleichgültig. Ich bin nicht mehr der Junge, der auf Anerkennung hoffte. Ich habe gesehen, was andere nicht sehen. Ich habe überlebt, was andere nicht überlebt hätten. Ich bringe die Wahrheit zurück – ob sie sie hören wollen oder nicht."

Voron reichte ihm einen der Beutel, den sie aus den Resten ihrer Kleidung gebastelt hatten. „Dann sichern wir, was wir haben. Diese Steine – deine Träne, dein Edelblauling – sie müssen überleben. Auch wenn wir es nicht tun."

Elowen nahm sie entgegen, vorsichtig, wie Reliquien eines vergessenen Glaubens. „Sie sind das Herz meiner Prüfung. Und vielleicht der Anfang von etwas, das größer ist als alles, was wir kennen."

Der Tag verging langsam, im trüben Licht der ewigen Dämmerung. Während draußen der Wind über die Ebenen kroch, sammelten die beiden Männer Torf und trockneten ihn nahe der Glut, verstauten Portionen des Fleisches in improvisierte Vorratsbeutel, prüften ihre Ausrüstung: das Messer, die Axt, die restlichen Pfeile, Feuerstein, Metallschale, die Edelsteine – und die Erinnerungen.

„Wir bleiben heute noch hier", entschied Elowen. „Stärken uns. Ruhen. Wenn wir morgen aufbrechen, müssen wir das mit allem tun, was wir haben."

Voron nickte. „Eine letzte Rast, bevor der Sturm uns wieder umarmt."

Sie saßen bis tief in die Dunkelheit, erzählten sich Geschichten, flüsterten Träume, zählten Sternenschatten, wo keine Sterne waren. Und tief in Elowens Brust begann etwas zu brennen, das er lange vermisst hatte: ein Licht. Nicht von außen. Ein inneres Feuer.

Es war ein stiller Tag. Doch ein entscheidender.

In der dampfenden Stille des Feuers, das nur noch in schwachen Adern glühte, saß Elowen reglos da. Der salzige Geschmack von geröstetem Wassertier hing noch auf seiner Zunge, doch seine Gedanken hatten sich längst von irdischen Dingen gelöst. Voron schnarchte leise, in einer der selten gewordenen, tiefen Phasen des Schlafes, eingewickelt in Pelz und Stille.

Elowens Blick war in die Flammen versunken. Dort, wo für die meisten nur das Licht zuckte, begann sich für ihn ein Tor zu öffnen. Er hatte gelernt, wie man sah, ohne zu blicken. Ein leichter Zug an den Lidern, ein bewusst gelenkter Reflex – das leichte Schielen, das ihm erlaubte, in jene Welt zu blicken, die zwischen den Schleiern lag. Die Schattenwelt.

Und sie war da. Wieder.

Flüsternd. Schwebend. Seelenzehrend.

Ein Wesen aus reiner Schwärze stand bei Voron, nicht mit Klauen oder Zähnen, sondern mit der schleichenden Macht des Kummers. Es hatte sich ihm wie ein Parasit angeschlossen, zehrte an seiner Trauer, labte sich an den Bruchstücken seines Herzens. Doch diesmal... diesmal schwieg Elowen nicht.

Er rückte näher, ohne Hast, sein Blick weiter geschärft, sein Herz ruhig. Und dann flüsterte er, ganz leise, aber bestimmt:

„Ich sehe dich."

Das Wesen erstarrte. Für einen Augenblick schien es zu zittern – nicht aus Furcht, sondern aus Ertapptsein. Elowen beugte sich noch näher ans Feuer, sodass sein Schatten an die Wand lehnte. Fast berührte er damit das Wesen.

„Ich weiß, was du bist", sagte er. „Du bist das, was aus den Tränen wächst, die niemand sieht. Du bist der Schrei im Inneren, wenn keiner zuhört. Aber ich sehe dich."

Voron regte sich im Schlaf, seine Atmung änderte sich. Das Wesen zuckte, wandte sich mit einem Lautlosigkeit, die gänsehautgleiche Stille war. Und langsam, beinahe bedauernd, ließ es von ihm ab. Wie Rauch löste es sich vom Körper Vorons, wie Asche im Wind – und verschwand.

Elowen atmete tief durch. In seiner Brust brannte Erkenntnis. Das war keine Einbildung. Es war eine Wahrheit jenseits des Sichtbaren.

Als Voron sich kurz darauf regte, wach wurde und ihn ansah, sprach Elowen leise:

„Ich habe etwas gelernt, Voron."

„Was denn, Junge?" fragte dieser, noch verschlafen, aber mit ehrlicher Neugier.

Elowen sah ihn ernst an. „Es gibt Wesen, die sich von unseren dunklen Gedanken ernähren. Sie sind nicht aus Fleisch. Sie brauchen keine Nahrung wie wir – sie brauchen Verzweiflung, Schmerz, Hoffnungslosigkeit. Und je mehr wir ihnen geben, desto stärker werden sie."

Voron blinzelte. „Was redest du da?"

Elowen legte das Messer beiseite, beugte sich vor. „Ich habe sie gesehen. Ich habe sie erkannt. Als du von Yamir gesprochen hast... da war eines da. Es war mit dir verbunden. Mit Ketten aus Licht. Es hat sich genährt an deinem Schmerz."

Voron wurde still. Der Name seines Sohnes war wie ein offener Riss in ihm, ein Splitter aus Erinnerung. „Du... hast das gesehen?"

Elowen nickte. „Und ich habe es vertrieben. Mit Worten. Mit Wahrheit. Sie können uns nur quälen, wenn wir sie nicht erkennen. Sobald du bewusst bist – wirklich bewusst – verlieren sie an Macht."

Er lehnte sich zurück, sein Blick noch immer klar und voller Einsicht. „Sie gedeihen in uns, in jedem von uns. Und wir füttern sie, ohne es zu wissen. Mit jedem Selbstzweifel. Jeder ungelösten Schuld."

Voron schwieg lange. Dann flüsterte er:

„Ich habe oft das Gefühl gehabt, dass etwas auf mir liegt... eine Last, die mehr ist als Trauer. Vielleicht hast du recht, Junge. Vielleicht siehst du etwas, das uns allen verborgen bleibt."

„Wir müssen lernen, unsere Gedanken zu hüten, Voron", sagte Elowen mit einer Stimme, die nicht mehr nur einem Jungen gehörte. „Denn in unseren Gedanken beginnt die Wahrheit. Und auch der Untergang."

Draußen wütete der Wind. Doch im Inneren der Höhle war es für einen Moment still. Und in dieser Stille wusste Elowen:

Das war der Beginn von etwas Größerem.

Etwas, das mehr bedeutete als jede Prüfung, jede Wunde, jede Suche. Eine Erkenntnis.

Denn nun wusste er: Wer die Dunkelheit sieht und nicht vor ihr flieht, sondern sie beim Namen nennt, trägt das erste Licht in sich. Und dieses Licht konnte die Schatten vertreiben.

Der Nebel über Akkis war schwer an diesem Tag, als hätte er das Leid eines ganzen Mondlaufs aufgesogen. Wie ein graues Tuch lag er über der Landschaft, dämpfte jeden Laut und ließ die Stimmen der Windgreifer verstummen. Elara trat vor ihre Hütte, das Haar von Feuchtigkeit gekräuselt, der Blick leer – getragen von jener Art Sorge, die sich in jede Faser eines Mutterherzens frisst. Seit vielen, viel zu vielen Tagen, hatte sie keine Nachrichten erhalten. Kein Zeichen, kein Wort, nicht einmal ein Traum, dem man sich hätte klammern können. Nur Stille. Und in ihr: Angst.

Sie ging allein den Pfad entlang, der durch das karge Gebüsch zur alten Lichtung führte. Dort, wo früher einmal der Handel blühte, wo sie Kräuter tauschte und Früchte, dort mied man sie nun wie eine Aussätzige. Man wandte sich ab, wenn sie kam, man tat, als sähe man sie nicht – als wäre auch sie unsichtbar geworden, verbannt mit dem Namen ihres Sohnes.

Sie wollte schon umkehren, als ein leises Knacken sie innehalten ließ.

Aus dem Nebel trat eine Gestalt. Hager, gebeugt, in eine Robe aus staubigem Vlies gehüllt, silberne Amulette um den Hals, die in der Stille klangen wie flüsterndes Eis. Die Seherin Irna.

Elara rang nach Luft. Irna war einst Beraterin des Rates gewesen, bis sie sich zurückzog – nun eine mythische Figur, deren Worte nur den Winden gehorchten.

„Elara...", raunte die alte Frau, als wäre es das Echo eines vergessenen Liedes. „Du suchst einen Sohn, der nicht mehr ist – und doch größer wurde, als du es ahnst."

Elara starrte sie an. „Lebt er? Bitte... sag mir, dass er lebt."

Irna neigte langsam den Kopf, und ihre milchigen Augen blickten durch Elara hindurch, in Welten, die kein Sterblicher kannte. „Er lebt. Doch nicht mehr wie du ihn kanntest. Der Junge, der aufbrach, ist gestorben. Aus seiner Asche aber stieg ein Seher auf – stärker, als unsere Ahnen es je sahen."

Elaras Lippen zitterten. „Ein... Seher? Aber wie? Er war doch nur ein Kind... allein... verloren."

Irna lächelte sanft, beinahe liebevoll. „Er hat gesehen, was kein Iokaner je sah. Die Schatten zwischen den Winden. Die Stimmen im Eis. Und er hat erkannt, dass wahre Größe nicht in Stärke liegt – sondern im Mitgefühl."

Tränen sammelten sich in Elaras Augen. „Und kommt er zurück? Wird er... nach Hause finden?"

„Der Wind trägt ihn heim", flüsterte Irna. „Wenn die letzte Nacht endet und die erste Rose blüht, wird sein Name durch das Eis singen. Dann werden die Winde ihn rufen – nicht als Kind, sondern als Bote des Wandels."

Elara sank auf die Knie. Die Worte waren zu groß, zu schwer – und doch trugen sie Licht. Irna legte ihr die knorrige Hand auf die Stirn, ein Segen, alt wie die Welt. Dann drehte sie sich um und verschwand, als hätte der Nebel sie zurückgerufen.

Und Elara, allein in der Stille, spürte, dass der Schmerz noch lange weilen würde – aber Hoffnung nun einen Namen hatte.

Elowen der Seher.

12. Wer flüstert da

Der Morgen auf Nokkis war kein Aufbruch im Licht – es war ein Erwachen im Schatten. Kein erster Sonnenstrahl fiel durch gefrorene Ritzen, kein Windgreiferruf, der den Tag verkündete. Nur die flache Stille, ein Atem aus Eis, der sich um die letzte Glut legte, die sie in der Nacht am Leben gehalten hatte.

Elowen öffnete die Augen als Erster. Der Rauch des nächtlichen Torffeuers hing noch in der Höhle, zäh wie der Gedanke ans Weitergehen. Er drehte sich langsam zur Seite und sah Voron noch schlafen, den Kopf in den Arm gestützt, das Gesicht eingefroren in einem Ausdruck erschöpfter Entschlossenheit.

„Heute beginnen wir", murmelte Elowen in die Kälte.

Er richtete sich auf, prüfte die Vorräte. Der gebratene Riesenflosser reichte mindestens noch für zehn Tage – vielleicht etwas weniger, wenn der Wind sie weiter zermürbte. Dennoch: Es war genug. Feuerstein, Messer, Axt, Seile. Sie hatten alles, was sie zum Überleben brauchten. Alles – bis auf Hoffnung.

Als auch Voron erwachte, begrüßten sie einander mit einem stillen Nicken. Worte waren unnötig. In der Stille lagen mehr Bündnisse als in ganzen Verträgen.

„Zur Ankuftsstelle", sagte Voron schließlich. „Dort... waren die Kapseln. Das Material. Und vielleicht... Hilfe."

„Oder ein Grab", fügte Elowen nüchtern hinzu.

Doch sie schulterten ihre Lasten, verschnürten die Vorräte, verließen die schützende Höhle. Die Landschaft, die sich ihnen bot, war dieselbe wie am ersten Tag – ein endloses trübes Grau, soweit die Augen schauten und ihre Orientierung verschlang. Es war, als versuche die Welt, ihre Spuren zu tilgen.

„Wir folgen dem Wind“, sagte Elowen. „Wie beim ersten Mal.“

„Du meinst den, der spricht oder den, der irrt?“ Voron versuchte zu scherzen, doch seine Stimme war rau.

„Beide flüstern. Aber nur einer lügt.“

Sie lachten kurz. Dann wurden ihre Schritte wieder schwer, aber stetig. Schritt für Schritt bahnten sie sich ihren Weg über zerborstene Eisflächen, durch verschneite Mulden, vorbei an eingefrorenen Trümmern vergangener Zeiten – vielleicht alte Lavazungen, vielleicht nur das Werk der Mondtausende. Niemand wusste es. Nur sehr wenige Iokaner waren je hier gewesen.

Der Tag verging, ohne dass sie ihn bemerkten. Die Zeit hatte keine Bedeutung auf Nokkis – es gab kein Licht, nur Helligkeitsstufen von Dunkelgrau.

Am Abend, als sie rasteten und sich das Flosserfleisch und daneben Schmelzwasser über ein kleines Feuer legten, saßen sie einander gegenüber.

„Glaubst du, Teres hat es geschafft?“ fragte Elowen unvermittelt.

Voron antwortete nicht sofort. Dann hob er die Schultern. „Ich will es glauben. Vielleicht wartet er dort... mit Rettung. Mit einer Nachricht nach Kuru.“

„Vielleicht ist er längst in Akkis. Vielleicht... lebt er nicht mehr.“

Stille. Das Knacken des Feuers war ihre Antwort.

„Wenn wir dort ankommen...“, begann Elowen zögerlich, „...und es ist niemand da?“

„Dann bauen wir unser Floß. Und wenn das nicht reicht – dann lernen wir, das Eis zu lieben.“ Ein trauriges Lächeln zuckte über Vorons Gesicht.

„Du meinst, wir sterben?“

„Nein", sagte Voron ruhig. „Ich meine, wir lernen zu Akzeptieren was ist."

Sie blickten lange in die Glut, bis die Müdigkeit kam. Die Dunkelheit umarmte sie, und zum ersten Mal seit Tagen hatten sie wieder einen Plan – einen Weg. Und vielleicht... ein Ziel.

Denn Hoffnung war wie Torf in der Tasche: leicht, bröckelig, aber brennbar – wenn man nur die Geduld hatte, sie zu entfachen.
Die Nacht hatte sich wie ein stiller Schleier über die graue Ödnis von Nokkis gelegt. Im Inneren der kleinen Höhle zitterte das Feuer nur noch schwach, als wollte es nicht stören. Elowen lag wach, während Voron bereits im Dämmerschlaf versunken war – nicht tief, nicht ruhig, sondern so, wie es Erschöpfung und Kälte erlaubten. Es war ein Schlaf, der sich tastend durch den Geist schob, suchend, nistend in alten Gedanken.

Elowens Blick war starr auf das Spiel der Glut gerichtet, doch in Wahrheit lauschte er tiefer. Mit geschlossenen Lidern öffnete er jenen Blick, der nicht durch Licht, sondern durch Empfinden sah. Er schielte leicht – bewusst, ruhig, achtsam.

Und dann kam es.

Nicht der vertraute, schwärzliche Schleier der gierigen Schattenwesen, die er nun schon mehrmals gesehen hatte – nein. Dieses Mal war es anders.

Zuerst war es nur ein Flüstern.

Kein Geräusch, kein Laut – sondern eine Welle von Bedeutung, die sein Inneres berührte, als hätte ihn jemand ohne Stimme beim Namen gerufen.

Lichtwesen

Dann erschien es: ein Wesen aus Licht. Nicht grell, nicht blendend, sondern wie ein sanfter Stern hinter Nebel – vibrierend in einer Frequenz, die das Herz berührte, bevor es das Auge erfasste. Es schwebte nicht, es war einfach da, zwischen Welten, zwischen Atemzügen. Reines Sein.

Und es sprach.

Nicht mit Worten, sondern mit einer Intimität, als würde seine Seele angesprochen.

„Elowen… du hast mich gerufen, ohne es zu wissen."

Elowens Herz klopfte nicht aus Angst – sondern aus Ehrfurcht. „Wer… bist du?" flüsterte er. Die Stimme kam kaum über seine Lippen, doch das Wesen antwortete trotzdem.

„Ich bin, was Licht ist, wenn es niemand misst. Ich bin die Stille hinter dem Sturm. Die Liebe, wenn der Hass schweigt. Ich bin da, wenn Gedanken still genug werden, dass man nicht mehr denkt, sondern fühlt."

Elowen schluckte. „Warum jetzt? Warum hier, mitten in der Kälte, im Hunger?"

„Weil du leer genug bist, mich zu hören. Das Licht kommt nicht zu denen, die laut denken. Es kommt zu denen, deren Innerstes bereit ist, leise zu lauschen."

Der Junge ließ die Worte in sich sinken. Sie klangen nicht wie Belehrung, sondern wie Heimkehr.

„Was sind diese Schattenwesen? Warum zeigen sie sich mir?" fragte er leise.

„Sie waren immer da. Sie nähren sich vom Lärm des Herzens, vom Sturm der Gedanken, vom Echo der Angst. Sie leben in der Dunkelheit, die nicht draußen ist – sondern in euch. Doch du... du hast begonnen, mit den Augen der Stille zu sehen."

Elowens Kehle war trocken. Er spürte Tränen in den Augen. „Ich habe Angst. Dass ich sie nähre. Dass ich Voron nicht beschützen kann. Dass ich … nicht rein genug bin."

Das Lichtwesen schimmerte auf, als hätte es gelächelt.

„Du bist nicht rein, Elowen. Und das macht dich würdig. Reine Herzen sind nicht jene, die nie gefallen sind. Sondern jene, die immer wieder aufstehen. Mit Liebe. Mit Mut. Mit Stille."

„Und warum jetzt?" flüsterte er. „Warum lässt du dich sehen?"

„Weil du nun still genug bist. Die Gedanken sind wie Wind – laut, flüchtig, reißend. Doch wenn sie schweigen, beginnt das Licht zu flüstern. Und nur wer das Flüstern hört, erkennt die wahre Kraft."

„Werde ich dich wiedersehen?" fragte Elowen, ein Hauch von Hoffnung in der Stimme.

„Immer dann, wenn du das Licht in dir größer werden lässt als die Schatten um dich. Ich bin kein Besucher. Ich bin ein Teil von dir. Wie jeder das Licht in sich trägt – wenn er nur still genug wird, es zu hören."

Die Gestalt begann, sich langsam aufzulösen, nicht flüchtend, sondern sich zurückziehend wie ein Sonnenstrahl in der Dämmerung. Noch einmal flüsterte es:

„Bewahre dein Herz, Elowen. Denn ein stilles Herz ist eine Stimme, die das Universum versteht."

Dann war es fort.

Elowen atmete lange nicht aus. Tränen gl tzerten auf seinen Wangen, nicht aus Schmerz, sondern aus einer tiefen Erkenntnis. Die Glut flackerte auf – als hätte sie gelauscht.

In dieser Nacht, in einem kleinen Unterschlupf auf Nokkis, wurde aus einem Versorger ein Wächter der Stille.

Und während der Frost draußen knirschte, legte sich über seine Seele eine Wärme, die keine Glut je schenken konnte. Eine Wärme, die aus Licht gemacht war.

Eine neue Gabe war ihm zuteil geworden.

Die liebende Stille.

Die Glut des Feuers schimmerte nur noch matt wie die letzten Gedanken eines alten Sehers. Die Höhle war still, in jener fast heiligen Stille, die nur die Kälte der tiefsten Eislande zu schenken vermochte. Voron lag zusammengerollt in seine wärmenden Schichten, der Atem langsam, gleichmäßig. Elowen jedoch saß noch wach – die Knie angezogen, die Stirn an die kühlen Gelenke gelehnt. Die Worte des Lichtwesens hallten in ihm nach, wie ein uraltes Lied, dessen Melodie man nie bewusst lernte und doch im Innersten kennt.

Die liebende Stille... so hatte es gesprochen. Und je mehr er darüber nachdachte, desto mehr fühlte Elowen, dass er diesem Zustand schon einmal begegnet war. Nicht in einem Traum. Nicht im Gebet. Sondern in einem Blick. In Mioras Blick. Dort war sie gewesen – nicht so greifbar, nicht so leuchtend, aber genau so rein. So warm. So still.

Er hob den Kopf, der Atem dampfte vor seinem Gesicht wie hauchzarte Schleier. Diese neue Gabe war keine Gabe im herkömmlichen Sinne. Sie war eher ein Erwachen. Ein sich Erinnern an eine Wahrheit, die immer da war – überdeckt vom Lärm der Gedanken, vom Pochen der Sorgen, vom Gewicht der Welt.

Er hielt es nicht mehr aus. Er musste es teilen.

Vorsichtig, mit der Zärtlichkeit eines Bruders, legte Elowen die Hand auf Vorons Schulter und schüttelte ihn sacht.

„Voron... wach auf. Ich... ich muss dir etwas erzählen."

Der Kuruaner öffnete schwer die Augen, die Lider schwer vom Schlaf und vom Leben. „Hm? Elowen? Alles in Ordnung?"

„Ja... nein... ich weiß es nicht. Aber ich habe... etwas gesehen. Etwas, das ich verstehen muss. Und vielleicht musst du es auch verstehen."

Voron setzte sich auf. Seine Augen funkelten in der Dämmerung des Feuers wie alter Bernstein. „Erzähl."

Elowen holte tief Luft, als müsste er nicht nur Worte, sondern ganze Welten aus seiner Brust heben.

„Du weißt, dass ich diese Schattenwesen sehe, nicht wahr? Ich habe sie gesehen, wie sie sich von deinem Schmerz nährten, von deiner Trauer, von deiner Angst. Ich habe gelernt, dass sie wachsen, wenn wir in Dunkelheit denken. Wenn wir uns in unserem Leid verlieren."

Voron nickte langsam. „Das hast du mir gesagt. Und ich habe es gespürt."

„Aber heute Nacht… war etwas anders." Elowens Stimme wurde leiser, ehrfürchtiger. „Ich habe mich wieder in diesen besonderen Blick begeben. Leicht geschielt, wie es passiert, wenn mein Körper müde ist, aber der Geist wach. Und dann… dann war es nicht Dunkelheit, die ich sah. Nicht zuerst. Es war… Licht."

Vorons Stirn runzelte sich. „Licht?"

„Ja. Reines, strahlendes, lebendiges Licht. Und eine Stimme – nein, ein Flüstern. Kein Laut, sondern… ein Gefühl, das zur Sprache wurde. Es sprach zu mir. Es sagte, das heilige Licht kommt nur, wenn Stille herrscht. Dass laute Gedanken es übertönen. Dass nur ein Herz, das nicht mehr schreit, hören kann."

Voron war nun ganz wach. „Du… hast ein Lichtwesen gesehen?"

„Ja. Und es hat gesagt: Ich spreche nur, weil deine Gedanken still sind. Weil du frei bist von Schatten. Weil dein Herz an der rechten Stelle schlägt." Elowens Augen füllten sich mit Tränen – nicht aus Angst, sondern aus Ergriffenheit. „Es war das Schönste, das ich je erlebt habe."

Voron schwieg lange, dann legte er eine Hand auf Elowens Arm. „Elowen… das ist… das ist eine Gabe, die selbst auf Kuru nur die ältesten Seher erhoffen. Du… du bist ein Brückenwesen geworden. Zwischen Sichtbarem und Unsichtbarem."

Elowen senkte den Blick. „Vielleicht. Aber es ist keine Macht. Es ist eher eine Verantwortung. Ich habe gelernt, dass Gedanken Kraft haben. Dass jedes Urteil, jede Selbstverachtung… Nahrung für die Schatten ist. Und dass Liebe, Demut, Vergebung… das sind die Speisen der Lichtwesen. Sie brauchen keine Anbetung. Nur… Wahrheit."

Voron war still geworden. Tränen standen in seinen Augen. „Und du… du bist ein Junge. Und hast etwas erkannt, wofür andere ihr Leben lang blind bleiben."

„Ich bin nicht allein. Ich habe deine Freundschaft. Und… Miora. Irgendwie… ist sie Teil dieser Stille gewesen, noch bevor ich wusste, dass es sie gibt."

Ein leichtes Lächeln zuckte um Vorons Lippen. „Dann ist dein Herz auf dem richtigen Pfad, Elowen. Und vielleicht… vielleicht sind wir auf diesem Eis nicht verloren gegangen. Sondern gefunden worden."

Und in diesem Moment, unter dem dünn flackernden Licht des Feuers, in einer Höhle inmitten der dunklen Wüste Nokkis, saßen zwei Seelen – eine jung und weise, eine älter – und blickten einander an. Nicht mehr als bloße Reisende, sondern als Brüder im Geist.

Draußen, in der endlosen Nacht, leuchtete für einen Wimpernschlag eine Silhouette aus Licht – so flüchtig wie der Wind. Doch genug, um Hoffnung zu säen. Die Hoffnung, dass die Dunkelheit nicht das Ende ist. Sondern der Anfang einer größeren Wahrheit.

Die dunkle Steinhalle des oberen Tempelgeschosses war von einer flackernden Flamme erhellt, die in einer breiten Schale aus glasiertem Kupfer brannte. Ihr Licht zeichnete zuckende Schatten an die Wand – wie tanzende Geister aus vergangenen Mondhunderten, gefangen zwischen den Säulen der Macht. Mikmok saß auf seinem gewaltigen Kissenstuhl aus geöltem Windholz, in seiner Rechten ein Kelch aus edlem Glas, gefüllt mit dem dicken, süßen Wein der Inseln. Neben ihm stand Loyana, seine Tochter, aufrecht wie eine Statue aus lebendigem Stein, ihre Augen funkelnd vor kühlem Triumph.

„Nichts. Kein Zeichen. Keine Spur. Kein Wort. Kein Windhauch, der Elowens Namen trägt", verkündete Mikmok und wirbelte das dunkle Getränk in seinem Kelch, als wäre es eine Vision. „Selbst die Windgreifer meiden ihre Hütte. Es ist, als hätte Iok entschieden, diesen Namen aus dem Lied der Zeit zu löschen."

Loyana lächelte dünn, mit der Überheblichkeit derer, die sich unangreifbar wähnen. „Vielleicht war es Gnade. Nicht jeder ist geboren für das Gewicht der Acht Winde. Und das, was zu leicht ist, wird vom Sturm fortgetragen."

Miora, die still zwischen den beiden saß, wie eine Flamme unter Glas, hatte ihre Hände gefaltet und ihren Blick auf den Boden gerichtet. Aber ihre Schultern verrieten etwas anderes – sie waren angespannt, ihre Finger bewegten sich kaum merklich, als formten sie stumme Worte aus Luft.

„Und dennoch", fuhr Mikmok fort, nun sichtlich berauscht von seiner eigenen Macht, „war es die richtige Entscheidung. Man muss das Unkraut vor dem Blühen erkennen. Elowens Familie war ein Stachel im Fleisch des Gleichgewichts – diese unselige, ungestüme Art zu leben, ohne Ordnung, ohne Opfergaben…"

„…ohne Edelgrün", flüsterte Miora plötzlich, ohne aufzusehen.

Es entstand eine jener Stillen, die lauter schmerzten als Worte.

Mikmok wandte sich ihr zu, langsam, seine Augen verengt. „Was hast du gesagt, Tochter?"

Miora hob nun ihren Blick – klar, unerschrocken, ruhig wie der Spiegel eines tiefen Sees.

„Ich sagte, dass nicht das Orakel entschieden hat, sondern dein Hunger. Dein Hunger nach Macht, nach Glanz, nach Anerkennung, die nicht von den Winden kommt, sondern von deinen Händen erkauft wurde."

Loyana verzog das Gesicht, als hätte sie einen sauren Duft gewittert. „Kindischer Trotz, Miora. Du bist jung und weich. Du wirst lernen. Vater weiß, was er tut. Sein Wort ist Gesetz."

„Ein Gesetz, das auf Lügen ruht, stürzt mit dem ersten ehrlichen Wind ein", antwortete Miora und stand nun auf, ihre Stimme noch immer leise, aber jedes Wort wie gemeißelt in die Stille.

Mikmok lachte – nicht laut, sondern schneidend, kalt. „Du sprichst wie jemand, der viel fühlt, aber nichts versteht. Du willst einen Wurm retten, der längst im Schatten verendet ist. Elowen war niemals dazu bestimmt, mehr zu sein als ein Fußabdruck im Staub."

„Und doch", entgegnete Miora nun mit bebendem Herzen, „höre ich den Wind, der seinen Namen trägt. Leise, aber klar. Und ich weiß, dass Iok noch nicht entschieden hat."

„Wenn du dich weiter gegen uns stellst", zischte Loyana nun, die ihre Schwester mit blitzenden Augen fixierte, „wirst du nicht mehr Tochter des Hohepriesters sein, sondern Fremde im eigenen Haus. Du wirst untergehen, Miora."

Doch Miora antwortete nicht. Sie senkte leicht den Kopf – nicht aus Unterwerfung, sondern aus Würde. Dann ging sie still aus dem Raum, ihre Schritte kaum hörbar auf dem Steinboden, aber schwer wie eine Verheißung.

Mikmok starrte ihr kopfschüttelnd hinterher, die Lippen zu einem feinen Strich gepresst.

Das Morgenlicht stand blass am Horizont, wie ein müder Wächter über einem Tag, der in seiner stillen Geburt schon das Unheil in sich trug. Nebelschwaden lagen noch über den steinernen Wegen Akkis, als Mik-

mok in seinen prunkvollen Gewändern aus violetter Seide und silberge-
säumtem Mantel die Treppenstufen seines Tempelhauses hinabschritt.
Sein Blick war kalt, entschlossen – sein Gang getragen von der stummen
Arroganz eines Mannes, der glaubte, Gerechtigkeit zu verkörpern, während er mit vergiftetem Lächeln das Netz der Ausgrenzung weiter
spann. Miora, die nichts Gutes ahrte, folgte ihm unauffällig und in gesi-
chertem Abstand.

Zielstrebig steuerte er die Siedlung der ehrwürdigen Familie von Keyan
an – einem jungen Mann, der seit der letzten Tikka als erwachsen galt
und über große Pläne verfügte, die jedoch ohne Führung leicht zerfallen
wären wie Sand in der Brandung. Die Familie Darn'Kel, Konstuktoren
seit Generationen. Mikmok wusste das – und genau deswegen kam er
zu ihm.

Vor dem Eingang rauchte das Feuer der Morgensuppe, als Mikmoks
Silhouette aus dem Nebel trat. Alle Familienmitglieder verneigten sich
respektvoll, andere Kinder der Nachbarschaft wichen ehrfürchtig zur
Seite. Mikmok trat aufrecht vor Keyan, dessen junges, ernstes Gesicht
ihn bereits erwartungsvoll musterte.

„Keyan, Sohn der Darn'Kels", begann Mikmok mit tiefer, gemessener
Stimme, in der sich gespielte Trauer und moralische Entrüstung vermischten wie kalter Wind mit glühender Asche, „es schmerzt mich, dies
sagen zu müssen. Doch das Wohl der Gemeinschaft liegt mir über alles."

Er legte Keyan väterlich die Hand auf die Schulter, und seine Stimme
wurde zur zischenden Klage: „Die Familie Elowens... die einst Versorger
waren, Stütze und Rückgrat unseres Marktes... hat sich abgewandt. Seit
Wochen verweigern sie den Tausch. Ihre Felder bestellen sie nur für
sich. Ihre Vorräte teilen sie nicht. Ihr Haus ist stumm wie ein Grab. Keine
Gabe, kein Opfer, keine Gemeinschaft."

Keyans Augen wurden größer, die Brauen zogen sich zusammen.
„Aber... sie haben doch viel verloren, werter Mikmok. Vielleicht brauchen sie nur Zeit."

Mikmok seufzte, als hätte ihn das Mitgefühl fast übermannt. „Zeit heilt nur, was sich heilen lassen will. Doch diese Familie wählt den Rückzug – sie verweigern die Ordnung. Und Ordnung ist das, was Akkis am Leben hält. Jeder Stein in diesem Dorf trägt das Gewicht des anderen. Nur… dieser eine wankt. Und das kann ich nicht dulden.“

Er ließ seine Worte sinken wie Messer, dann neigte er sich näher zu dem jungen Mann, seine Stimme nun süßer, verführerischer. „Du aber, Keyan… Du hast Talent. Deine Tikka hat bewiesen, dass du Baumeister mit Weitblick bist. Du und deine Familie – ihr könntet das Erbe weiterführen. Der Hof der Elowens… er liegt brach. Deine Werkzeuge könnten ihm neues Leben schenken. Und mit der Hilfe der ehrwürdigen Versorgerfamilie von Kero und Lara wäre dies ein Segen für unser Dorf. Du würdest wachsen – unter meiner Führung.“

Keyans Herz schlug schneller. Er war jung, stolz, voller Ideen – und der Gedanke, ein ganzes Gehöft zu gestalten, zu erweitern, zu verbinden mit ehrwürdigen Familien – das schmeichelte seinem Geist wie frischer Wind einem glühenden Blatt.

„Ich… ich verstehe, Mikmok“, sagte er schließlich. „Ja. Ich werde es planen. Ich werde mit beiden Familien sprechen. Und… dafür sorgen, dass alles reibungslos verläuft.“

Ein satter Glanz trat in Mikmoks Augen. Das Netz hatte sich geschlossen.

„So sei es“, sprach er, und seine Stimme hallte wie ein Richterspruch über die Schwelle. „Du tust das Richtige. Du dienst nicht nur dir – du dienst dem Gleichgewicht.“

Er drehte sich um, das Gewand wehend wie eine Fahne der Macht, und verließ das Haus, das nun von aufkeimender Aufregung und Ehrgeiz erfüllt war. In seinem Rücken begann bereits das Planen, das Reden, das Bewegen. Er hatte gesprochen – und sein Wort war Gesetz.

Auf seinem Weg zurück zum Tempel sah Mikmok zum Himmel, wo das fahle Licht sich langsam ihren Weg durch den Nebel bahnte. Ein Tag wie jeder andere, und doch ein weiterer Mosaikstein in seinem großen Spiel.

Was er nicht bemerkte: Hinter ihnen, kaum sichtbar, saß Miora. Sie hatte alles gehört. Und in ihrem Innersten zitterte etwas – nicht aus Angst. Sondern aus der Gewissheit, dass jeder Schatten, so lang und finster er auch sei, irgendwann vor dem Licht der Wahrheit weichen muss.

Miora spürte das Beben ihrer Schritte bis tief in die Knie. Ihr langes, schlichtes Gewand rauschte leise, als sie sich eilig durch die schmalen Gassen von Akkis bewegte. Die Steine unter ihren Füßen wirkten plötzlich fremd, härter als sonst. Das Gespräch mit Mikmok hallte in ihr nach wie eine düstere Mahnung – und jedes Wort darin brannte in ihr wie das Echo eines kommenden Unheils.

Sie huschte von Schatten zu Schatten, bedacht, nicht gesehen zu werden. Die Zeit war knapp. Wenn Mikmok erst begonnen hatte, seine Absichten zu verkünden, war das Räderwerk seines Willens bereits in Bewegung – und dann blieb selten Raum für Umkehr.

Elowens Eltern, Elara und Thorne, lebten zurückgezogen an den Nordhängen der Siedlung. Ihr Haus war klein, von schlichtem Lehm, Stein und altem Holz gebaut, doch ein leiser Glanz wohnte darin – die Würde von Leuten, die viel verloren hatten und dennoch nicht gebrochen waren. Ein rauchloses Feuer brannte in ihrer Mitte, als Miora ankam und zaghaft, doch dringlich, gegen das alte Holztor klopfte.

Thorne öffnete. Sein Gesicht, einst von Sonne und Arbeit geprägt, trug nun die Linien der Sorge – tiefer, härter. Neben ihm trat Elara hervor, deren Augen wie zwei verloschene Sterne wirkten – erschöpft von Kummer, von der quälenden Ungewissheit um ihren Sohn.

„Miora?", hauchte Elara überrascht. „Was führt dich zu uns?"

Die junge Frau trat ein, schloss rasch die Tür hinter sich und blickte die beiden an – nicht wie ein Kind, nicht wie ein Gast, sondern wie eine Wächterin eines bedeutenden Wissens.

„Ich bringe keine guten Nachrichten", begann sie, ihre Stimme leise, doch klar wie frisches Quellwasser. „Ich habe eben gehört, was Mikmok plant."

Elara und Thorne sahen sich an. Dann blickten sie wieder zu Miora, die einen Schritt nach vorne trat und flüsterte:

„Er war bei Keyans Familie. Hat ihnen vorgespielt, dass ihr – die Familie Elowens – nichts mehr zum Wohl von Akkis beiträgt. Dass ihr euch ab- wendet. Dass ihr Vorräte hortet und der Gemeinschaft den Rücken kehrt. Und… er hat Keyan gebeten, eure Umsiedlung vorzubereiten. Damit eure Felder an die Familie von Kero und Lara gehen."

Elara schnappte nach Luft, als hätte man ihr das Herz aus der Brust ge- rissen. Thorne ballte die Fäuste, schwieg – ein Schweigen, das donnerte. Für einen Moment herrschte starre Stille im Raum.

„Das… das kann er nicht tun", flüsterte Elara schließlich. „Das ist Wahn- sinn."

„Er kann. Und er wird. Sein Wort ist Gesetz. Er benutzt Keyans jugendli- chen Ehrgeiz, seine Unreife. Er stellt es dar, als sei es das Beste für den Ort – aber es geht nur um Kontrolle. Er will jeden vernichten, der sich seiner Herrschaft entzieht."

Thorne trat vor, seine Stimme tief und bebend. „Und du? Warum er- zählst du uns das? Du bist seine Tochter."

„Weil ich nicht wie er bin". sagte Miora ruhig, mit einem Feuer in der Brust, das sich nicht mehr unterdrücken ließ. „Weil ich weiß, dass Elo- wen lebt. Weil ich glaube, dass ihr Recht habt, zu schweigen, zu trauern, zu hoffen. Weil ich weiß, wie ungerecht ihr von den Bewohnern hier behandelt werdet. Und weil ich nicht zusehen kann, wie ihr aus eurem Heim gejagt werdet.“

Elara trat näher. Ihre Augen füllten sich mit Tränen – nicht nur aus Furcht, sondern aus Dankbarkeit. Sie berührte Mioras Schulter, sanft, wie eine Mutter ein Kind segnet.

„Du bist nicht wie dein Vater“, sagte sie leise. „Rein. Mutig. Und voller Herz.“

„Was sollen wir tun?“ fragte Thorne nun, gefasster, doch mit wachsamem Blick. „Wie sollen wir uns verteidigen gegen Mikmoks Willen?“

Miora schüttelte den Kopf. „Ihr müsst vorsichtig sein. Schlagt keine offenen Wellen. Aber bereitet euch vor. Sammelt, was ihr habt. Sichert eure Vorräte. Vielleicht… vielleicht könnt ihr auch einige Unterstützer finden, die euch helfen, zu bleiben. Aber vor allem: Bleibt wachsam. Ich werde wiederkommen. Und ich werde euch warnen, wenn es ernst wird.“

Ein stilles Einvernehmen senkte sich über den Raum. Drei Wesen, durch Wahrheit vereint, gegen die kalte Ordnung einer Welt, die die Stimme des Herzens nicht mehr hören wollte. Miora verließ die Hütte der Versorger eilig. Ihre Schritte waren nun schwerer – denn sie trug nicht nur Wissen, sondern auch Verantwortung.

13. Kristallklar

Die Tage in der Umarmung der Kälte hatten Elowen und Voron gezeichnet, doch nicht gebrochen. Der Atem der Wildnis, durchwoben vom Wispern uralter Felsen und dem tiefen Schweigen des Schnees, war ihnen zur ständigen Begleiterin geworden. Schritt um Schritt hatten sie sich durch das monochrome Land getastet – einer Spur folgend, die längst verwischt war. Doch in ihren Herzen glühte jene innere Flamme, die ein Heim sucht, aus Not und aus Liebe.

Am sechsten Tag ihrer Suche, während der Himmel sich in das matte tiefe Grau eines frühen Abends kleidete, wurden sie fündig. Die Küste lag still vor ihnen, das Wasser schwarz wie spiegelndes Glas. Dort, halb vergraben in Sand und Zeit, lagen die Überreste der Rettungskapseln – Zeugen ihrer einstigen Ankunft. Das erste Floß, vom Sturm entstellt, ruhte wie ein verstummter Wächter an der Böschung. Was andere als Wrack gesehen hätten, sah Elowen als Möglichkeit. Als Zeichen. Als Prüfstein.

„Das ist der Ort", flüsterte Voron, und seine Stimme war rau vom Schweigen. „Hier begann es – und hier beginnt es von Neuem." Beide jubelten hoffnungsvoll.

Mit wachsamem Auge und erfahrener Hand durchkämmten sie das Ufer. Die Vegetation war karg, doch reich genug, um nützliche Ranken und biegsame verstorbene Äste zu liefern. Die noch stabilen Teile der Rettungskapseln und des zerschlagenen Floßes nutzten sie als Grundlage. Unter Elowens geschickten Händen formte sich ein neues Floß – breiter, durchdachter, beinahe kunstvoll. Voron befestigte mittig eine kleine Feuerstelle, eingefasst von hitzebeständigem Gestein, sodass sie unterwegs nicht frieren mussten. Das klare, schimmernde Eis, das sie in zeremonieller Achtsamkeit geborgen hatten, sollte unterwegs geschmolzen werden – eine flüssige, lebenbringende Erinnerung an die Berge.

Sie hatten nicht alle Vorräte verbraucht. In weiser Voraussicht hatten sie Flosserstücke für die Rückreise zurückbehalten. Diese verstauten sie in gut geschützt neben den Werkzeugen, um sie vor der Gischt des Meeres zu schützen. Ihr Floß war kein bloßes Gefährt – es war ein Raum der Wandlung geworden. Ein schwimmender kleiner Tempel aus Holz, Metall und Kunststoff aus Kuru, Stein und Geist.

Am letzten Abend vor dem Aufbruch saßen sie still beisammen. Das Feuer in der Mitte knisterte leise, warf flackernde Muster auf ihre Gesichter. Die Dunkelheit lag weich über der Landschaft, und der Atem des Meeres sang ein monotones Lied der Ewigkeit.

In einem Moment tiefer Ruhe zog Voron die Träne der Schöpfung hervor. Der rote faustgroße Kristall, in dessen Innerem das Licht sich zu Universen brach, schien in seiner Hand zu leben. Elowens Blick ruhte ehrfürchtig darauf.

„Was ist er für dich?", fragte er leise.

Voron betrachtete den Edelstein lange, ehe er antwortete: „Ein Spiegel. Vorher dachte ich, er sei ein Werkzeug zu Reichtum und Macht. Jetzt erkenne ich, dass er nichts tut – er zeigt nur. Wer in ihn blickt, begegnet sich selbst."

Elowen nickte, und aus seinem Säckchen holte er seine beiden Steine hervor – der eine blau wie das ewige Wasser, der andere glühend rot wie gefangene Lava. Er hielt sie ins Licht des Feuers.

„Wir fanden sie tief im Schoß der Erde, dort, wo die Schattenwesen wohnten. Und doch... als ich sie berührte, sprach nichts von Dunkelheit. Es war, als sängen sie. Nicht mit Worten. Mit Schwingung."

„Sie singen auch jetzt", sagte Voron nach einer Weile. „Ich höre es. Wie ein uraltes Wiegenlied für die Seele."

Elowens Stimme war nun leiser, fast ehrfürchtig: „Ich begreife langsam... Alles singt. Der Stein. Das Wasser. Selbst die Schatten. Nur wir... Wir hören es nicht, weil unsere Gedanken zu laut sind."

„Doch du hast die Stille gefunden", erwiderte Voron. „Nicht als Abwesenheit von Klang. Sondern als liebevolle Präsenz."

Ein warmes Schweigen breitete sich aus. Nur das Knistern des Feuers sprach noch. Dann legte Elowen die Steine wieder behutsam in sein Säckchen.

„Ich glaube, ich habe etwas gefunden, das größer ist als jede Heimat, jeder Besitz", sagte er. „Ich habe... mich selbst gefunden. Und in mir, das Licht."

„Dann werden wir heimkehren", sagte Voron, und sein Blick war voller Achtung, „nicht nur als Überlebende. Sondern als Verwandelte."

Der Morgen kam ohne Helligkeit. Nebel schwebte über dem Wasser wie ein atmender Schleier. Elowen und Voron schoben das Floß hinaus, bestiegen es, und ließen das Ufer hinter sich.

Und so begann ihre Reise über das große Wasser – nicht nur zurück zu den Ihren, sondern tiefer hinein in das Mysterium, das sie geworden waren.

Die Tage auf See verliefen wie in einem tiefen, meditativen Traum – wortarm und voller Warten. Elowen und Voron saßen meist schweigend auf dem robusten Floß, das sie mit so viel Geschick, Weitsicht und Hingabe gebaut hatten. Das Wetter hatte sich gewandelt: Die schneidende Kälte wich einer gemäßigten Brise, das fahle Licht gewann an Stärke, und in den Nächten funkelten manchmal wieder Sterne über dem Ozean, als wollten sie bezeugen, dass sie nicht vergessen waren.

Der Wind war ihnen gnädig. Er füllte das einfache, doch wirkungsvolle Segel mit gleichmäßigem Druck, trieb sie stetig voran. Das Floß – ein Werk aus geborgenen Teilen der Rettungskapseln, sorgfältig miteinander verbunden und ergänzt durch Hölzer und Pflanzenfasern vom Ufer – war stabil, zuverlässig und beherbergte sogar eine kleine, geschützte Feuerstelle aus Steinen. Dort, zwischen den Planken, entzündeten sie vorsichtig ihre Flammen, um aus dem klaren Eis Trinkwasser zu schmelzen und sich in kühlen Nächten zu wärmen.

Die Vorräte, wohl überlegt portioniert, reichten gerade so. Nicht viel, doch genug, wenn man wusste, wie man mit Dankbarkeit und Maß aß.

Und dann, am dritten Tag auf dem Ozean, gesellte sich eine Erscheinung zu ihnen, die beide tief bewegte: Ein Tangkrabbler.

Er tauchte neben dem Floß auf, zuerst kaum mehr als ein Schatten im aufgewühlten Wasser, dann ein leuchtendes Wesen in voller Pracht. Die Tangkrabbler – kluge, delfinartige Geschöpfe der Meere von Iok – galten als geheimnisvolle Hüter der Strömungen. Ihre Haut schimmerte in grünlich-blauen Mustern, die im Sonnenlicht tanzten wie flüssige Zeichen alter Runen. Seine Augen waren tief und von fast spiritueller Klarheit. Ohne Furcht näherte sich das Wesen, schwamm Seite an Seite mit dem Floß, als wäre es von einer inneren Mission geführt.

Voron beobachtete das Tier mit schmalen Augen. „Er ist groß", murmelte er. „Er könnte uns nähren für viele Tage." Dann sah er zu Elowen, der die Stirn in Gedanken gelegt hatte.

„Soll ich den Bogen spannen?"

Elowen schüttelte kaum merklich den Kopf, sein Blick war weich, beinahe entrückt. „Nein. Dieses Wesen ist uns keine Nahrung. Es kam uns nicht zum Hunger, sondern aus Verbundenheit."

Voron schwieg lange. Dann nickte er, zögernd, mit einem Zug von Respekt.

So wurde der Tangkrabbler zum stummen Begleiter, zum schweigenden Wächter ihrer Reise. Wenn Elowen und Voron aßen, reichte Elowen dem Wesen stets einen Teil – nicht viel, aber stets mit einer Geste, die mehr sagte als Worte. Es war nicht die Menge, sondern allein das Teilen, das zwischen ihnen eine stille Brücke schlug.

„Vielleicht spürt er, was uns bewegt", sagte Elowen leise, als sie wieder einmal die Vorräte zählten. „Oder er trägt eine uralte Erinnerung, dass nicht alle Zweibeiner nehmen, sondern einige geben."

Voron seufzte, seine Stimme war rau von der Seeluft. „Du hast dich verändert, Elowen. Du sprichst mit dem Herz eines Weisen."

Elowen lächelte sanft. Sie blickten hinaus auf die unendliche Weite. Der Tangkrabbler tauchte ein paar Längen voraus, drehte sich einmal spielerisch in der Luft und ließ eine Fontäne aufsteigen, die im Licht glitzerte wie pures Silber. Und in diesem Moment, da schien selbst der Ozean innezuhalten. Eine Ahnung von Harmonie, wie ein heiliger Akkord, der kurz die Welt durchdrang, erfüllte das Floß.

Drei Reisende – zwei hohe Wesen, ein Meereswesen – zogen weiter durch die uralte Tiefe, getragen vom Wind, geführt vom Stern der Verbundenheit.

Das trübe Norgenlicht stand bereits hoch über dem Himmelszelt, als sich die Familie der Versorger in feierlicher Entschlossenheit durch das staubige Herz der Siedlung bewegte. Ihre Schultern trugen nicht nur Kisten und Bündel, sondern auch den unsichtbaren Ballast der Demütigung und den Trotz jener, die nichts mehr zu verlieren glaubten. Ihre

Schritte hallten über die Pflastersteine des Marktplatzes, ein Schauspiel von trugerfülltem Stolz.

Unter dem Wachblick von Miora, deren Augen wie zwei Spiegel des Unverrückbaren glänzten, errichteten sie ihren Stand. Kein gewöhnlicher Ort des Handels – sondern eine Bühne. Körbe mit welken Kräutern, Säckchen voll blasser Körner, Fläschchen mit trüben Ölen – all dies wurde dargeboten wie Schätze eines längst verflossenen Zeitalters. Niemand trat näher. Niemand begehrte ihre Ware. Doch sie standen dort. Und das reichte.

Miora trat aus der Menge, elegant wie eine Priesterin aus den Liedern der Alten. In ihren Händen klirrten einige Edelgrünlinge, nicht viel, doch mehr als genug für den Zweck. Mit gespieltem Staunen kaufte sie ein – Linsenkeimlinge, getrocknete Wurzeln, ein Stück eines süßen Insektenwachs. Ihre Stimme klang laut genug, dass jeder hören konnte, wie sie die Familie lobte, als wären sie wahre Stützen der Gemeinschaft.

Als sie später, im Schatten des Tempels, die Vorräte einsortierte, berichtete sie mit einem Anflug von gespielter Leichtigkeit Mikmok von ihrem Geschäft. Wie sie Elara und Thorne auf dem Markt gefunden hatte, wie sie kluge Geschäfte tätigte, und wie froh sie sei, dass alles zum Wohle aller verlaufen war. Keine Lüge, nur eine Wahrheit, die in das Gewand des Schauspiels gehüllt war.

Mikmok, dem der Schaum der Entrüstung fast aus den Mundwinkeln trat, glaubte an einen Verrat an seiner Mission. Ohne ein weiteres Wort stürmte er hinaus, bebend vor Zorn. Der Markt empfing ihn mit der kühlen Gleichgültigkeit eines Traumes, der zerbricht. Dort standen sie – die Versorger, Mioras Scheinbündnis, Elara, deren Blick ihn durchbohrte wie ein Dolch aus Erinnerung.

Auch die Konstruktoren waren dort. Ihre stillen Augen, geprägt von technischer Präzision, registrierten jede Geste, jedes Wort. Mikmoks

Behauptungen – dass die Versorger sich dem Gemeinwohl entzögen – versanken wie Steine in einem klaren See. Die Realität widersprach seinen Anklagen.

Inmitten dieses Trubels trat Keyan hervor – nicht allein, sondern an der Seite seiner Mutter. Das Wiedersehen mit Mikmok war wie das Aufeinandertreffen zweier unvereinbarer Elemente: Wind und Stein. Mikmok, nun sichtlich angeschlagen, suchte nach Worten, doch seine Stimme war belegt, seine Autorität entgleitend.

„Es ist nicht aufgehoben", stammelte er schließlich. „Nur verschoben."

Doch er wusste: Die Wahrheit war ihm ertglitten wie Sand zwischen den Fingern. Und Keyan, der mit wachsamem Blick die Szene verfolgte, sah mehr als nur das Äußere. Er sah das Spiel hinter dem Spiel, die Maske auf Mikmoks Gesicht und die Wahrheit, die im Schatten lauerte.

So endete dieser Tag – nicht mit einem Knall, sondern mit dem feinen Knirschen der Wahrheit, die sich leise, aber unerbittlich, ihren Weg bahnte.

Die Luft im Hof war kühl und still, durchtränkt vom beständigen Zwielicht, das auf Iok nie ganz wich. Kein Sonnenstrahl fiel vom Himmel, doch das diffuse Leuchten, das die Welt hier umhüllte, war von einer leisen Würde durchdrungen – so, als würde die Zeit langsamer atmen.

Miora trat mit bedächtigen Schritten durch den kleinen Garten hinter der Halle der Stille. Ihre Hände, die noch vom Sortieren getrockneter Moosblätter rochen, streiften unbewusst über das feine Gewebe ihres schlichten Umhangs. Ihre Bewegungen waren ruhig, doch in ihrem Innersten schlug das Herz rascher – nicht aus Angst, sondern aus einer freudigen Erwartung.

Dort, unauffällig im Tempelgarten, stand sie:

Die gelbe Hartblattrose. Isfayandur, wie sie im alten Tong der Hüter genannt wurde, war eine seltene Pflanze, die nur unter großem Einsatz zu blühen begann – und nur dann, wenn die Seele des Pflegenden rein, der Wille stark und das Herz bereit war, das Band mit dem Leben in all seiner Tiefe zu begreifen. Ihre Blätter waren hart wie Leder, ihre Dornen klein und heimtückisch. Doch nun – nun öffnete sich ihre erste Blüte, ein einzelner Kelch von tiefem, leuchtendem Gelb, dessen Mitte wie mit flüssigem Bernstein gefüllt schien.

Miora verharrte. Sie legte eine Hand auf ihre Brust, der Atem stockte. Tränen traten in ihre Augen, als ein leiser Gedanke durch ihren Geist glitt:

„Noch wenige Tage, dann wirst du vor das Orakel treten. Vor die Novizen. Vor den Hohepriester. Dann wirst du Iok als Erwachsene gegenüberstehen – mit gehobener Stirn und wachem Geist."

Ein Lächeln stahl sich auf ihre Lippen. Es war nicht eitel, sondern erfüllt von dem leisen Stolz eines Herzens, das gewachsen war. Sie wollte sich gerade umdrehen, zurück in den Tempel gehen, da veränderte sich die Atmosphäre jäh.

Ein Schatten trat ihr entgegen, größer als sie, schwer in der Bewegung. Das Zwielicht sammelte sich um die Figur, die mit energischen Schritten näherkam. Mikmok.

Sein Blick war funkelnd vor Zorn, die Lippen fest aufeinandergepresst, der Kiefer mahlte wie ein Mühlstein. Miora richtete sich auf. Die Sanftheit ihres Moments wich der Haltung einer, die wusste, dass die Wahrheit auf ihrer Seite ruhte.

„So ist es also, Miora", begann Mikmok mit einer Stimme, die weder laut noch leise war, sondern so scharf wie der Riss im Glas eines zerbrochenen Gefäßes. „Du hast dich eingemischt. Du hast dich zwischen meine Pläne gestellt, mit einem Lächeln und einer Lüge."

Miora sah ihn an, ruhig. „Ich habe lediglich Vorräte für den Tempel beschafft. Es ist nicht meine Schuld, wenn du Dinge vermutest, die nicht geschehen sind."

Mikmoks Augen verengten sich. „Du spielst ein gefährliches Spiel. Willst du etwa behaupten, du hättest nicht gewusst, was ich vorhatte?"

Sie neigte kaum merklich den Kopf. „Ich kann nicht wissen, was du in deinem Herzen trägst, verehrter Mikmok. Ich handle stets zum Wohl Ioks."

Ein Knurren entrang sich seiner Kehle. Er trat näher, so nahe, dass sie seinen Atem riechen konnte, der nach bitterem Myrkentee roch.

„Ab heute wirst du den Tempel nicht mehr verlassen. Bis Ende dieser Woche wirst du dich einzig den niedrigen Diensten widmen – Bodenpflege, Aschenschichtung, Reinigung der Roste im Novizenquartier. Keine Aussprache. Keine Zwiesprache mit dem Orakel. Keine Teilnahme an den Gebeten."

Ein scharfer Schmerz zuckte durch Mioras Brust. Nicht wegen der Arbeit – diese kannte sie gut, sie fürchtete sie nicht. Doch die Trennung von ihrem Garten, von der Hartblattrose, nur wenige Tage vor ihrer Tikka… das war eine Strafe, die tiefer schnitt als jedes Wort.

Dennoch senkte sie nicht den Blick. „Wie du befiehlst, Mikmok", sagte sie leise. Doch in ihrer Stimme lag kein Einknicken – sondern ein Schwur. Ein unausgesprochener Eid, dass diese Prüfung sie nicht brechen, sondern formen würde.

Mikmok drehte sich ruckartig um und verschwand im Innern des Tempels. Sein Gewand rauschte hinter ihm her wie das leise Wüten eines enttäuschten Geistes.

Miora blieb noch eine Weile stehen, stumm. Dann ging sie zur Rose zurück, betrachtete sie ein letztes Mal und flüsterte:

„Warte auf mich, edles Gewächs. Ich werde zurückkehren. Und du wirst leuchten wie mein Herz es tut."

Dann trat sie ein. Als Gefangene bis Ende der Woche.

Im heißen Sommerlicht auf Kuru, dem stolzen Bruderplaneten mit seinen schwimmenden Städtekuppeln und leuchtenden Kontinenten, versammelten sich Wissenschaft, Hoffnung und Pflicht zu einer Entscheidung, die viele für waghalsig hielten – und doch als unumgänglich empfanden.

Der Blick durch die prismatischen Fenster der Sternenwarte zeigte an diesem Tag – oder besser gesagt in dieser Phase diesen Sommertages – eine besondere Konstellation: Iok, der geheimnisvolle, schroffe Nachbarplanet, stand in einer harmonischen Linie mit Kuru, flankiert von seinen beiden Monden, Senu und Arakesh, die wie zwei uralte Wächter das feine Leuchten durchbrachen, das zwischen den Welten pulsierte. Es war ein seltenes Phänomen. Nur alle achtundsechzig Zyklen traten die Körper in solch eine Bahn, in der der Gravitationseinfluss günstig war, die Störungen des interstellaren Magnetfeldes abnahmen und die Hyperraumverzerrungen im Bereich des Korridors zwischen Kuru und Iok sich glätteten wie ein gespannter Faden aus Licht.

Admiral Navin, ein bedachter, stets in schlichte Grau- und Silbertöne gekleideter Kuruaner mit durchdringendem Blick, stand vor der Projektionskuppel der Kommandozentrale der Raumeinheit Korealis-5. Seine Stimme war ruhig, aber sie trug eine stille Dringlichkeit in sich, als er das Wort an seine Besatzung richtete.

„Wir wissen nicht, ob sie noch leben. Voron. Teres. Zwei Namen – und doch steht in ihnen das Gewicht von ganz Kuru. Wir lassen keine Kinder unserer Welt zurück. Nicht im Zwielicht. Nicht im Eis. Nicht in der Verlorenheit von Ioks Schatten.“

Das Missionsraumschiff Liraé, benannt nach dem alten Begriff für „Hoffnung in der Ferne", war ein kompaktes, wendiges Schiff. Einst als medizinischer Transporter entworfen, nun umgerüstet für Such- und Bergungsmissionen. Ihre silberweiß schimmernde Hülle war mit thermoelastischer Beschichtung überzogen, ihr Bug mit einem breiten Sensorenschild ausgestattet, der selbst feinste Lebenszeichen aus weiter Entfernung zu erkennen vermochte. An Bord: eine kleine Besatzung von fünf ausgewählten Spezialisten – ein Pilot, ein Navigator, ein Biophysiker, eine Kommunikationstechnikerin und ein Empath, trainiert darin, die emotionalen Spuren Lebender in den Schwingungen der Biosphäre zu deuten.

Die Startsequenz wurde mit feierlicher Präzision eingeleitet. Das Startdock öffnete sich wie der Mantel eines stillen Riesen, der sein Herz dem Kosmos entgegenstreckt. Eine Schicht aus gleißendem Licht, das durch die offenen Tore fiel, streichelte den Rumpf des Schiffes, das sich langsam erhob, gestützt von Antigrav-Einheiten und der unbändigen Entschlossenheit seiner Besatzung.

„Liraé, du hast freien Flugkorridor. Konstellation stabil. Schub in sechs Segmenten, bereite Beschleunigung vor."

Die Triebwerke zündeten sanft, fast klanglos, als wolle das Schiff nicht stören, was zwischen den Sternen geschieht. Und dann, ein fast unmerkliches Vibrieren, das den Sprung in den Raum markierte – sie brachen auf, durch das Zwischenlicht der gemeinsamen Sonne, das wie flüssiger Bernstein zwischen den Welten floss.

In der Kommandozentrale des Orbitalsatelliten, von dem aus alle Missionen gesteuert und überwacht wurden, saßen die Ältesten, darunter auch Mehetos, der Sprecher des wissenschaftlichen Rates. Seine Stimme hallte in der Kuppel:

„Voron, Teres – mögen eure Seelen noch den Ruf der Heimkehr vernehmen. Iok ist kein Ort des Vergessens. Und unsere Technik ist stark. Unsere Herzen wachsam."

Im Schiff herrschte konzentrierte Ruhe. Der Empath, ein junger Mann namens Kaarn, saß im Rückbereich der Hauptkabine, die Hände auf einer polierten Metallplatte, in die Stränge aus organischer Sensorik eingelassen waren. Seine Lider zuckten, seine Atmung war flach. Worte formten sich in seinem Geist wie Nebel:

Kälte. Dunkelheit. Doch da – Wärme, klein, leuchtend, wie ein Feuer im Regen. Zwei, vielleicht drei Seelen. Verbunden. Nicht erloschen.

Er öffnete die Augen und flüsterte: „Da draußen ist jemand. Nicht weit von der Großen Bruchküste. Bewegung - sehr langsam. Von Nokkis nach Akkis. Ich spüre… Hoffnung."

Die Kommunikationsoffizierin bereitete sofort die Sonden vor. Ihre Signale konnten nämlich das ewige Zwielicht Ioks abtasten, dessen Oberfläche unter Wolken aus Kristallpartikeln und stürmischem Winden verborgen lag. Doch die Technik der Kuruaner war weit entwickelt. Infrarotsensoren und Schwingungsdetektoren zeichneten wage erste Bewegungen auf – Leben auf einer tiefen Meeresströmung treibend.

Noch war nichts sicher. Noch war vieles ungewiss. Doch die Liraé, getrieben von ihrer Mission, schob sich weiter vor in das dunkle Herz der Hoffnung.

Denn Kuru mochte fern sein. Doch in jeder ihrer Handlungen sprach sie:

„Wir lassen niemanden zurück." Doch war der Weg noch weit.

14. Herber Verlust

Die See war unruhig. Nicht wild, nicht tobend – aber launisch, wie ein Wesen, das seine Kräfte gerade erst zu strecken begann. Der Himmel darüber blieb düster und schwer, und ein kalter Schleier legte sich über das schaukelnde Floß, das von Stunde zu Stunde mehr an Halt verlor. Dennoch war es sonst heller und milder geworden. Die Winde, einst Wegweiser, wurden zu prüfenden Kräften.

Elowen saß vorn, den Blick auf den Horizont gerichtet, wo keine Küste, keine Kontur die Leere durchbrach. Der Ozean wirkte unendlich, und ihre Vorräte waren es nicht. Das letzte Stück Flosserfleisch hatte er mit dem schlauen Tangkrabbler geteilt, das sie nun seit Tagen begleitete, stets neben dem Floß, als wäre es Teil ihrer Reise geworden.

„Noch immer kein Land in Sicht", murmelte Voron.

Elowen schwieg. Er spürte die Müdigkeit, das Ziehen in den Gliedern, das Flackern im Geist. Doch mehr als das: Er fühlte eine seltsame Vor-ahnung. Der Wind wechselte, drehte sich, wurde schärfer, dichter. Eine dieser Wellen, aufgeschoben von den Atemzügen der acht heiligen Winde, formte sich seitlich – sie war nicht hoch wie ein Haus, doch hoch genug, um Gefahr zu bringen.

„Elowen!" rief Voron, als das Floß kippte.

Zu spät.

Die Welle traf das Floß seitlich – nicht mit brutaler Gewalt, sondern mit tückischer List. Elowen verlor den Halt. Ein Ruck, ein Aufprall, ein kalter Schrei, und schon verschwand sein Körper unter der schwarzen Ober-fläche des Wassers. Das Salzwasser drang in seine Kleidung, seine Glie-der verkrampften sich, und seine Gedanken wurden schwer.

Nur Bruchteile eines Moments vergingen – dann ein sanftes Drücken unter seinem Rücken. Der Tangkrabbler war da. Mit geschicktem Stoß bugsierte er Elowen wieder in Richtung Floß. Elowens Arm schnappte nach Halt, doch das glitschige Holz glitt ihm fast erneut aus der Hand. Da war Voron – sein Griff war fest, seine Stimme panisch, aber da.

„Ich hab dich! Zieh! Zieh, Elowen!"

Mit letzter Kraft stemmte sich Elowen zurück aufs Floß. Keuchend, zitternd, aber lebendig.

Sie lagen da, durchnässt, klappernd vor Kälte, während der Tangkrabbler einen letzten, langgezogenen Ruf ausstieß. Ein Ton – traurig, aber erfüllt von Dankbarkeit. Dann verschwand er, wie er einst gekommen war – ein leuchtender Schatten im Dunkelblau der See.

Stille. Nur das tropfende Wasser und ihr rasender Atem.

Elowen tastete an seine Seite. Dann wurde sein Blick starr.

„Das... Säckchen..."

Er richtete sich auf, riss das Lederband vom Gürtel, doch der kleine Beutel war nicht mehr da.

„Es ist weg...", flüsterte er.

„Was ist weg?" fragte Voron, noch immer schwer atmend.

„Die Tränen der Schöpfung... der Edelblauling... Der Beweis. Alles. Fortgespült. Für immer."

Seine Stimme war dumpf, wie ein Echo, das sich selbst nicht glauben will. „All das, was wir erlitten, was wir fanden... und nun wird es niemand je sehen."

Ein schweres Schweigen legte sich auf das Floß.

Voron rückte näher. Dann griff er an seinen eigenen Gürtel, löste das Säckchen mit der leuchtend roten Träne der Schöpfung – der letzten, die geblieben war. Er hielt sie in der offenen Hand, das Licht darin zuckte lebendig, als spürte es den Schmerz.

„Dann nimm meine", sagte er leise. „Du bist der Held dieser Reise. Ich bin nur dein Zeuge. Diese Träne gehört dir."

Elowen sah ihn an. Lange. Tiefer als zuvor. Dann schüttelte er den Kopf.

„Nein, Voron."

„Aber ohne Beweis..."

„Ich werde nie beweisen können, was ich sah. Was ich wurde. Was ich lernte. Doch der Beweis... lebt in uns. In unseren Herzen, in unseren Taten. Diese Träne wurde dir gegeben – nicht mir. Und du wirst sie tragen – nicht für mich, sondern für dich. Denn du warst ein Bruder in der Not."

Voron sah ihn an, sprachlos, gerührt.

„Du bist jung an Monden, Elowen... aber du sprichst wie einer, der den Wind kennt."

„Ich habe gelernt, nicht an das zu klammern, was vergeht", sagte Elowen. „Ich habe gelernt zu sehen – nicht mit den Augen, sondern mit dem Herzen."

Und so saßen sie da. Zwei Überlebende. Kein Beweis in Händen. Doch eine Geschichte in ihren Seelen, die kein Edelstein der Welt hätte spiegeln können.

Der Wind hatte sich wieder beruhigt. Die Wellen trugen sie weiter – Richtung Heimat. Richtung Wahrheit.

Unter dem grauen Zwielicht Ioks, das sich wie ein schwerer Schleier über die endlosen Weiten des Meeres von Sialae legte, trieb das Floß von Elowen und Voron durch die unermessliche Stille. Der Wind, einst ihr Verbündeter, hatte sich zurückgezogen, als wollte er den beiden

Überlebenden ein letztes Geschenk der Ruhe machen. Doch genau in dieser Stille offenbarte sich das Unvermeidliche.

Elowen, erschöpft und innerlich zerrüttet von dem Verlust seines kostbaren Säckchens mit den Beweissteinen, hob in einem Moment der Gedankenlosigkeit den Blick. Da – in der Ferne – trieb etwas auf der Wasseroberfläche. Zunächst war es nicht mehr als ein dunkler Schatten auf dem grauen Schimmer der See. Doch je näher sie kamen, desto deutlicher wurde es: Ein Floß, verlassen, zerschlissen, leblos.

„Voron… sieh nur", murmelte Elowen mit brüchiger Stimme.

Voron kniff die Augen zusammen, das Licht war diffus. Dann erkannte er es ebenfalls – das Floß, das sie mit Teres gebaut hatten. Ein klares, kaltes Stechen durchfuhr seine Brust.

„Das ist es… das ist sein Floß…" flüsterte er, und seine Stimme bebte, als würde sie im Zwielicht zerbrechen.

Sie trieben näher. Kein Zeichen von Leben. Kein Proviant mehr an Bord. Keine Fußspuren, keine Kratzspuren – nur das fahle Echo einer Hoffnung, die sich ins Nichts aufgelöst hatte.

Voron sank auf die Knie, seine Hände zitterten.

„Ich… ich habe ihn geschickt, Elowen. Ich war es, der ihm sagte, er solle gehen. Und jetzt… ist er nur noch ein Teil des Ozeans."

Elowen, von Trauer übermannt, legte eine Hand auf Vorons Schulter. Es war keine Geste des Trosts, sondern ein stummes Eingeständnis, dass es keinen Trost gab. Nur Erkenntnis. Nur das bittere Wissen, dass der Preis des Lebens manchmal der Tod eines anderen war.

„Du hast getan, was du für richtig hieltest", sagte Elowen leise. „Wie ich… wie er. Teres war mutig. Er hat es versucht. Und das zählt."

Doch Vorons Blick verlor sich im Nebel über der Wasserlinie. Seine Lippen bebten, und dann, wie aus der Tiefe seines Innersten, brach es aus ihm heraus:

„Ich habe schon einen Sohn verloren, Elowen. Mein Fleisch, mein Blut. Und jetzt… jetzt Teres, der einzige, den ich nach all dem noch…" Er brach ab, schluckte die Worte hinunter, als wären sie Splitter.

„Manchmal", sagte Elowen, „führt der Wind nicht heim – sondern zu Erkenntnis. Du hast ihn nicht verloren. Solange wir leben, tragen wir ihn in uns weiter."

„Ich hätte ihn beschützen sollen", flüsterte Voron. „Ich hätte…"

„Nein", unterbrach Elowen sanft. „Hör mir zu, Voron. Auf diesem Ozean – auf diesem Weg – entscheidet keiner allein. Wir folgen nur dem Ruf, und wir gehen ihn gemeinsam. Du warst für ihn da, als es zählte."

Ein Windstoß wehte über das Floß. Sanft. Fast wie eine Hand, die Wange eines Freundes streichelnd. Vielleicht war es ein letzter Gruß. Vielleicht war es Teres' Geist, der sich verabschiedete.

Sie hielten das herrenlose Floß in stiller Andacht eine Weile im Blick. Dann ließen sie es ziehen. Langsam, würdevoll, wie ein treibendes Denkmal für einen Gefährten, der nun ein Teil der Legende geworden war.

„Lebe wohl, Teres…" sagte Voron kaum hörbar.

„Lebe weiter in uns", fügte Elowen hinzu.

Und so trieb das leere Floß weiter, während zwei Herzen schwer vor Kummer erneut das Zwielicht durchquerten – vereint in der Trauer, aber auch in der unauslöschlichen Flamme, die Erinnerung heißt.

Ein bleicher Wind strich durch die Gänge des Tempels, als Mikmok und Loyana in ihren schweren Roben das Heiligtum verließen, gefolgt vom dumpfen Klang ihrer Schritte auf dem uralten Stein. Das Zwielicht draußen hatte sich verdichtet, die Welt schien in einem grauen Schweigen gefangen zu sein. Miora wartete in der Nähe des Gartens, verborgen hinter einem Vorhang aus stummem Atem und aufgewühlten Gedanken.

Die Stunde war gekommen.

Sie trat hervor, leise wie der Gedanke eines Kindes, und eilte hinaus in den Tempelgarten, wo der heilige Boden in mattem Glanz schimmerte. Dort, eingefasst von Steinen, die das Orakel mit Dampf geküsst hatte, stand sie – die gelbe Hartblattrose. Mioras Prüfungsblume. Ihr Licht im Dunkel, ihr stiller Triumph.

Die Knospe hatte sich geöffnet.

Nicht gänzlich, aber doch so weit, dass ihre Ränder sich kräuselten wie Sonnenflammen, fein und durchsichtig. Ein goldener Kelch inmitten der Dämmerung, durchzogen von einem fast überirdischen Zittern. Das Herzstück der Blüte war warm, als würde es atmen – und Miora wusste: Es war bald so weit.

Mit bebenden Fingern kniete sie sich nieder, ihre Stirn berührte beinahe die Erde. Ihre Lippen formten keine Worte, doch ihre Seele sprach laut in der Stille:

„Geliebte Pflanze, Kind des Windes und der Geduld. Du bist mein Spiegel, mein Versprechen an die Acht. Alles, was ich nicht sagen durfte, hast du getragen. Alles, was ich nicht zeigen konnte, hast du gezeigt. Blühe weiter – nicht für sie, sondern für uns."

Ein leises Zittern ging durch die Blätter, als hätte die Pflanze geantwortet.

Dann richtete sich Miora auf, sammelte ihren Mut und trat, mit dem leisen Stolz eines lautlosen Sieges, zu den Novizen. Der Wind spielte in ihrem Haar, das von dem ledernen Stirnband des Erwachens gehalten wurde. Ihre Stimme war ruhig, als sie sagte:

„Ich bin bereit, meine Tikka zu vollenden. Die gelbe Hartblattrose steht in Blüte. Ich bitte um die Bestätigung und um den Tag des Orakels.“

Die Novizen nickten feierlich. Einer notierte auf feines Blattleder ihren Wunsch. Ein anderer zeichnete das Datum auf den Kalender der Prüfungen.

„In zwei Tagen“, sagte der älteste der Novizen, „wirst du vor das Orakel treten.“

Ein tiefer Atemzug durchflutete ihre Brust – nicht aus Erleichterung, sondern aus Verankerung. Sie hatte es geschafft.

Doch als sie sich umdrehte, bereit zurück in den Tempel zu gehen, stand da Mikmok.

Der Hohepriester. Ihr Vater.

Sein Blick brannte, nicht mit Wut, sondern mit jener eisigen Strenge, die mehr verletzte als jede Ohrfeige. Sein Schatten fiel lang über den Steinweg. „Miora“, zischte er. „Du wagst es, dich meinem Wort zu widersetzen? Ich hatte dir verboten, das Haus zu verlassen.“

Sie hob den Kopf, stolz und ruhig. „Ich habe meine Prüfung erfüllt. Die Rose steht in Blüte. Die Novizen haben es bestätigt. Es war meine Pflicht.“

„Pflicht?“ Mikmoks Stimme war ein scharfer Windhauch. „Dein Ort ist nicht zwischen Novizen, sondern bei den Schatten der Arbeit. Du hast meine Auflagen missachtet. Es hat Konsequenzen.“

„Ich weiß“, sagte sie nur. Kein Trotz. Keine Reue. Nur Wahrheit.

Mikmok musterte sie lange. Vielleicht hatte er gehofft, sie würde flehen. Vielleicht hatte er erwartet, sie würde zerbrechen. Doch sie stand da – nicht trotzig, sondern ruhig. Die gelbe Hartblattrose hatte sie gestärkt. Der Tempelgarten hatte sie gekrönt.

Er wandte sich schließlich ab. „In zwei Tagen wirst du das Orakel aufsuchen dürfen. Aber bis dahin bleibst du im Tempel. Keine Ausgänge. Keine Besuche. Du wirst die niederen Arbeiten verrichten – und du wirst schweigen.“

Miora verneigte sich – nicht aus Unterwürfigkeit, sondern als Geste der Form. Dann trat sie durch das große Portal und verschwand in der Tiefe des Tempels.

Doch während ihre Hände Tücher wischten und kalte Böden fegten, blühte die gelbe Hartblattrose weiter – ein Licht inmitten von Schatten.

Der Markt von Akkis brodelte in geschäftigem Zwielicht. Stimmen erhoben sich, priesen Waren an, und das Klirren von Edelgrün wechselte in silbernen Klangwellen zwischen den Ständen. Mikmok, Hohepriester der Siedlung, schritt durch die engen Gassen wie ein mächtiger Schatten unter den vibrierenden Gewölben aus dunklem Basalt. Sein violetter Umhang, silbergesäumt und ehrfurchtgebietend, bewegte sich kaum in der träge wehenden Brise. Die Bewohner senkten die Blicke, wenn sie ihm begegneten. Einige verneigten sich, andere um sich wegzudrehen, als wollten sie seiner wachsenden Macht nicht begegnen.

Er hatte einen Plan – und den wollte er heute in Bewegung setzen.

Mit triefender Höflichkeit und einem Gesicht, das vor gekünstelter Milde kaum zu ertragen war, verkündete er lautstark:

„Höret, ihr edlen Bewohner Akkis! In zwei Tagen wird meine Tochter Miora, Tochter der heiligen Linie, ihre Tikka-Blume dem Orakel darbieten. Sie steht in voller Blüte! Ein jeder von euch sei geladen, Zeuge zu werden dieser heiligen Reife – und der Aufnahme eines neuen Lichtes in unsere Reihen!"

Die Worte hallten von den Mauern wider, und schon wenige Atemzüge später flüsterte es durch die Reihen: Mioras Blüte! Der Hohepriester sprach es selbst! Eine feierliche Tikka würde stattfinden.

Doch als Mikmok sich umwandte, fiel sein Blick wie ein Dolch auf zwei Gestalten, die er nur zu gerne vergessen hätte – Elara und Thorne. Dort, wie ein stilles Mahnmal ihrer einstigen Würde, standen sie in der Ecke des Marktes, vor einem Stand, der mehr Symbol als Ware war. Auf zerbrochenem Holz lagen ihre Heilkräuter, getrocknete Tauchfrüchte, Sonnenmorsblüten, Wüstenkapseln und das zarte Federgras des Nordwalls. Kein einziger Käufer kam. Die Bewohner warfen ihnen misstrauische Blicke zu oder ignorierten sie gänzlich.

Mikmok ballte unmerklich die Fäuste unter seinem Mantel. Sie waren wie ein Dorn in seinem Auge – ungebrochen, unbeugsam, trotz allem. Und schlimmer noch: Sie waren da. Sichtbar.

In einem schnellen Schritt wandte er sich ab und ging schnurstracks zur Familie der Konstruktoren. Dort, vor dem Stand mit kunstvoll gearbeiteten Wandhaken und Bauspindeln, fand er Keyan mit seiner Mutter. Beide verneigten sich.

„Keyan", begann Mikmok mit kalter Stimme, „die Zeit ist gekommen. Unser Abkommen... es verlangt nach Vollendung."

Keyans Blick zögerte. „Ihr meint die Umsiedlung der Versorgerfamilie?"

„Ganz recht", sagte Mikmok scharf. „Sie fügen sich nicht. Sie verweigern den Tausch, den Dienst am Ganzen. Sie isolieren sich. Und solche Splitter... sie gehören nicht in das Mosaik unserer Ordnung."

Keyan blickte zur Seite, als suche er Rückendeckung bei seiner Mutter. Sie jedoch nickte kaum merklich – nicht aus Überzeugung, sondern aus Angst, dem Hohepriester zu widersprechen.

„Ich verstehe", sagte Keyan. „Ich werde es vorbereiten."

„Gut", nickte Mikmok zufrieden. „Ich erwarte Ergebnisse. Und... du wirst für deine Pflichterfüllung Anerkennung finden."

Dann wandte sich Mikmok ab, stolz, seine Lippen zu einem schmalen Strich zusammengepresst.

Unterdessen war die Nachricht von Mioras bevorstehender Tikka-Zeremonie wie ein Lauffeuer durch Akkis gedrungen. Die Novizen sprachen darüber, die Händler tuschelten, und sogar die älteren Seherinnen neigten respektvoll die Köpfe.

Auch Elara vernahm es – leise, fast wie durch das Flüstern des Windes. Ihr Blick hob sich. Ein sanftes Leuchten trat in ihre Augen.

„Sie hat es geschafft", murmelte sie leise. „Trotz allem."

Thorne, der still neben ihr stand, legte ihr die Hand auf den Rücken. „Für sie werden wir da sein. Ganz gleich, was sie uns genommen haben – diese Hoffnung nicht."

Und so vernahm ganz Akkis von der bevorstehenden Tikka-Zeremonie. Die Masken des Wohlwollens wurden aufgesetzt, während unter ihnen das Gift der Intrige weiter kochte.

Doch Miora würde blühen.

Das schwache Licht der Zwielichtlampen warf flackernde Muster auf die steinernen Wände von Keyans Werkstatt. Die Stunden zogen sich in die Länge, doch der junge Konstruktor saß unermüdlich an seinem Arbeitstisch. Die feinen Linien des Pergaments füllten sich nach und nach mit sorgfältigen Zeichnungen, Winkelberechnungen, strukturellen Abschätzungen. Er murmelte Formeln vor sich hin, maß mit einem Messstab nach, strich über den Plan und begann manche Passagen von Neuem. Der Raum war erfüllt von dem leisen Schaben der Feder, dem Kratzen von Kohle, dem Seufzen eines jungen Mannes, der sich dem Willen eines anderen unterworfen hatte – obwohl sein Herz nicht gänzlich bei der Sache war.

Er war in ein Netz aus Loyalität, Angst und Ehrgeiz verwoben. Der Hohepriester hatte ihn gewählt. Ihm die Verantwortung übertragen. Eine Ehre. Und doch... das Ziel war Elowens Familie. Eine Familie, die nie jemandem geschadet hatte. Und gerade das nagte in ihm wie eine leise Stimme des Zweifels.

Als die Dämmerung tiefer sank und das Zwielicht sich weiter verdichtete, rollte er das Pergament sorgsam zusammen, band es mit einem grünen Band und schulterte seine Tasche. Ein letzter prüfender Blick auf das Werk – dann trat er hinaus in die Stille Kobis, auf dem Weg zum Tempel.

Der Tempel thronte ruhig und dunkel über der Siedlung. Nur vereinzelte Lichtquellen warfen ihren Schein auf die schwer geschnitzten Türen. Keyan klopfte mit dem kunstvoll geformten Bronzegriff an, dreimal, wie es Brauch war.

Die Tür öffnete sich – Mikmok persönlich stand im Eingang, hinter ihm ein kühler Luftzug und der Schatten Loyanas, die regungslos auf einer Sitzbank thronte. Miora war ebenfalls im Raum, saß jedoch still in einer Ecke, scheinbar mit Lektüre beschäftigt, doch ihre Augen hoben sich kurz, als sie Keyan sahen. Etwas in ihrem Blick war hellwach – als wisse sie genau, warum er gekommen war.

„Ah, Keyan", begann Mikmok mit der ölig-süßen Stimme, die er in der Öffentlichkeit stets trug. „So spät noch unterwegs?"

„Ich habe den Plan fertiggestellt, Hohepriester. Alles, wie Ihr gewünscht habt. Detailliert. Berechnet. Selbst der Weg ins neue Gebiet wurde mit Hinweisen versehen."

Mikomks Augen blitzten. „Dann komm mit mir. Wir sprechen in meinem Arbeitszimmer." Er wandte sich zu Loyana und Miora. „Verzeiht uns."

Als sie die Treppe hinaufstiegen, folgte Miora ihnen mit den Augen, die Lippen zu einem schmalen Strich gepresst. Ein feines Zittern ging durch ihre Finger, als sie ihr Buch schloss. Sie hatte genug gehört, um zu wissen, was nun folgen sollte. Ihr Herz pochte, doch sie wusste – sie durfte jetzt nichts riskieren. Noch nicht. Nur noch zwei Tage. Dann war sie frei, dann war sie anerkannt – und dann würde sie handeln. Noch war sie gebunden. Aber nicht mehr lange.

Im oberen Gemach des Tempels, zwischen Schriftrollen, Karten von Akkis und alten Orakeltexten, breitete Keyan das Pergament auf einem schweren Steintisch aus. Die Lampen warfen tanzende Schatten über die Linien und Skizzen. Mikmok stand mit hinter dem Rücken verschränkten Händen daneben, nickte gelegentlich, zog die Stirn in Falten, während sein Blick prüfend über die Zeichnungen glitt.

„Die neue Unterkunft liegt eine halbe Tagesreise außerhalb Kobis. Kein belebter Pfad führt daran vorbei. Die Struktur ist einfach, aber stabil – Schutz gegen Wind und Wetter."

„Ausgezeichnet", murmelte Mikmok. „Und die Route der Umsiedlung?"

„Hier", Keyan deutete auf eine feine Linie, „über das südliche Nebeltal. Kaum ein Ort für Begegnungen. Diskret. Wie Ihr wünschtet."

Mikmok lächelte. Ein kaltes, berechnendes Lächeln.

„Keyan", sagte er dann. „Du wirst nach Mioras Tikka-Zeremonie offiziell die Versorgerfamilie aufsuchen. Sprich zu ihnen mit Respekt, aber auch mit Klarheit. Ihr Platz in dieser Siedlung ist nicht länger vorgesehen. Du wirst ihnen eine Frist setzen. Zwei Tage, um ihre Habseligkeiten zu packen. Danach werden sie diese Mauern verlassen. Kero und Lara werden das Haus übernehmen – mit deiner Unterstützung. Die Ordnung bleibt gewahrt. Verstehst du?"

Keyan zögerte einen Herzschlag lang. Dann nickte er.

„Ja, Hohepriester."

Mikmok trat ans Fenster, blickte hinaus in das stille, grau-blaue Zwielicht über Akkis. „Die Gerechtigkeit kennt manchmal scharfe Zähne, Keyan. Aber wir... wir lenken sie zum Wohle aller."

Keyan sagte nichts. Er rollte das Pergament wieder ein, verneigte sich und trat den Rückweg an.

Unten im Tempelraum saß Miora noch immer. Als sie die Schritte ihres Vaters hörte, schloss sie kurz die Augen. Ihre Gedanken waren scharf wie die Klinge eines Ritualmessers.

Noch zwei Tage.

Dann würde sie nicht nur dem Orakel die Blüte ihrer gelben Hartblattrose zeigen.

Sondern vielleicht auch, was in ihrem Innersten wirklich erwacht war.

Im sternengetränkten Schwarz zwischen den Welten glitt das Rettungsschiff „Liraé" aus Kuru wie ein schweigender Gedanke durch die Falten des Alls. In seinem Inneren herrschte eine konzentrierte Stille – nicht jene der Angst, sondern die angespannte Ruhe vor einem Moment von großer Tragweite. Die Konstellation der Monde und der Planeten hatte sich auf seltene Weise gefügt. Iok lag offen vor ihnen, verletzlich wie ein offenes Herz unter zitternden Sternen. Drei Tage noch bis zum Eintritt in seine bläuliche Atmosphäre.

Im zentralen Steuerraum saß Admiral Navin aufrecht, seine silbernen Schläfen leuchteten im weichen Licht der Navigationsinstrumente. Mit präziser Stimme sprach er: „Die Flugbahn steht. Keine gravimetrischen Störungen. Eintritt in 72 Standardstunden. Korrekturfenster verläuft ideal durch den Korridor von Yathor. Der Rest hängt von der Ortung ab.“

Ein leises Klirren unterbrach die Stille. Es war Kaarn, der Empath – ein dünner, beinah durchscheinender junger Mann mit weiten Gewändern aus blauem Mondstoff. Er hatte sich erhoben, stand nun wie eingefroren vor dem Panoramafenster, seine Hände leicht erhoben, als wollte er die Stille des Alls ertasten.

„Was ist es, Kaarn?“ fragte Navin.

„Ich... fühle sie“, hauchte Kaarn. Seine Stimme war leise, wie der Hauch von Tau auf einer erwachenden Blüte. „Zwei Seelen... dort... im südlichen Ozean, östlich von Akkis. Zwei Bewusstseine... aber nur eines davon gehört uns. Das andere... ist nicht aus unserer Sphäre.“

Ein elektrisches Raunen ging durch die Brücke. Die Sensorik wurde aktiviert, doch das, was Kaarn erspürte, entging den Maschinen.

„Genauer!“ verlangte Navin, der trotz seines militärischen Wesens die Gabe des Empathen stets mit Respekt behandelte.

Kaarn legte beide Hände auf die polierte Platte der sensiblen Ertastung, seine Lider sanken wie Schleier auf seine Augen. „Die eine Seele ist lichtdurchlässig, fast gereinigt. Die andere – umhüllt von alten Wunden, aber nicht feindlich. Beide treiben... nicht mehr weit von der Küste entfernt.“

Der Navigator drehte sich um. „Wir haben noch keine visuelle Bestätigung. Zu viele Reflexionen auf dem Wasserkörper."

„Das spielt keine Rolle", sagte Kaarn sanft. „Die Präsenz ist echt. Die Zeit läuft."

Admiral Navin erhob sich. „Wir steuern den Kurs exakt dorthin. Kaarn, bleib bei der Verbindung. Halte sie, wenn du kannst."

Der Empath nickte. „Wenn das Licht der Hoffnung sich in einer Seele festsetzt, kann sie nicht mehr untergehen."

Sie alle zusammen waren Spezialisten für atmosphärischen Einstieg, für Landung auf unstabilen Oberflächen und für medizinische Notfallversorgung. Ein Team von fünf zusammengestellt – daunter auch Kommunikationsoffizierin Taresha. Sie war ruhig, entschlossen, mit dem klaren Blick einer Frau, die wusste, dass jede Rettung mehr als Muskelkraft erforderte. Es war das Vertrauen in das Leben, das eine Rettung möglich machte.

„Zwei Seelen, sagst du?" fragte sie, als sie die Brücke betrat.

Kaarn nickte. „Eine davon trägt große Erkenntnis in sich. Fast... so als wäre sie von den Sternen berührt worden."

„Dann holen wir sie zurück", antwortete sie. „Mit allem, was uns zur Verfügung steht."

In den folgenden Stunden wurde jeder Winkel des Schiffes in Bereitschaft versetzt. Kartenmaterial von Akkis' Küstenregionen wurde aufgerufen. Atmosphärenmodelle berechnet. Vorräte vorbereitet. Kleine Kommunikationssonden wurden umprogrammiert, um gegebenenfalls einen Kontakt auf dem Wasser zu ermöglichen – falls die Verbindung zu schwach oder der Wellengang zu stark war.

Kaarn saß inzwischen im Meditationsstuhl, von Dämpfen heiliger Myr-Pflanzen umgeben. In tiefer Trance hielt er Zwiesprache mit dem, was nicht sichtbar, aber spürbar war. Seine Worte richteten sich nicht an Götter, sondern an das Gleichgewicht.

„Wenn ihr da seid, Voron und Teres", sprach er leise, „wenn euer Licht noch brennt, dann haltet es hoch. Wir kommen."

So bereitete sich das Rettungsteam aus Kuru vor – getragen von Pflicht, Hoffnung und der Gewissheit, dass auch in der unendlichen Dunkelheit zwischen den Sternen, das Band des Mitgefühls, nicht zu zerreißen war. Drei Tage noch, und der Eintritt in die Sphäre Ioks würde erfolgen.

Unter bleigrauen Wolken, das Floß von Salz und Zeit zerfressen, lag Elowen neben Voron, bleich, ausgemergelt, die Lippen spröde, der Blick müde gen Himmel gerichtet. Das Wasser hatte all seine Farben verloren – nur ein fahles, bleiches Blau, das zwischen Tod und Stille schwankte. Die Vorräte waren aufgebraucht, das letzte bisschen Nahrung hatte Elowen tags zuvor mit dem Tangkrabbler geteilt. Und selbst diese Tat, so ehrenhaft sie war, forderte nun seinen Preis.

Ein Laut, kaum mehr als ein Wispern über den Wellen, weckte ihn zu neuem Leben. Zuerst dachte er, es sei nur ein Windstoß. Doch dann – da war es wieder. Ein zartes, gurgelndes Geräusch, das durch das knarrende Floß drang wie ein Ruf aus einer anderen Welt. Elowen richtete sich schwerfällig auf, rieb sich die Augen, und dann sah er es.

„Voron", raunte er heiser, „sieh… sieh nur!"

Aus den nebligen Wogen stieg eine Gestalt, vertraut und doch unbeschreiblich fremd in dieser trostlosen Weite. Der Tangkrabbler. Majestätisch glitt er durchs Wasser, sein schlanker, delfinartiger Körper brach kaum die Oberfläche, als er sich näherte. Zwischen den Zähnen hielt er etwas – ein schwarzes Etwas, feucht und tropfend.

„Das… das ist unmöglich", flüsterte Elowen. Seine Stimme bebte, nicht nur vor Schwäche, sondern vor einem uralten Staunen. „Schau... Voron er bringt uns Nahrung."

Voron erhob sich ebenfalls, sein Blick verfinstert vom Hunger, doch voller Licht, als er die Szene erfasste. „Das ist keine Nahrung. Das ist dein Beutel, Elowen… dein Beweis…"

Der Tangkrabbler stoppte kurz vor dem Floß, ließ das Bündel ins Wasser sinken und stupste es sanft mit der Stirn an, bis Elowen es greifen konnte. Mit zitternden Fingern zog er das nasse Säckchen an sich. Der Stoff war schwer, durchtränkt – aber intakt.

Er öffnete es, die Tränen in seinen Augen mischten sich mit dem Salz auf seiner Haut. Und da waren sie. Die Träne der Schöpfung, rot wie das Herz der Welt, und der seltene Edelblauling, rein und ungeschliffen. Sie funkelten wie lebendige Fragmente aus einem göttlichen Traum.

„Du… hast sie mir zurückgebracht", hauchte Elowen dem Tier entgegen, das nun neugierig auf dem Wasser lag, als verstünde es jedes Wort.

Voron kniete sich neben ihn. „Manche Freunde… erscheinen, wenn alles verloren scheint. Und manche Geschenke… finden ihren Weg durch die Tiefe zurück."

Elowen wandte sich ihm zu, sein Blick noch immer auf den Tangkrabbler gerichtet. „Er hat mir das zurückgebracht, wofür ich so lange gekämpft habe. Als ich es aus den Händen verlor, glaubte ich, es sei das Ende. Doch… vielleicht war es ein Test. Eine Prüfung. Und die Antwort… kam nicht von oben, sondern aus den Tiefen."

Der Tangkrabbler stieß einen kurzen, klaren Ruf aus, eine Art jauchzender Gesang, der über das Wasser trug wie ein Lied der Verbundenheit. Dann, ohne Hast, ohne Eile, drehte er sich um und verschwand wieder zwischen den Wellen. Keine Spur blieb zurück. Nur eine unfassbare Erinnerung.

Elowen presste das Säckchen an seine Brust.

„Danke, Freund", sagte er leise.

„Du hast ihn genährt, als du selbst kaum noch Kraft hattest", fügte Voron an. „Vielleicht… ist das das Geheimnis des Überlebens. Geben, wenn nichts mehr bleibt."

„Und Vertrauen, wenn Hoffnung fern ist", erwiderte Elowen. „Vielleicht war das die wahre Tikka."

Die beiden Männer schwiegen. Doch das Schweigen war nicht leer. Es war erfüllt – von Dankbarkeit, Demut und einer stillen, wertvollen Erkenntnis: Es gibt Mächte, die weder durch Macht noch durch Worte gelenkt werden, sondern allein durch den inneren Glanz des Herzens.

Der Beutel, schwer vom Wasser, aber noch schwerer von Bedeutung, lag nun sicher verstaut. Die See war noch rau, doch in Elowens Innerem herrschte Frieden. Ein Frieden, den kein Verlust mehr zu brechen vermochte. Nur noch ein Ziel stand nun vor ihnen: Heimkehr.
Elowen und Voron saßen still, den kostbaren Beutel zwischen sich, ihre Herzen erfüllt von einem Zauber, den kein Wort je ganz würde fassen können.

Die See rauschte gleichmäßig, doch nun lag eine seltsame Spannung über ihr, als würde sie etwas verbergen – oder offenbaren. Voron blinzelte in die Ferne, rieb sich die Augen mit einer Geste, halb aus Müdigkeit, halb aus Zweifel.

„Elowen…", murmelte er. „Siehst du das… dort…?"

Elowen hob den Blick, stützte sich auf die Ellbogen, und da – ein leiser Schimmer über der Wasserlinie, kaum mehr als ein Schatten gegen das Zwielicht des Himmels. Doch es war da. Felsformationen, die wie Zähne aus dem Wasser ragten. Dünne Linien – Konturen eines vertrauten Landes. Der flache Bogen des Küstenplateaus.

Akkis.

Der Name hallte durch ihre Seelen wie der Klang einer Glocke. Kein Jubel, kein Schrei. Nur diese tiefe, aufsteigende, unbändige Wärme, die alle Worte zerschmolz. Voron schluckte schwer, seine Augen feucht, nicht vom Salz, nicht vom Wind – sondern von einer inneren Flut, die sich über so viele Monde aufgestaut hatte.

„Wir haben's geschafft, Elowen… Bei den acht Winden, wir haben's wirklich geschafft…" Seine Stimme war brüchig, zitternd.

Elowen atmete flach, aber tief. Sein Blick ruhte lange auf dem Horizont, als müsse er sicher sein, dass es kein Trugbild war. Dann griff er nach dem Rand des Floßes, ließ seine Hände in das kalte Wasser tauchen – und begann zu paddeln.

„Voron. Hilf mir. Ich will, dass wir noch heute dort ankommen."

„So ist's recht, du junger Wahnsinniger." Voron lachte kurz auf, die Stimme belegt, aber voll Leben. Auch er tauchte die Hände ins Meer, die Bewegungen schwerfällig, doch entschlossen.

Sie paddelten, beide, wie getriebene Seelen. Jeder Stoß durchbrach die Müdigkeit, die in ihren Gliedern saß, jede Bewegung wurde zu einem Gebet, gesprochen durch den Körper, beantwortet von den Wellen.

„Wenn ich jemals wieder an Land einen weichen Boden betrete", japste Voron, „verspreche ich, ihn zu küssen. Und wenn dann jemand sagt: 'Was macht denn dieser alte Mann da?' – dann sag ich: 'Ich überprüfe die Anziehungskraft. Rein wissenschaftlich!'"

Elowen lachte, ein raues, kehliges Lachen, das sich wie Balsam anfühlte.

„Du bist verrückt, Voron."

„Nach allem, was wir durchgemacht haben? Ich wäre enttäuscht, wenn ich's nicht wär."

Der Wind spielte in ihren Haaren, und der Duft von Erde – echter, lebender Erde – erreichte ihre Nasen. Ein Geruch, wie aus einer alten Erinnerung. Wärme mischte sich unter das Zwielicht, das seit Äonen über Akkis herrschte. In der Ferne begannen Windgreifer über den Klippen zu kreisen – winzige dunkle Punkte im silbernen Himmel.

„Dort", flüsterte Elowen. „Dort beginnt alles neu."

Ihre Arme zitterten, ihre Körper wollten nicht mehr – doch ihre Herzen trugen sie weiter. Als sie endlich, vollkommen entkräftet, das Paddeln einstellten, war die Küstenlinie nur noch einen Steinwurf entfernt.

Beide sanken zurück auf das Floß. Der Himmel hatte sich verändert, ja – das Licht war nicht heller geworden, aber es war weicher. Sanfter.

„Elowen?"

„Hm?"

„Wenn ich je wieder ein Schiff besteige, dann nur, wenn's größer ist als ein Federlingstall."

„Oder wenn ein Tangkrabbler mitfährt…", murmelte Elowen mit einem letzten, erschöpften Lächeln.

Dann schloss er die Augen, die Lider schwer wie Felsplatten. Die Küste war nah. Rettung – Heimat – alles lag vor ihnen. Die Steine waren sicher.

Der Beweis war gerettet. Und auch wenn noch viele Prüfungen auf sie warteten – dieser Augenblick war heilig.

Und so lagen sie da. Zwei Seelen auf dem zerschundenen Rücken eines Floßes, getragen von der Gnade der Winde, das Herz erfüllt von Stille, Hoffnung – und einer unauslöschlichen Freundschaft.

Unter dem zarten Zwielicht des frühen Abends auf Akkis, als die Luft noch von salziger Nässe und leiser Erwartung durchzogen war, legte das Floß, das so viele Stürme überlebt hatte, knarrend und schief an der felsigen Küste unweit der Lichtung an, die einst Elowens Spielplatz gewesen war. Elowen und Voron waren kaum noch mehr als Schatten ihrer selbst — ihre Kleider zerschlissen, ihre Lippen spröde, die Haut vom Wind gezeichnet. Doch sie standen. Sie atmeten. Sie lebten.

Zwei Gestalten – gebeugt, ausgemergelt, von Wind und Kälte gezeichnet – schleppten sich durch das dunstige Unterholz, das sich am Rande der Ortschaft wie ein letzter Wächter über das Leben legte. Voron und Elowen. Der eine ein Händler aus einem fernen Sternenreich, der andere ein Sohn der Erde Ioks, nun gereift, geprüft und innerlich verwandelt durch das Licht und den Schmerz seines Weges. Ihre Schritte waren schwer, ihr Atem flach – doch das Leuchten in ihren Augen überstrahlte jede Erschöpfung. Es war das Licht jener, die überlebt hatten.

Elowens Blick verlor sich für einen Moment zwischen den vertrauten, windgepeitschten Bäumen, in deren Schutz sein Elternhaus stand. Seine Beine zitterten bei jedem Schritt, doch ein Feuer, gespeist aus Sehnsucht und Erleichterung, trug ihn weiter. „Komm, Voron", hauchte er, „nur noch diese paar Schritte…"

Sie erreichten das alte Haus — mehr Hütte als Heim, aber von Elowens Eltern immer in Würde gepflegt.

Vor Elowens Elternhaus, das nun wie ein heiliger Ort in der Nacht stand, hielten sie inne. Keine Worte wurden gesprochen. Nur Elowens Hand hob sich, zitternd, doch bestimmt, und pochte dreimal gegen die alte, knarrende Tür.

Ein Moment der Stille. Dann das Geräusch von eiligen Schritten, und im nächsten Augenblick riss Elara die Tür auf. Ihre Augen – vom Kummer verhangen – erkannten zuerst nur Schatten. Doch dann…

„Bei den acht Winden… Elowen!" rief sie mit einer Stimme, die wie aus einer anderen Zeit kam – wie eine Melodie, die endlich wieder den rechten Ton gefunden hatte. Sie stürzte hinaus, umarmte ihren Sohn, hielt ihn fest, als wolle sie ihn nie wieder loslassen. Thorne war sofort zur Stelle, legte seine kräftigen Arme um sie beide.

„Du bist zurück… Du bist wirklich zurück!"

Voron trat einen Schritt zurück. Er war ein Fremder in dieser Umarmung, doch Elowen streckte die Hand aus, zog ihn in die Umarmung hinein.

„Das ist Voron. Ohne ihn… wäre ich jetzt nicht hier. Vater. Mutter. Diesem Mann verdanken wir mein Leben."

Aber Voron schüttelte den Kopf fügte hinzu, „Elowen er ist mein Lebensretter. Ohne ihn… wäre ich im Ozean ertrunken. So wahr ich hier stehe."

Elara nickte stumm, ihre Augen füllten sich mit Tränen.

Drinnen in der warmen Stube wurde ein Feuer entzündet. Die besten Vorräte aufgetischt, Kräutertee dampfte in alten Bechern. Eine Decke umhüllte Elowens Schultern. Voron ließ sich schwer auf eine Bank fallen, atmete aus, als würde er zum ersten Mal seit vielen Tagen wieder wirklich Luft bekommen.

„Erzählt uns alles", flüsterte Thorne.

Und Elowen sprach. Nicht alles – dafür war keine Zeit. Doch er sprach von der Eiswüste Nokkis, vom Schatten und vom Licht, von Prüfungen, die die Seele auf eine andere Stufe heben. Er sprach von Teres und vom Verlust, von Hunger und Visionen. Er zeigte das Beutelchen, zog es zitternd hervor – und darin, sanft auf das Tuch gebettet, lagen sie: die Träne der Schöpfung und der Edelblauling, in ihrer reinen, unbestreitbaren Form.

Ein Raunen ging durch die kleine Stube. Thorne nahm das Beutelchen in die Hände, betrachtete es ehrfürchtig. „Das… das ist ein Wunder, Sohn.“

„Nein Vater“, sagte Elowen ruhig. „Es ist die Wahrheit.“

Elara trat näher, legte ihre Hand auf die seines Sohnes. „Elowen… wir müssen dir etwas sagen.

Mikmok… er plant Schlimmes. Keyan wird bald zu uns kommen und uns vertreiben. Er will uns aus Kobi entfernen. Unser Haus… unsere Heimat…“.

Das hat uns Miora erzählt. Sie ist auf unserer Seite. Morgen ist ihre Tikka-Aufnahme. Wir vermuten schon bald nach Mioras Tikka, soll es soweit sein.

Elowen schwieg. Nur sein Blick, der glühte mit einer neuen, stillen Kraft.

„Dann“, sagte er leise, „ist morgen auch meine Stunde.“

„Was meinst du?“, fragte Elara.

„Während Miora morgen vor das Orakel tritt… werde auch ich dort stehen. Mit dem Beweis. Mit Voron. Ich habe meine Tikka erfüllt – und ich werde es dem Orakel sagen. Ob Mikmok es will oder nicht.“

Thorne stand auf. „Das ist gefährlich.“

„Das ist richtig“, erwiderte Elowen. „Und wenn ich schweige, wäre alles, was wir erlebt haben, umsonst.“

Ein Moment der Stille trat ein. Nur das Prasseln des Feuers war zu hören. Dann trat Elara vor ihren Sohn, legte ihre Hand auf seine Brust.

„Geh deinen Weg, Elowen. Du bist kein Junge mehr.“

„Nein“, sagte er ruhig. „Ich bin ein Sohn Ioks. Und ich werde mit der Stimme der Winde sprechen.“

Und draußen im Zwielicht drehte sich die Welt ein kleines Stück weiter – bereit für das Morgen.

15. Unter Zeugen

Noch bevor das Zwielicht der Dämmerung sich vollends über die tonfarbenen Häuser Kobis legte, war Miora bereits wach. Ihr Herz pochte in stillem Einklang mit der Erwartung, die dieser Tag in sich trug – der Tag ihrer Reife, ihrer Prüfung, ihrer wahren Ankunft als Erwachsene im Gewebe der Gemeinschaft. Draußen im Tempelgarten lag der Boden feucht und fest von nächtlicher Kühle. Inmitten dieser Erde, stand ihre gelbe Hartblattrose, jenes wundersame Gewächs, das sie mit Geduld und Zuneigung pflegte. Und nun, endlich, stand sie in voller Blüte.

Mit einer Sanftheit, wie sie nur in tiefster Verbundenheit geboren wird, grub Miora die Pflanze mitsamt der Wurzeln aus, bettete sie vorsichtig in ein geflochtenes Weidenkörbchen, das mit weichem Moos ausgekleidet war. Ihre Hände zitterten nicht vor Angst, sondern vor Ehrfurcht. Denn die gelbe Hartblattrose hatte ihr Herz gespiegelt – beharrlich, empfindsam, und stark. Sie wusste: Es hätte genügt, nur die Blüte zu präsentieren. Doch Miora wollte ihrer Pflanze kein Leid zufügen. "Du hast mich getragen," flüsterte sie, „jetzt will ich dich ebenso tragen.“

Die Stadt Kobi erwachte langsam zum Leben. Und doch – heute war es anders. Etwas heiliger, etwas leiser, etwas erwartungsvoller. Wie durch ein geheimes Band gezogen, strömten die Bewohner auf den großen Platz vor dem Tempel. Es war Tikka-Zeit, und Mikmok, der Hohepriester, hatte höchstselbst verkündet, dass Miora heute ihre Aufgabe vor dem Orakel erfüllen werde. Die Reihen der Novizen standen bereit. Die Windsängerinnen hatten ihre Positionen eingenommen, wie Wellen aus weißem Linwar, die dem Rhythmus der uralten Riten lauschten.

Miora erschien barfuß, das Haar nur mit dem schmalen Stirnband der Anwärterinnen geschmückt. Die Menge schwieg. Und dann erhob sich Mikmok mit stolzer Miene, die Worte mit kalkulierter Erhabenheit auf den Lippen:

„Volk von Kobi, seht – die Tochter des Windes tritt heute vor das Orakel. Mit der Blume, die ihr Herz nährte. Mit dem Willen, der ihr Geist
wurde. Möge das Orakel sprechen, und möge es gut sprechen."

Und als ob der Tempel darauf gewartet hätte, rauschte es tief im Inneren. Eine gewaltige Fontäne schoss aus dem Zentrum des Geysirs empor. Weißer, schimmernder Dampf stieg auf, tanzte in kreisenden Bahnen durch die acht Fensterbögen, die jedem der Winde geweiht waren.
Ein murmelndes Flüstern ging durch die Menge, denn viele glaubten:
Das Orakel habe sie bereits erhört.

Miora trat langsam vor. Ihre Schritte auf dem warmen Stein hallten wie
das Herzschlagen Ioks. Die gelbe Hartblattrose in den Händen, ein
Leuchten in den Augen, das nicht von dieser Welt zu sein schien. Als sie
den Hörstein erreichte, senkte sie das Haupt und flüsterte stumm. Keine
Worte für die Menge. Nur ein stummes Gebet an die Winde, an das
Licht, an das, was größer war als sie.

Und in diesem Moment – stand sie da. Kein Kind mehr. Noch nicht ganz
Frau. Aber bereits eine Seele, die in Würde durch Schmerz, Zweifel und
Liebe gewachsen war.
Im Zentrum des Heiligtums war es still geworden. Der Rauch, der eben
noch wie ein atmender Schleier durch das Rund der Tempelhalle gezogen war, hatte sich in den oberen Kuppelgewölben verloren. Nur ein
leises Tropfen war noch zu hören – das rhythmische Singen des konden-
sierten Dampfes an den Wänden. Die Novizen, acht an der Zahl, in ihre
hellen Linwargewänder gehüllt, standen in einem Kreis um die heilige
Mitte. Ihre Federkiele, aus dem Flugbalgfarn gefertigt, schwebten über
geöltem Pergament. Bereit, jeden Moment festzuhalten.

Miora stand neben dem Hörstein, inmitten dieses uralten Ortes, den
ihre Vorfahren mit Tränen und Liedern gesegnet hatten. In ihren Händen – die gelbe Hartblattrose, noch feucht vom Erdreich, von goldgrü-
ner Lebenskraft durchpulst. Ihre Wurzeln reichten tief, wie Mioras Mut

– und ihre Blüte, gelb wie das Licht hinter dem Zwielicht loks, leuchtete in sanfter Würde.

Sie trat einen Schritt vor, beugte leicht die Knie und setzte den geflochtenen Weidenkorb mit der Rose achtsam auf die runde Steinplatte im Zentrum. Ihre Finger strichen noch einmal sanft über die gekrümmten Ränder der äußeren Blätter, als wollte sie sich bedanken.

Dann hob sie den Blick, voller Klarheit und Offenheit, zur hohen Priesterstufe, auf der Mikmok thronte.

„Ich bringe dir, oh Orakel, das Werk meiner Geduld. Die gelbe Hartblattrose, gewachsen unter der Wache meiner Gedanken, genährt durch meine Sorge, geheiligt durch meine Hoffnung."

Ein sanftes Grollen war aus der Tiefe zu hören. Dann das wohlbekannte Zischen. Das Orakel – der urzeitliche Geysir unter dem Tempel – stieß eine zarte Dampfwolke in die Höhe, die sich, wie durch einen unsichtbaren Willen gelenkt, in Richtung der Blüte wandte und sie kurz umhüllte. Die Blume regte sich leicht, als berührte sie der Atem des Planeten.

Einer der Novizen trat vor, verneigte sich tief und sprach mit fester Stimme:

„Zeugen wir: Die Aufgabe wurde angenommen. Die Aufgabe wurde in voller Form erfüllt. Die gelbe Hartblattrose steht in Blüte."

Seine Worte wurden von den anderen sieben Novizen notiert, die unermüdlich jeden Moment aufzeichneten – als wäre es nicht nur ein Übergangsritus, sondern ein heiliger Vertrag mit den Mächten, die hinter dem Schleier dieser Welt wachten.

Mikmok erhob sich nun. Seine Haltung war würdig, sein Blick streng, doch wer genau hinsah, konnte darin auch eine Spur Genugtuung erkennen. Seine Stimme hallte durch das heilige Rund:

„So sei es gehört, so sei es erkannt. Im Namen der acht Winde, des Geistes loks und des Wissens unserer Ahnen – erklären wir hiermit die

Aufgabe als erfüllt. Miora, Tochter des Tempels, du hast Geduld gelebt und Schönheit hervorgebracht. Du bist nun aufgenommen im Kreis der Erwachsenen."

Ein sanftes Raunen ging durch die Menge, die sich schweigend und ehrfürchtig auf dem Platz versammelt hatte. Einige legten die rechte Hand über das Herz, andere flüsterten kleine Gebete des Dankes.

Miora aber stand noch immer still. In ihrem Innersten war eine Woge aus Licht. Sie hatte ihre Prüfung erfüllt. Die Freude, die in ihr aufstieg, war still wie ein Gebet, leuchtend wie der Tau in den ersten Stunden des Morgens.

Noch schwebte der feierliche Hauch des Orakels in der Luft, wie ein leiser Nachhall heiliger Musik, als Miora mit bedächtigem Schritt die Schwelle des innersten Kreises verlassen wollte. Ihre Fingerspitzen lagen noch immer leicht auf dem Henkel des Weidenkorbs, in dem die gelbe Hartblattrose ruhte, deren Blüte wie ein stummes Lächeln aus Licht das Zwielicht der Tempelhalle erhellte.

Ein Raunen ging plötzlich durch die Reihen der Novizen. Etwas war anders. Etwas hatte sich verändert – wie eine Welle, die aus der Tiefe kam und das Gleichgewicht der Oberfläche zu stören begann.

Denn dort – an der steinernen Schwelle des Tempels, eingerahmt von den acht Säulen, die jedem der heiligen Winde gewidmet waren – standen zwei Gestalten.

Zuerst erkannte man ihn nicht. Zu sehr hatte das Leben ihn gezeichnet. Der junge Mann war abgemagert, sein Gewand war einfach und staubverhangen. Sein Blick jedoch – dieser Blick war wie aus klarem Wasser geboren. Er war zurück.

Elowen.

An seiner Seite – eine fremde, aber aufrechte Gestalt. Voron, der Händler vom fernen Kuru, gebrochen vielleicht in Leib, doch nicht in Geist.

Miora, noch ganz erfüllt vom Licht ihres Rituals, erstarrte. Für einen Moment war es, als stünde die Zeit still. Dann wandte sie sich um, ließ den Korb in aller Ruhe zur Erde sinken, und schritt auf Elowen zu. Ihre Bewegungen waren federleicht, ihre Augen flossen über vor Licht und Tränen. Kein Wort sprach sie, bis sie direkt vor ihm stand.

Und dann – umarmte sie ihn.

Es war keine zögerliche Geste. Es war eine Umarmung, die den Wind zum Schweigen brachte. Eine Umarmung, die nicht nur eine Seele, sondern zwei Welten heilte. Und während sie sich leise an seine Schulter schmiegte, flüsterte sie so sanft, dass nur Elowen es vernahm:

„Ich habe so gehofft, dass genau das passiert."

Elowen, der sonst kein Wort verloren hätte in einem Moment wie diesem, schloss kurz die Augen. Nicht wegen Erschöpfung. Sondern wegen der Aufrichtigkeit in ihren Worten. Dann löste sich Miora still, und trat zur Seite, ihren Platz einnehmend zwischen den Novizen – nun als eine von ihnen. Erwachsen. Bereit, Zeugin zu sein.

Da hob Elowen den Kopf.

„Ich bin Elowen, Sohn von Elara und Thorne, Versorger Ioks. Ich bin zurückgekehrt aus der Fremde. Und ich bin bereit, dem Orakel meinen Beweis darzubringen – für die Aufgabe, die mir bei meiner Tikka zuteil wurde: Einen Ort zu betreten, den noch kein Iokaner je betreten hat."

Mikmok, der bis dahin wie versteinert auf seinem erhöhten Posten stand, verkrampfte die Hände unter dem Gewand. Sein Blick flackerte, seine Lippen verzogen sich fast unmerklich zu einer Linie der Kontrolle. Doch bevor er ein Wort sprechen konnte, erklang die Stimme eines der Novizen, klar und fest:

„So sei es gehört. Elowen hat das Wort erhoben. Der heilige Stein steht jedem offen, der eine Tikka zu erfüllen sucht. Wenn der Beweis getragen wird, so darf er vor das Orakel treten."

Ein Murmeln ging durch die Menge. Ungläubigkeit. Staunen. Einige hielten sich die Hände vors Gesicht, andere beugten sich vor, um besser zu sehen. Es war ein Augenblick wie aus den alten Chroniken, und doch geschah er vor aller Augen.

Mikmok nickte stumm. Äußerlich blieb er gefasst. Doch in seinem Innersten loderte ein Sturm. Das war nicht geplant. Nicht gesegnet. Nicht kontrolliert. Und dennoch – er konnte nun nichts tun. Nicht vor all diesen Zeugen.

Elowen trat vor. Der Klang seiner nackter Füße auf dem rituellen Stein hallte in vollkommener Stille durch den Raum. Aus einem kleinen Beutel aus verschnürtem Waldfasertuch zog er behutsam zwei Steine hervor.

Zuerst – die rote Träne der Schöpfung, tief und glühend, als trüge sie das Feuer des Planeten in sich. Dann – den zweiten Stein, silbrig schimmernd mit einem kühlen, blauen Glanz: ein Edelblauling in seiner reinsten, bislang ungekannter Form. Die Novizen traten näher. Selbst die Windsängerinnen, die sonst stumm verweilten, hielten den Atem an.

Und während Elowen sich wieder aufrichtete, sah man es: nicht nur zwei Steine, sondern die Geschichte von Entbehrung, Mut, Glaube und Rückkehr. Nicht nur Beweise – sondern Wahrheit.

Die Halle schwieg.

Ein zitternder Moment des Übergangs lag in der Luft. Der Tempel, der in ehrfürchtigem Schweigen gebadet war, hätte in jenem Augenblick als Zeuge gewertet werden können – so starrten seine Mauern, seine Säulen, sein heiliger Boden mit angehaltenem Atem auf die Szene, die sich vor ihnen entfaltete.

Elowen hatte gesprochen.

Vor ihm, auf dem heiligen Stein, lagen die zwei Steine – von solcher Reinheit, dass das spärliche Licht des lokanischen Zwielichts sie wie flüssiges Feuer und leuchtende Tiefe erscheinen ließ.

Doch dann geschah, was kaum einer in dieser Stunde erwartet hatte.

Mikmok trat vor.

Nicht mit der würdevollen Ruhe eines Hohepriesters, nicht mit der gefassten Haltung eines geistlichen Führers. Sondern mit zuckenden Augenbrauen, bebenden Nasenflügeln, und einer Stimme, die sich kaum unter Kontrolle halten ließ. Sein Blick huschte von den Steinen zum Beutel, von Elowen zum Orakel, von den Novizen zur versammelten Menge. Dann erhob er die Stimme:

„Betrug!"

Ein Aufkeuchen ging durch die Reihen. Einige der älteren Bewohner schüttelten den Kopf, als glaubten sie, sich verhört zu haben. Mikmok jedoch holte aus.

„Was ist das für ein jämmerliches Schauspiel? Seit wann können wir es dulden, dass ein Ausgestoßener, ein Nichtsnutz – ein Sohn von Versagern – vortritt, mit angeblichen Wundern aus Stein, ohne jeglichen Beweis, ohne Beglaubigung, ohne Segen?"

Sein Finger zeigte auf Voron. „Und wer ist dieser Fremde, dieser Kuruaner? Ein Händler, dessen Name nicht einmal auf der Liste der Gesegneten steht. Wer sagt uns, dass diese Steine nicht gestohlen wurden? Dass ihr nicht gemeinsam eine Geschichte erfunden habt, um Ruhm zu ernten, wo nur Schatten liegen?"

Die Menge wurde unruhig. Flüstern und Murmeln wuchs wie ein unaufhaltsames Rauschen zwischen den steinernen Wänden. Miora trat einen Schritt vor, wollte etwas sagen – doch Elowen hob ruhig die Hand.

Sein Blick blieb unerschütterlich.

„Ich habe nichts zu verbergen, Hohepriester. Ich bin zurückgekehrt, wie verlangt. Ich habe meine Aufgabe erfüllt – mit Schmerz, mit Hunger, mit fast verlorenem Leben. Diese Steine…", er hob sie einzeln hoch, „…dies ist die Träne der Schöpfung. Kein Stein von dieser Welt. Sie wurde nicht gefunden – sie wurde empfangen. Und dies…", er zeigte den blau glänzenden Stein, „…dies ist ein Edelblauling in reiner Form. Eine Farbe, ein Schliff, eine Seele, wie sie unsere Welt noch nie gesehen hat."

Er legte beide Steine zurück auf das Tuch vor sich. Dann trat Voron hervor, sein Gesicht ernst und ohne Zögern.

„Ich, Voron vom Planeten Kuru, stand an Elowens Seite, als wir unter der Erde in der Eiswüste von Nokkis den Ort betraten, den niemals zuvor ein Iokaner betreten hatte. Ich war dort. Ich sah, wie wir diese Steine aus dem Fels brachen. Nicht ein Stein, Hohepriester, sondern zwei. Ihr sagt, es gebe nur eine Träne der Schöpfung. Und doch – seht hin!"

Er legte seine Träne der Schöpfung neben Elowens. Zwei glühende Herzen lagen nun nebeneinander – Zwillinge aus Licht.

Ein erschrockener Laut durchbrach die Menge. Niemand hatte je zwei solcher Steine nebeneinander gesehen. Es war wie ein kosmisches Paradox, auf das niemand vorbereitet war.

Mikmok schwieg.

Aber sein Blick war ein lodernder Sturm. Die Maske der Kontrolle war gefallen. Das Zittern seiner Finger verriet ihn. Die Zeugen sahen es. Die Novizen spürten es.

Und Elowen?

Er blieb aufrecht. Seine Stimme war nun kaum mehr als ein Flüstern – doch es hallte wie Donner durch die Hallen:

„Ich verlange, dass das Orakel entscheidet. Ich fordere mein Recht ein – das Recht eines jeden Kindes Ioks, vom Orakel geprüft zu werden. Nicht von Eitelkeit. Nicht von Gier. Nicht von Furcht.

Aber jetzt erbringe ich den eigentlichen, letzten und unumstößlichen Beweis!"

Mikmok öffnete den Mund, als wolle er antworten, da geschah es.

Elowen schielte.

Behutsam. Gewollt. Wie jemand, der gelernt hatte, mit geöffnetem inneren Auge zu sehen. Und was er sah, ließ seine mittlerweile geübte Seele kurz erbeben.

Ein Schattenwesen.

Mächtig. Schleichend. Eingewoben in die Aura Mikmoks wie dunkler Rauch in leuchtenden Stoff. Es war nicht nur ein Schattenwesen. Es war seins.

Ein uraltes, hungriges Ding – genährt von Machthunger, Eitelkeit und mondezehntelanger Täuschung. Es sog an Mikmoks Energie wie ein Blutegel an einer offenen Wunde. Und Elowen wusste: Dies war die wahre Stimme hinter Mikmoks Tun.

Elowens Blick verengte sich. Leise, kaum hörbar, sprach er – nicht mit den Lippen, sondern mit der Seele:

„Ich sehe dich. Und ich sehe, was du tust. Du nährst dich von der Lüge, aber heute stirbt sie. Heute ist Licht."

Das Schattenwesen wand sich, krümmte sich – doch Elowens Blick blieb fest. Kein Wort fiel – aber das Wesen ließ ab. Und als es verschwand, war es, als würde die Luft um Mikmok eine Spur klarer.

Der Hohepriester taumelte leicht zurück. Zuckte, fühlte, dass ihm etwas mächtiges genommen wurde.

Die Menge sah es. Die Novizen flüsterten. Miora trat vor, stellte sich an Elowens Seite.

Der Moment war gekommen.

Ein Atem ging durch den Tempel – nicht aus Mündern, sondern aus dem Innersten derer, die Zeugen waren. Es war kein Windstoß, kein Lüftchen – es war wie der erste Pulsschlag eines neuen Zeitalters. Und Elowen stand nun in der Mitte dieses heil gen Raumes, aufrecht, still, leuchtend in seiner Wahrheit.

Der junge Mann, Sohn von Jägern und Sammlern, ein Versorgerkind ohne Rang, hatte den Raum verändert – nicht durch Lautstärke, nicht durch Macht, sondern durch das Licht in seinen Worten.

Er blickte in die Reihen der Novizen. In ihre stillen, wachsamen Gesichter. Dann zu den Bewohnern von Kobi. Und schließlich zu Mikmok, der schwankend, krumm wie ein alter Ast am Hang stand, seinem Schattenwesen entledigt – ausgetrocknet, entmachtet, plötzlich klein.

Elowens Stimme erhob sich – nicht laut, sondern mit jener Klarheit, die nicht geschrien werden muss, um gehört zu werden.

„Ich habe meine Aufgabe erfüllt – nicht nur, indem ich einen Ort betrat, den kein Iokaner je betreten hatte. Sondern indem ich Augen öffnete, die geschlossen waren. Ich habe gelernt zu sehen, nicht nur mit dem Blick, sondern mit dem Geist.“

Ein Murmeln ging durch die Reihen.

„Auf Nokkis erlernte ich das Sehen der Schatten, wie es keinem meiner Ahnen vergönnt war. Ich sah Wesen, die sich an Schmerz nähren, an Gier, an Macht. Ich sah sie bei meinem Gefährten. Ich sah sie – auch hier. Im Tempel. In ihm.“

Er deutete nicht mit dem Finger, sondern mit dem Herzen. Die Augen richteten sich auf Mikmok, der nun unter dem Gewicht der Wahrheit fast zusammenbrach.

„Eben noch… hier… im Tempel des Orakels… war ein Wesen, das sich von seinem Herzen ernährte. Ich habe es gesehen. Ich habe es angesprochen. Und ich habe es fortgeschickt.“

Ein erstickter Laut entwich Mikmoks Kehle. Er hatte keine Worte. Seine Schultern zuckten, sein Rücken krümmte sich weiter, als würde ein unsichtbarer Berg auf ihm lasten. Seine Augen waren leer – nicht vor Bosheit, sondern vor Scham.

Elowen senkte den Blick, dann hob er die beiden Hände.

„Doch dies ist nicht der Moment, in dem wir mit Fingern zeigen. Sondern der Moment, in dem wir vergeben. Ich sehe ihn. Ich sehe, was ihn getrieben hat. Und ich vergebe. Denn Schatten bleiben nur, wenn wir ihnen Nahrung geben."

In diesem Moment geschah etwas, das alle verstummen ließ.

Das Orakel zischte.

Ein grollender, heißer Laut – als würde der Planet zustimmen, als würde Iok ein uraltes Einverständnis aussprechen. Die acht Novizen, auf ihren Positionen stehend, hoben fast gleichzeitig die Köpfe.

Alle Blicke gingen zu Mikmok.

Und Mikmok – gebrochen, erschöpft, aber frei – hob zitternd die rechte Hand.

Es war die Geste der Anerkennung. Die uralte Geste, mit der ein Hohepriester das Urteil des Orakels bestätigte. Keine Worte. Nur die Hand. Nur die Wahrheit.

Die Novizen verneigten sich kurz, dann öffneten sie ihre Schriftrollen. Mit feiner Tinte und ehrfürchtiger Hand schrieben sie – einer nach dem anderen:

„Elowen. Prüfung gemeistert. Aufgabe erfüllt. Von den Winden geprüft. Von der Tiefe gezeichnet. Von der Wahrheit getragen."

Und als das letzte Pergament beschrieben war, ertönte der Gesang der Windsängerinnen – kein triumphaler Hymnus, sondern ein stilles, heiliges Lied. Es war das Lied, das nur erklingt, wenn eine Seele ihr wahres

Maß erreicht hatte. Wenn nicht nur der Körper, sondern der Geist erwachsen wurde.

Miora, die noch immer an Elowens Seite stand, trat näher. Ihre Augen glänzten vor Tränen. Dann, ohne ein Wort, berührte sie seine Schulter. Ihre Stimme war nur für ihn:

„Nun weiß ich, dass du der bist, den die Winde führen."
Ein Beben aus Freude ging durch die Menge. Nicht als Lärm, sondern als Welle – eine Woge der Erleichterung, der Rührung, der stillen Ehrfurcht, die sich von Herz zu Herz ausbreitete. Die Menge, die sich vor dem Orakeltempel in Kobi versammelt hatte, stand wie verzaubert – dann begannen sich Stimmen zu erheben. Erst flüsternd, dann staunend, dann jubelnd.

„Er hat es geschafft!"

„Er hat das Unmögliche möglich gemacht!"

„Die Winde haben ihn gesandt!"

Und als hätte die heilige Luft Ioks sich entschlossen, das zu bestätigen, wehte ein seltener Windstoß aus Osten – der sanfte Ulon-Wind, der seltene, stille unter den Acht. Ein Wind, der nur an Tagen der Wahrheit über die Dächer Kobbis zog.

Elowens Eltern, Elara und Thorne, standen zitternd am Rand der Versammlung. Noch vor wenigen Tagen waren sie geächtet, verspottet, verbannt. Nun sahen sie, wie ihr Sohn aufrecht, erhoben, ganz gegen die Finsternis des Zweifels bestand. Elara begann zu weinen, ohne es zu merken. Nicht aus Trauer, sondern aus jener unaussprechlichen Rührung, wie sie nur Mütter kennen, wenn ein Kind über sich hinausgewachsen ist.

Thorne legte den Arm um sie und flüsterte: „Unsere Saat ist aufgegangen, Elara. Unsere Saat..."

Elowen, überwältigt von allem, was geschah, wandte sich nun langsam zum Ausgang des Tempels. Die Pergamente waren beschrieben. Die Prüfung als bestanden erklärt. Mikmok – gekrümmt, wortlos, von seiner Tochter Loyana gestützt – hatte sich bereits von den heiligen Stufen zurückgezogen. Und Elowen trat, noch benommen, durch das steinerne Portal, als wolle er sich in den Zwielichtstrahlen Ioks verlieren.

Doch dann – eine Hand hielt ihn sanft zurück.

Miora.

Sie hatte noch nie fester, und zugleich zarter, seine Hand berührt. Ihre Stimme war ruhig, aber klang wie die erste Melodie nach einer langen, dunklen Nacht:

„Elowen... warte. Du bist noch nicht fertig. Deine Aufgabe ist größer als du denkst."
Alle Blicke wandten sich ihr zu.

„Die Worte, die vor dem Orakel gesprochen wurden, sie waren vollständig. Und auf Pergament verewigt ist ein Satz, den man nicht vergessen darf."

Die Novizen, noch immer in heiligem Amt, sahen sich an. Dann holte einer von ihnen, der jüngste, das entsprechende Pergament mit seiner Aufgabe hervor. Er las mit bebender Stimme, doch unmissverständlich:

„Und Mikmok, der Hohepriester sagte ergänzend bei der Verkündung Elowens Aufgabe: Sollte er bestehen – so soll Elowen, Sohn der Versorger, nach altem Recht, in das höchste Amt berufen werden, das unser Volk kennt: jenes des Hohen Dieners der Winde. Ich benenne ihn dann zu meinem Nachfolger - Hohepriester Kobis."

Ein Raunen. Ein Aufatmen. Und dann ein Schweigen, so tief wie der erste Schnee.

Elowen starrte in die Menge. Die Worte fielen in ihn wie Licht in eine dunkle Grotte.

„Ich?" hauchte er. „Ich soll... Mikmok ersetzen?"

Die Novizen traten nach vorn. Der älteste von ihnen, mit einem Gesicht wie gemeißelter Granit, verbeugte sich tief.

„So will es das Orakel. So steht es geschrieben. Und es gibt keine größere Weihe als jene, die vom Orakel ausgesprochen wurde."

Die Menge verbeugte sich.

Elara und Thorne zitterten. Miora trat zur Seite, blickte ihn mit leuchtenden Augen an – nicht aus Stolz, sondern aus Liebe, die aus Erkenntnis geboren war.

Und dann... dann verneigte sich sogar Loyana – stumm, trotzig aber sichtbar.

Mikmok? Er sagte nichts. Er wusste, dass seine Zeit vorbei war. Langsam drehte er sich um, gestützt auf seine Tochter, verließ er die Stufen, auf denen er so lange gewacht – und so lange getäuscht hatte.

Ein Kapitel schloss sich.

Und als das letzte Echo ihrer Schritte verklang, trat der älteste Novize nach vorn und sprach:

„Im Einklang mit den Acht Winden, im Lichte der Wahrheit, im Hauch des Orakels verkünden wir: Elowen, Sohn von Elara und Thorne, ist von diesem Tag an Hohepriester Ioks. Seine feierliche Einsetzung wird morgen bei den ersten Windliedern vollzogen."

Die Windsängerinnen stimmten ein Lied an – nicht triumphierend, sondern getragen, heilig. Ein Lied wie aus einer anderen Zeit. Elowen stand inmitten des Tempels, nicht als König, nicht als Herrscher. Sondern als ein Erwachter, der einst ein Kind war.

Ein Versorger. Ein Wanderer. Ein Seher.

Und nun: Ein Hohepriester.

16. Jedem das Seine

Der Tag brach an über dem immerwährenden Zwielicht Akkis'. Kein Lichtstrahl der Sonne durchbrach das ewige Dämmern, und doch lag über Kobi ein Leuchten, das nicht von der Himmelskugel stammte. Es war das Leuchten der Erwartung, der Ehrfurcht, der neuen Hoffnung. Die Luft war kühl und klar, ein zarter Hauch des nördlichen Gorithwindes strich durch die Gassen und wehte die wehenden Fahnen an den Häusern sanft zur Seite.

Alle Bewohner Kobi' – Männer, Frauen, Kinder – hatten sich früh am Tempel versammelt. Die Novizen, in ihre weißen, mit silbernen Windspiralen verzierten Gewänder gehüllt, standen in einem Halbkreis vor den heiligen Stufen. Ihre Stimmen summten eine Melodie, die nur zu besonderen Weihen gesungen wurde. Ein uraltes Lied, das selbst die Ältesten im Volk nur selten gehört hatten. Die Windsängerinnen, acht an der Zahl – eine für jeden der Heiligen Winde – sangen ihre Töne in feierlicher Stille.

Die ganze Stadt hielt den Atem an. Nur zwei fehlten: Mikmok – der einstige Hohepriester – und seine Tochter Loyana. Kein Wort, keine Erklärung. Nur ihre Abwesenheit, die schwerer wog als alle Worte.

Im Tempelinnern bereitete man sich auf die Übergabe vor. Auf einem mit feinem Laichblattgewebe überzogenen Altar lag der Stirnschmuck des Hohepriesters: ein kunstvoll gearbeitetes Stirnband aus Silberfaser, darin eingefasst die Träne der Schöpfung – jenes legendäre Juwel, das nur einer tragen durfte, der von den Winden erwählt war. Daneben: der Stab der Gerechten, gefertigt aus dem fossilisierten Knochen eines Windtieres – ein Wesen, das vor Äonen durch die Himmel loks geschwebt war und heute nur noch in Sagen existierte.

Elowen trat aus den inneren Gemächern des Tempels. Er war schlicht gekleidet, wie es demütigen Beginn gebührte: ein Gewand aus blauer

Falren-Wolle, das nur am Kragen mit dem Symbol des Orakels bestickt war – eine Spirale, die ins Nichts und zugleich ins Alles führte.

Die Menge verneigte sich, als er auf die oberste Stufe trat.

Der älteste Novize, dessen Bart bereits die Farbe von Sternenstaub angenommen hatte, trat vor, das Pergament der Weihe in der Hand.

„Elowen, Sohn des Thorne und der Elara – aus dem Haus der Versorger geboren, aus den Prüfungen der Winde gereift, gesegnet mit dem Blick hinter den Schleier – tritt vor."

Elowen trat auf das Podest des Hörsteins, das Zentrum der rituellen Kraft. Um ihn herum tanzten die sieben Spiralsymbole, eingelassen in Stein und Glas, als wolle der Boden sein Werden bezeugen.

Der Novize fuhr fort:

„Die Acht Winde haben gesprochen. Das Orakel hat geantwortet. Die Zeichen sind erfüllt."

Er wandte sich zur Seite. Eine Novizin, kaum älter als Miora, reichte ihm den Stirnschmuck. In feierlicher Geste setzte der Novize Elowen die Träne der Schöpfung auf die Stirn. Ein kollektives Flüstern durchfuhr die Menge, als der Stein im Zwielicht zu glühen begann – nicht grell, nicht laut, sondern mit jener inneren Kraft, die aus tiefer Wahrheit stammt.

„Mit dem Licht der Träne erkennt dich die Schöpfung."

Dann nahm er den Stab – schwer, ehrwürdig, mit silbernen Windrunen überzogen – und reichte ihn Elowen mit beiden Händen:

„Mit dem Stab der Gerechten, erkenne dich selbst."

Elowen, sichtlich bewegt, nahm den Stab. Als seine Finger ihn berührten, wehte ein plötzlicher Luftzug durch den Tempelvorplatz. Ein Windstoß, wie er nicht von dieser Welt zu sein schien. Und alle, die dort standen, wussten: Die Winde hatten erneut gesprochen.

Der Novize sprach die letzten Worte:

„Vor dem Volk. Vor den Winden. Vor der Ewigkeit. So seid Zeugen: Elowen ist von nun an Hohepriester Ioks."

Die Menge fiel auf die Knie.

Einige begannen zu weinen. Andere flüsterten Gebete. Miora stand still, die Hände an ihr Herz gelegt. Elara und Thorne hielten einander, Tränen auf ihren Wangen.

Elowen hob den Blick.

Nicht stolz. Nicht herrschend. Sondern mit einer Ruhe, die tiefer war als der Ozean, mit einer Stille, die lauter sprach als jedes Wort.

Er drehte sich zur Menge, hob leicht die Hand. Und sagte nur diesen einen Satz:

„Lasst uns von heute an führen durch das, was wir sehen – und durch das, was wir noch zu erkennen lernen müssen."

Die Windsängerinnen sangen den Abschlusston der Weihe.

Ein neuer Hohepriester war geboren.
Der Wind, der eben noch durch das Geäst der Himmelsbäume über Kobi gestrichen war, hielt inne. Als lausche er. Als wüsste auch er, dass nun etwas geschah, das die alte Ordnung wandeln würde.

Elowen stand auf der Erhöhung, der Stirnschmuck glühte noch schwach auf seiner Stirn, der Stab ruhte in seiner Hand wie ein Teil seines Wesens. Die Menge, noch kniend, wartete. Doch Elowens Blick schweifte nicht über das Volk – er suchte. Und fand, mitten in der Versammlung, ein Antlitz, das im Zwielicht strahlte wie ein leiser Stern.

„Miora", sprach er, mit einer Stimme, die das Herz berührte, „tritt zu mir."

Ein Murmeln ging durch die Reihen. Miora, sichtlich überrascht, zögerte einen Augenblick, doch dann lösten sich ihre Schritte wie von selbst. Barfuß, mit der gelben Hartblattrose im geflochtenen Korb in der Hand, stieg sie hinauf. Ihre Erscheinung war schlicht, und dennoch leuchtete in ihr eine unübersehbare Kraft – jene Art von Licht, die sich nicht kleidet, sondern aus dem Innersten stammt.

Elowen wandte sich zur Menge. Und seine Rede begann.

„Bewohner Ioks, Seelen Akkis, Träger der acht Winde – hört mich an."

Seine Stimme war klar, seine Worte aus jener Wahrheit gewoben, die man nicht aus Büchern lernt.

„Ich wurde zum Hohepriester bestimmt, und Ehre erfüllt mein Herz. Doch größer als jede Ehre ist das Erkennen. Ich habe gesehen – mit den Augen, mit dem Herzen, mit der Stille. Und ich habe erkannt: Diese Aufgabe – dieser heilige Dienst – verlangt das reinste aller Wesen. Jemanden, der liebt, nicht um zu herrschen, sondern um zu heilen."

Die Menge hielt den Atem an.

„Ich habe diese Welt gesehen, wie sie ist – und wie sie sein kann. Und ich sage euch heute: Es gibt auf diesem Planeten kein Wesen, das würdiger ist, das leuchtender ist, das stärker im Geiste und demütiger im Herzen ist – als Miora, Tochter von Mikmok und Calista."

Ein kollektives Raunen, dann Stille – jene ehrfürchtige, atmende Stille, die entsteht, wenn sich Wahrheit wie Licht über Schatten legt.

„Ich lege dieses Amt in ihre Hände. In der kürzesten Amtszeit, die ein Hohepriester je innehatte – gebe ich die höchste Würde weiter. Nicht aus Schwäche. Sondern aus Stärke. Denn die Größe liegt nicht im Tragen, sondern im Erkennen, wem es wahrhaft gebührt."

Er drehte sich zu Miora. Ihre Augen glänzten. Sie war wie erstarrt – unfähig zu glauben, was sie vernahm. Doch Elowen neigte sich tief vor ihr, so tief, wie man sich nur vor der Reinheit des Herzens verneigen kann.

„Nimm, Miora. Nicht als Geschenk. Sondern als das, was du längst bist:
Die Stimme des Orakels. Die Dienerin der Winde. Die Mutter des
Gleichgewichts."

Miora brachte keine Worte hervor – stattdessen flossen Tränen, die
nicht aus Schwäche, sondern aus heiliger Wahrheit geboren waren.

Die Novizen sahen einander an. Einer trat hervor, dann zwei, dann alle
acht. Ohne dass ein weiteres Wort fiel, begannen sie – die Zeremonie
erneut.

Die Windsängerinnen sangen. Nicht, weil es im Protokoll stand. Sondern, weil es sein musste.

Sie legten Miora das Stirnband an. Die Träne der Schöpfung leuchtete
noch heller auf ihrer Stirn – als hätte sie auf diesen Moment gewartet.

Der Stab der Gerechten – noch in Elowens Händen – wurde ihr von ihm
überreicht. Ihre Finger zitterten. Doch sie ergriff ihn, wie jemand, der
weiß, dass das Schicksal kein Gewicht ist, sondern eine Melodie, die
erklingt, wenn das Herz stimmt.

Die Menge brach in Jubel aus.

Kinder schwiegen, Alte lächelten, Fremde umarmten einander. Die
Winde tobten nicht, sie flüsterten. Eine neue Zeit war angebrochen.
Und Elowen, der nun wieder nur Elowen war, stand still. In seinem Blick
kein Bedauern – sondern Frieden. Denn wer das Licht gesehen hat,
braucht keinen Titel.
Ein Windhauch zog durch die Reihen – kein lautes Brausen, kein grollender Sturm. Ein sanftes Wispern nur, wie das Flügelschlagen einer
Erinnerung. Die acht Windsängerinnen verstummten. Die Novizen neigten ihre Häupter. Und Miora, nun geschmückt mit der Träne der Schöpfung auf ihrer Stirn und dem Stab der Gerechten in den Händen, trat in
die Mitte des Tempelrunds. Elowen, ging hinab zu den Seinen. Zu seinen
Eltern, wo auch Voron stand. Alle klopften ihm feierlich auf die Schultern, sprachen ihm kurze Worte des Respekts zu.

Sie stand aufrecht. Nicht aus Stolz. Sondern aus dem Bewusstsein, getragen zu sein – von allen, die hofften. Von allen, die litten. Von allen, die glaubten.

Ein Moment der Stille. Dann begann sie – mit leiser, klarer Stimme:

„Bewohner Ioks, Herz von Akkis, Kinder der acht Winde… heute ist kein Tag, wie jeder andere."

Ihre Stimme schwebte wie Nebel über ruhigem Wasser.

„Ich bin nicht hier, weil ich etwas wollte. Sondern, weil ich etwas geworden bin. Nicht über Nacht – sondern durch Schmerz. Durch Beobachtung. Durch das, was man Demütigung nennt – und was in Wahrheit Erkenntnis ist."

Sie sah in die Gesichter derer, die sie einst übergangen hatten. Keine Bitterkeit lag in ihren Augen – nur Verstehen.

„Ich stehe hier, weil ein junger Mann, Elowen, mich gesehen hat – als das, was ich bin. Und ich stehe hier, weil ich gelernt habe, mich selbst zu sehen. In der Stille. In der Dunkelheit. In der Abwesenheit von Lob."

„Viele Monde lang habe ich im Schatten meines Vaters gelebt. Und noch länger im Licht seiner Gier."

Ein leises Raunen ging durch die Reihen, doch sie ließ sich nicht beirren.

„Doch Gier ist nicht nur Edelgrün. Gier ist auch das Verlangen, gesehen zu werden – bevor man gelernt hat zu sehen. Heute weiß ich: Nicht das hohe Amt verleiht uns Würde. Sondern unser Handeln. Unser Herz."

Sie hob das Stirnband mit der Träne der Schöpfung leicht mit der Hand.

„Dieser Stein auf meiner Stirn brennt nicht wegen seiner Seltenheit. Sondern weil er das Licht widerspiegelt, das in uns allen wohnt. Ihr tragt es. Ich trage es. Elowen hat es uns gezeigt."

Ihre Stimme wurde fester. Sie wandte sich dem Tempel zu, dann der offenen Tür, durch die das Zwielicht von Akkis hereinfiel.

„Von heute an wird das Amt des Hohepriesters nicht mehr nur in den Hallen des Stolzes verwaltet. Sondern im Geiste der Dienerschaft. Ich bin keine Herrin. Ich bin eine Stimme. Die Stimme des Orakels."

„Ich werde den Bedürftigen lauschen. Ich werde denen zuhören, die flüstern. Nicht nur denen, die laut reden."

Sie schloss für einen Moment die Augen.

„Und ich werde das Orakel nicht befragen, um Macht zu erhalten – sondern um Weisheit zu teilen. Die Winde sollen durch uns alle wehen. Nicht nur durch mich."

Ein alter Mann in der Menge weinte leise. Diese Worte berührten in tief.

„Und so rufe ich euch alle: Verzeiht einander. Seht einander. Und glaubt. Nicht an mich. Sondern an die Möglichkeit, dass in jedem von euch ein Funke jenes Lichts lebt, das Welten heilt."

Sie trat einen Schritt zurück. Ihre letzten Worte kamen leise – fast ein Flüstern:

„Ich danke euch für euer Vertrauen. Doch ich verlange es nicht. Ich werde es mir verdienen."

Dann verneigte sie sich tief – und mit ihr verneigte sich das ganze Volk.

Hoch oben, hinter einem der schmalen Fensterluken, saß Mikmok wie ein finsterer Greif in seinem Nest. Neben ihm stand Loyana, die Augen zusammengekniffen, den Blick wie eine Nadelspitze in das Getümmel gerichtet, das sich unter ihnen sammelte.

Die Masse jubelten, sangen in zitternden Stimmen die Lieder der Wind-sängerinnen, die Miora mit jeder Silbe höher erhoben. Der Name der neuen Hohepriesterin war auf allen Lippen, ihre strahlende Gegenwart war wie ein sanfter Sonnenbogen inmitten einer Welt aus Asche. Doch in Mikmoks Gesicht regte sich kein Muskel der Anerkennung. Es war die starre Maske eines Mannes, dem das Leben entreißt, was er sein Eigen nannte.

„Sieh sie dir an", zischte er, „sie badet in dem Glanz, der mir gehört. Diese... naive Göre glaubt wirklich, der Wind hätte sie erwählt."

Loyana legte ihm schmeichelnd die Hand auf den Unterarm. „Vater", sagte sie mit samtenem Spott, „du musst das Blatt nur wieder wenden. Sie ist schwach. Idealistisch. Vertrauensselig. Und du hast mich."

Er wandte sich ihr zu. „Du meinst...?"

„Wenn Elowen sie benennen konnte, so kann sie auch mich benennen. Sie muss es nur für richtig halten. Und sie wird es, wenn wir sie führen. Sanft. Mit Druck."

Ein Grinsen, schief wie ein Riss im Granit, kroch über Mikmoks Antlitz. „Geh zu ihr. Sprich mit ihr. Tu es mit Sanftheit. So wie du es gelernt hast. Und erinnere sie daran, dass sie allein schwach ist, aber mit dir... unantastbar."

Loyana nickte mit trügerischer Anmut. Ihr Schritt war leicht, als sie sich vom Fenster entfernte und durch die Hallen des Tempels schlich, die sie einst selbst zu durchschreiten gehofft hatte – als Hohepriesterin.

Draußen auf dem Platz stand Miora inmitten der Menge, als hätte der Wind ihr einen Platz gewiesen. Kinder legten ihr Blätter des Ahnengrases zu Füßen, Alte segneten sie mit zitternden Fingern, und ihre Stirn glänzte im sanften Schein der Träne der Schöpfung. Doch kaum trat Loyana an sie heran, spürte Miora, dass sich das Licht verdunkelte.

„Herzlichen Glückwunsch, Schwester", sagte Loyana in süßlichem Ton. „Ich wusste immer, dass du für Größeres bestimmt bist."

Miora drehte sich zu ihr, sanft, aber wachsam. „Ich danke dir, Loyana. Es ist ein Geschenk, das ich nicht gesucht, aber verdient habe.“

„Und doch…“, setzte Loyana an und schob sich näher, „…fühlt es sich nicht einsam an? So ganz ohne Berater, ohne Erfahrung? Ohne… mich?“

Miora schwieg einen Moment. Dann trat sie einen halben Schritt zurück und sah ihr in die Augen – nicht feindlich, nicht kalt. Sondern mit einer Ruhe, die vom Orakel zu stammen schien.

„Loyana“, sprach sie mit klarer, warmer Stimme, „du kommst, um mir Rat zu geben. Doch du sprichst mit der Stimme eines anderen. Dein Mund formt die Worte, aber sie riechen nach Staub und altem Stein.“

Loyanas Stirn zuckte. „Du verstehst nicht—“

„Doch, ich verstehe“, unterbrach Miora sie ruhig. „Du kommst von Vater. Er hat dich geschickt. Und du willst, dass ich tue, was er nicht mehr darf.“

Die Menge, die sich in kleinen Grüppchen um sie herum formierte, lauschte gespannt, doch Mioras Stimme blieb liebevoll.

„Ich biete dir und Vater einen Ausweg. Einen von Licht. Bleibt hier. Lernt. Dient dem Ort, den ihr einst beherrscht hattet. Es gibt genug einfache Arbeiten – demütige, ehrliche Aufgaben. Reinigungen. Pflege der alten Steinpfade. Auch der Tempelgarten braucht Hände.“

Loyana wich einen Schritt zurück, als hätte Miora ihr mit bloßer Rede die Kleider vom Leib gezogen.

„Oder“, fuhr Miora fort, „ihr geht. Geht dorthin, wo eure Schatten euch nicht mehr lenken. Aber ihr werdet nicht mehr lenken. Nicht hier. Nicht über mich. Nicht über das Volk.“

Dann beugte sie sich vor, näher zu Loyanas Ohr, sodass nur sie es hören konnte:

„Der Wind duldet keine Lüge. Und ich bin nun seine Stimme.“

Loyana stolperte zurück. Ihre Lippen suchten Worte, fanden aber keine.
Sie wandte sich ab und verschwand in der Menge wie ein gefallener
Stern – ohne Glanz, ohne Licht.

Oben im Tempel, am Fenster, stand Mikmok noch immer. Als Loyana
nicht zurückkehrte, wusste er: Der letzte Pfeil war verschossen – und
hatte verfehlt.
Noch immer lag der Klang von Jubel in der Luft. Das heilige Zwielicht
Ioks tanzte weich auf den Steinen des Tempelvorplatzes, wo die Bewohner sich versammelt hatten – nicht aus Pflicht, sondern aus wahrer
Verbundenheit. Die neue Hohepriesterin, Miora, stand nicht erhöht auf
einer Stufe, nicht über ihnen, sondern mitten unter ihnen, ihre Stirn
schlicht geschmückt vom leichten Band der Verantwortung, das wie aus
dem Gewebe des Windes gewoben schien.

Sie ging von Person zu Person, sah jedem in die Augen, mit einer Wärme, die tiefer reichte als Worte. Ihre Stimme war leise, aber ihre Präsenz war wie ein Mantel, der sich tröstend um jede Seele legte, die einst
unter Mikmoks kalter Herrschaft gekrümmt worden war.

Alte Seherinnen neigten ihr Haupt vor ihr, Kinder zupften an ihrem Gewand, um ihren Segen zu empfangen, und sogar die Witwen der fernen
Hügel wagten sich herab, um ihr die Hand aufs Herz zu legen – das
höchste Zeichen des Respekts. Miora dankte ihnen allen, mit offenen
Händen und ehrlicher Stimme.

Dann, als das Gemurmel der Menge sich in milde Gespräche löste, stand
plötzlich Keyan vor ihr. Neben ihm seine Mutter, hinter ihm sein Vater –
ehrfürchtig, aber auch beschämt. Es war kein makelloser Auftritt, eher
das vorsichtige Nähern eines Mannes, der den Sturm überlebt hatte
und nun um Vergebung bat.

Keyan trat vor und sprach, mit ehrlicher Regung in der Stimme:

„Hohepriesterin Miora, ich habe alles mitgehört. Ich war Teil von etwas,
das nicht rein war. Etwas, das aus Machtgier und List geboren wurde.

Ich… Ich wollte euch wissen lassen, dass ich die Pläne zur Umsiedlung von Elowens Familie zerreißen werde. Sie haben nichts Unrechtes getan. Mein Herz war schwach. Doch jetzt… nun sehe ich klar."

Miora legte ihm sanft die Hand auf die Schulter, ein Lächeln, so ruhig wie ein stiller See nach dem Sturm, auf ihren Lippen.

„Keyan", sprach sie, „du hast nicht nur gehört, du hast gefühlt. Und das ist der erste Schritt zur Läuterung. Doch deine Arbeit soll nicht vergebens sein. Mikmok und Loyana…"

Sie sah in die Ferne, dorthin, wo die beiden Schatten der alten Ordnung untergetaucht waren.

„…sie haben sich eben, vor den Augen vieler, gegen das Angebot gestellt, dieser Gemeinschaft weiter zu dienen. Sie brauchen ein neues Zuhause – fern der Hallen, die sie einst für sich beanspruchten. Dein Plan, geboren aus falschem Anlass, wird nun zum Werkzeug des Gleichgewichts."

Keyan stockte, seine Lippen zitterten vor Erleichterung.

„Ihr meint… ich… soll…"

„Ja", sagte Miora ruhig. „Wenn du willst, dann kümmere dich um ihre Umsiedlung. Sorge dafür, dass sie würdig, aber ohne Prunk leben können. Edelgrün haben sie schon in Hülle und Fülle. Gib ihnen eine Woche, um ihr Hab und Gut zu sammeln. Danach, sollen sie Kobi verlassen."

Ein Stein, der mondelang auf seiner Brust gelegen hatte, schien in diesem Moment von ihm zu rutschen. Keyans Mutter weinte leise, sein Vater senkte demütig den Kopf.

„Es wird mir eine Ehre sein, Hohepriesterin", antwortete Keyan. „Und diesmal… wird mein Herz rein sein."

Miora nickte, blickte dann hinauf zum Tempel, wo nun das Banner der Träne der Schöpfung wehte. Die Leute sahen es – nicht nur als Symbol, sondern als Mahnung, dass die Zeit der Schatten vorbei war. Und in ihrer Mitte stand Miora – nicht als Herrscherin, sondern als Lichtträgerin einer neuen Ära.

Die Festlichkeiten in Kobi gingen weiter, getragen vom Flüstern der acht Winde, vom Lachen der Kinder und der tiefen Freude, die sich durch alle Gassen zog wie der süße Duft der Flammenfruchtblüten. Es war, als atmete der Ort nach Monden der Beklemmung endlich frei.

Doch plötzlich – wie aus einer anderen Welt – verdunkelte ein sachter Schatten das Zwielicht, das über den Himmel von Iok wanderte. Ein tiefes, sonores Summen legte sich über die Feier. Die Köpfe reckten sich. Hände schirmten die Augen ab. Über ihnen zog ein majestätisches, metallisch schimmerndes Rettungsschiff aus Kuru seine Bahnen, kreiste ein Mal über Kobi, dann schwenkte es ab – wie ein gewaltiger Windgreifer, der sein Nest suchte – und steuerte ein unbewohntes Feld an, nur eine halbe Meile vom Orakeltempel entfernt.

Elowen erstarrte. Sein Blick begegnete dem Vorons. Der Händler, der ihm einst wie ein Fremder erschien, war nun ein Freund – ein Bruder im Geiste. Und seine Reise war noch nicht zu Ende.

„Sie sind gekommen", murmelte Voron und schluckte hart. In seinen Augen funkelte Hoffnung, aber auch etwas, das wie Wehmut brannte.

„Komm", sagte Elowen. „Wir müssen sie empfangen."

Sein Vater Thorne und seine Mutter Elara begleiteten sie, die Schritte hastig, das Herz voller Erwartung und einem Hauch von Unruhe. Ihre Beine rannten schneller, als es ihre Müdigkeit erlaubte. Der Weg war staubig und stumm – der Lärm des Festes verschwand hinter ihnen wie ein ferner Traum.

Als sie das Landefeld erreichten, hatte sich die metallene Tür des Rettungsschiffs bereits geöffnet. Ein kühler Hauch aus der Kabine stieg empor, begleitet von dem leichten Duft nach Technik, Metall und fremden Welten.

Eine Gruppe von fünf trat hervor. Angeführt von einem freundlichen Mann mit silbernem Haar und einem Blick, der mehr sah als andere: Admiral Navin, Kommandant der Rettungsflotte Kurus. Neben ihm trat ein stiller, blasser Mann mit durchscheinenden Augen – Kaarn, der Empath.

„Voron!" rief Navin, als er den Händler erkannte. Seine Stimme bebte.

Voron trat zögernd vor, Tränen glitzerten in den Winkeln seiner wachen Augen. Kaarn trat einen Schritt näher, seine Stirn lag in Falten.

„Wir… wir haben eure Spuren gesehen. Zwei Leben. Zwei Lichter." Dann senkte er den Blick. „Aber eines… erlosch."

Stille. So still, dass man das Atmen der Gräser hören konnte.

„Teres…" flüsterte Voron. „Er hat es nicht geschafft."

Kaarn legte ihm die Hand auf die Schulter. „Er war mutig. Er hat alles gegeben, um euch zu retten."

Ein tiefer Schmerz durchzuckte Voron. Die Falten in seinem Gesicht schienen sich zu vertiefen, die Monde auf ihm schwerer als je zuvor. Doch er senkte den Kopf, nahm die Hand Kaarns und drückte sie.

„Dann wird sein Name nicht vergessen werden. Wir werden ihn in die Bücher der Helden eintragen. Und in unsere Seelen."

Nun legte Elowen ihm die Hand auf den Rücken. „Wir sind ihm alles schuldig."

Admiral Navin blickte Elowen an. „Du musst die zweite Seele sein. Der Mann neben Voron, der den Winden gefolgt ist." Dann wandte er sich an Thorne und Elara. „Und ihr seid seine Eltern?" Elara konnte sich nicht zurückhalten – sie trat vor, nahm Vorons Hände und hielt sie fest. „Danke, dass du bei ihm warst. Danke, dass du ihn nicht allein gelassen hast."

Voron senkte das Haupt. „Er war es, der mich geführt hat. Ich folgte nur den Schritten eines großen Herzens."

Dann, als der Wind leise über das Feld strich, sagte Navin mit fester Stimme: „Voron – du bist ein Mann Kurus, du hast unser Vertrauen. Doch wenn du willst… kannst du bleiben. Auf diesem Planeten, bei deinem neuen Volk."

Voron sah zu Elowen, dann in den Himmel. Langsam – sehr langsam – schüttelte er den Kopf.

„Meine Wurzeln liegen auf Kuru. Ich werde gehen. Aber ich werde eines Tages zurückkehren – als Freund, als Reisender. Ich habe hier etwas gefunden, das ich nicht zurücklassen kann."

Sein Blick ruhte auf Elowen – dem Bruder im Geiste.

„Und etwas, das ich in meinem Herzen mitnehmen werde."

Sie standen noch lange dort. Worte verloren sich im Zwielicht. Der Wind sang sein uraltes Lied. Und Teres – der stille Held – schwebte wie ein unausgesprochener Gedanke zwischen ihnen, als das Rettungsteam mit Voron das Schiff wieder betraten und die Luken sich schlossen.

Elowen blieb zurück – mit seinen Eltern, seinem Volk, und einer neuen Welt, die auf ihn wartete.
Die Luft war still, als das Schiff Kurus sich langsam über die grasbewachsenen Hügel erhob, schimmernd im silbernen Zwielicht von Akkis. Eine letzte, sanfte Erschütterung ließ die Halme zittern, während das metallene Wesen sich in den Himmel schob – emporgetragen vom Ruf eines fernen Heimatsterns.

Voron war fort.

Elowen stand mit wehendem Gewand da, stumm, das Gesicht dem aufsteigenden Licht folgend. In seinen Augen mischten sich Wehmut, Dankbarkeit und etwas, das man nur als tiefe seelische Klarheit bezeichnen konnte. Seine Eltern, Thorne und Elara, standen in respektvollem Abstand, wissend, dass dieser Abschied kein Ende war, sondern ein Beginn – von etwas Größerem.

„Er wird wiederkehren", sagte Elara leise.

Elowen nickte. „Ja, ich weiß."

Langsam wandten sie sich ab, ihre Schritte führten zurück nach Kobi. Der Wind war milder geworden, fast sanft, als wollte er sie geleiten. Die Geräusche der Festlichkeit klangen wie fernes Glockenläuten über die Gassen hinweg, begleitet vom Murmeln der Menge und dem rhythmischen Schlagen von Trommeln – der neuen Zeit entgegen.

Und dann – als hätten die Winde es gelenkt – trat sie ihnen entgegen.

Miora.

Barfuß im Staub der Straßen, doch aufgerichtet wie eine Königin des Lichtes, in ihrem Stirnband, an dessen Mitte die wunderschöne, Träne der Schöpfung eingearbeitet war – die Erinnerung an eine gelöste Aufgabe, an Geduld, an Wachstum. Ihr Gewand wehte um sie wie die leisen Stimmen der acht Winde. Sie hatte nicht auf sie gewartet – sie war ihnen entgegengegangen.

Als sie Elowen sah, verlangsamte sie ihre Schritte. Auch er blieb stehen. Zwischen ihnen – keine Worte, nur ein Strom aus Blicken, Erinnerungen, Versprechen. Dann trat sie vor ihn.

Sie schwieg einen Moment. Dann legte sie ihre Hand auf seine Schulter. Ihre Stimme war fest und zärtlich zugleich:

„Ich habe dich in den Gebeten des Orakels gehalten. Ich wusste, dass du noch wandelst. Und dass du den Pfad nicht verlierst."

Elowen sah sie an – nicht wie ein Junge das Mädchen seiner Kindheit, sondern wie ein Seher die Priesterin. Eine Verbündete. Eine Schwester der Seele. Seine Stimme war ruhig, doch sein Blick durchdrang alles.

„Als ich verloren war, warst du mein Licht. Und als die Schatten mich riefen, war es deine Liebe, die mich zurückhielt."

Miora lächelte, und für einen Augenblick sah sie aus wie die Verkörperung aller reinen Kräfte, die Iok je getragen hatte. Sie trat näher und umarmte ihn – fest, lange, mit allem, was Worte nicht vermochten.

Elara hielt den Atem an. Thorne sah zu Boden, Tränen der Rührung in den Augen. Und über ihnen – als wache der Himmel – kreiste ein einzelner Windgreifer, lautlos, als Symbol des Gleichgewichts.

Als sie sich voneinander lösten, sagte Miora leise: „Zwei Kinder, verstoßen. Und nun stehen wir hier, erwachsen, gereift, verbunden durch Prüfungen, durch Wahrheit."

„Und durch stilles Vertrauen", ergänzte Elowen.

Sie nickte.

„Du siehst, was andere nicht sehen."

„Und du führst, wie es niemand vor dir tat."

Dann – ein leiser Moment, ein Lächeln, ein Nicken. Und beide gingen gemeinsam weiter – Seite an Seite, hinaus auf den Festplatz. Der neue Seher und die neue Hohepriesterin von Kobi.

Und über ihnen begannen die acht Winde ein neues Lied zu singen – eines von Hoffnung, Wandel und tiefer Verbundenheit.

17. Epilog

Und so wurde Kobi, das Herz Akkis, Zeuge eines Wandels, wie ihn die alten Lieder nicht kannten. Ein Ort, an dem Schatten herrschten, fand Licht. Ein Junge, verstoßen, wurde Seher. Ein Mädchen, übersehen, wurde Hohepriesterin.

Die acht Winde flüsterten weiser, nicht weil sie anders waren – sondern weil die Bewohnen gelernt hatten, zuzuhören.

Miora führte mit einem Herzen, das demütig war, nicht trotz ihrer Macht, sondern wegen ihr. Ihr Ohr war stets dem Volk zugewandt, ihr Blick den Unsichtbaren, den Stillen, den Geduldigen. Sie änderte vieles: Der Tempel öffnete seine Türen, nicht nur für die Mächtigen, sondern für jeden, der suchte – sei es Nahrung oder Trost.

Elowen aber, der Wanderer zwischen den Welten, der Träger der Sehergabe, zog sich mit der Zeit zurück – nicht aus Feigheit, sondern aus Weisheit. Er wurde zum Hüter des Verborgenen. Wer ihn finden wollte, musste nicht rufen – sondern still werden. Denn in der Stille, so hatte er gelernt, wohnt das Licht.

Die Versorger – einst verachtet – wurden geachtet. Und der Markt kannte wieder Güte. Keyan, gereift durch Einsicht, baute kein Haus für Macht, sondern ein Heim für Verständnis.

Mikmok, einst mächtig, nun gebrochen, verschwand mit seiner Tochter Loyana in ein fernes Tal. Die Winde sagen, er grabe dort ein Feld, schweigsam, allein, und dass seine Hände, einst voller Gier, nun das Leben säen, das er nie verstand.

Und Kuru? Der ferne Planet der Technik? Auch er lernte vom Herzschlag Ioks. Voron, zurückgekehrt, erzählte den Ältesten vom Geist der Winde, von der Träne der Schöpfung, vom Glauben eines Jungen, der den Weg allein ging – und fand, was viele mit Armeen nicht zu sehen vermochten.

Und irgendwo, tief in einem heilenden Ozean, kreist ein Tangkrabbler durch die Wellen. Kein Tier, kein Bote – sondern ein Zeichen: Dass Verbundenheit nicht durch Sprache entsteht, sondern durch Taten.

Die Chronisten Ioks begannen, neue Schriftrollen zu binden. Nicht mit den alten Namen, nicht mit den mächtigen der Vergangenheit – sondern mit denen, die leise waren, doch wahr.
Mit Miora.

Mit Elowen.

Mit jedem, der sich erhebt – nicht über andere, sondern für sie.

Und wenn die Winde wieder aufstehen, um die nächste Generation zu prüfen, werden sie fragen:

Hörst du den Ruf?

Nicht mit den Ohren.

Sondern mit dem Herzen.

Danksagung

Luis Feder

Ich möchte ganz herzlich meinen Dank aussprechen an:

Phill – Du bist nicht nur mein Sohn, sondern der Sinn meines Lebens.

Mom – Ohne Dich wäre ich nichts.

Mein Dank gilt auch vielen anderen Menschen, die mir geholfen haben, mich unterstützt haben, die mir hoffentlich nicht böse sind, wenn sie keine explizite namentliche Nennung erfahren, doch es wären einfach zu viele Namen. Ihr wisst, wer gemeint ist.
Doch vor allem gilt mein Dank euch, liebe Leserinnen und Leser. Die ihr in meine Gedankenwelt mit eingetaucht seid und euch mental auf eine ferne Reise mit mir begeben habt.